NOVELAS DE CINE

Deborah Chiel

La caja de música

ORBIS • FABBRI

El comprometido y eficiente Costa-Gavras llevó al cine *La caja de música* en 1989, con un guión de Joe Eszterhas y con Jessica Lange, Armin Mueller-Stahl y Frederic Forrest como actores principales.

Título original: *Music Box*
Traducción: Sofía Noguera

ISBN: 84-402-1815-X
Depósito legal: B-5.617-1995
Impresión: Litografía Rosés, S.A.
Printed in Spain

Para George Coleman

PRÓLOGO

Las mejillas de la niña brillaban a causa de la fiebre, y su pelo rubio claro, casi siempre cuidadosamente peinado y trenzado, estaba pegado a su frente empapada de sudor. Se agitaba y revolvía en la cama, respiraba áspera y entrecortadamente y de vez en cuando gemía en sueños.

En el exterior, un viento furioso golpeaba la ventana cubierta de nieve, haciendo vibrar el cristal con toda la fuerza de la tormenta procedente del lago Michigan. Pero en la habitación se estaba caliente y protegido, iluminada sólo por la tenue luz de la lámpara de la mesilla de noche.

El padre de la niña había acercado el balancín a la cama. De vez en cuando, alargaba una mano y acariciaba dulcemente el brazo de aquélla. Una mano callosa y agrietada a causa de años de trabajo manual que contrastaba grandemente con la piel de la niña, suave como la de un bebé. Todavía más incongruente resultaba el corderito rosa de trapo, de largas piernas delgaduchas, bautizado *Lambie-pie** por la muchachita que yacía acurrucado en el regazo del hombre. Era el juguete preferido de la niña, y por regla general no podía dormirse sin acurrucarlo junto a ella, bajo su brazo. Pero aquella noche, mientras ella se agitaba en la cama, el corderito había acabado en el suelo, y el hombre se había agachado para recogerlo.

Él esforzó la vista en la oscuridad para mirar el reloj, que marcaba las tres y veinte. El médico le había dicho que le diese una cucharadita de té de la medicina cada cuatro horas, y estaba a

* *Lambie-pie*: Torta de cordero. (*N. de la T.*)

punto de tocarle de nuevo. Pero él era reacio a despertarla; había dormido muy mal durante la primera parte de la noche. Sin embargo, si algo le sucedía... Antes se habría dejado cortar una mano que perder a aquella hermosa y adorada criatura.

Como si tomase la decisión por él, los párpados de la niña se movieron ligeramente como queriendo abrirse.

—Mamá, mamá —gimió, con voz ronca.

—Sssst, Anni, no pasa nada —susurró el hombre—. Papá está aquí, Anni.

Y alargó una mano para cubrir sus hombros con la manta. Ella sacudió la cabeza débilmente.

—Quiero a mi mamá —y empezó a llorar, de forma tan lastimosa que su padre apenas pudo contener sus propias lágrimas. Pensó: *Pobre pequeña, naturalmente que quieres que venga tu mamá. La echas de menos, pequeña, ¿verdad? Yo también.*

—Ven, Anni —susurró—. Voy a darte una medicina, para que te pongas buena. Así, buena niña.

Tenía que estar en la fábrica al cabo de dos horas, y no había pegado ojo en toda la noche, pero ya había decidido que se quedaría en casa aquel día. No podía dejar a su Anni, estando tan enferma, no.

Ella se había dormido unos momentos, pero ahora se agitaba de nuevo.

—Papá —dijo—. Tengo sed.

Él le tocó la frente con la palma de la mano y le tranquilizó notarla más fría. Tal vez había bajado la fiebre.

La niña bebió unos sorbos de agua y volvió a tumbarse.

—Me duele mucho la garganta, papá. ¿Se me habrá pasado mañana para poder ir a hacer un muñeco de nieve con Karchy?

—Sssst, mañana veremos. Mira, aquí está *Lambie*. Ahora duerme, Anni. Yo te tendré la mano cogida hasta que te despiertes.

La pequeña suspiró y se alzó para acercarse a él.

—Cuéntame un cuento, papá. Ya sabes... aquél de la niña de Budapest.

—De acuerdo, pero primero cierra los ojos —dijo él, en voz baja. Y empezó—: Había una vez en Budapest un castillo junto al hermoso río Danubio donde vivían mamá, papá y una niña pequeña. El nombre de la niña era... —Esperó a que ella terminase la frase, pero ya se había quedado dormida.

CAPÍTULO PRIMERO

A través de las ventanas abiertas de la iglesia, atrayendo a los rezagados, se desparramaba el vívido crescendo de los violines y los seductores aromas del Festival húngaro de Santa Elisabeth. El festival, que tenía lugar cada año en la sala de recreo de la planta baja, era uno de los momentos memorables del otoño para la considerable comunidad húngara de Chicago. Reunía no solamente a los legitimistas del sector que todavía se presentaban a misa los domingos, sino también a la joven generación y a los antiguos feligreses que habían desertado de la clase obrera del West Side para formar parte de barrios más selectos de Chicago.

El acontecimiento era para ellos una oportunidad para volver a casa y ponerse al corriente sobre parientes y viejos amigos, para charlar sobre quién se iba a casar, quién esperaba un hijo, quién estaba engañando a su marido o esposa. Y para todos, jóvenes y viejos, era una oportunidad para deleitarse con los exquisitos manjares húngaros, que hacían engordar deliciosamente y especialmente preparados para la ocasión por la flor y nata de los cocineros y pasteleros del lugar. Era una noche para olvidar las dietas. Las damas competían de buena fe pero con intensidad. Uno no podía comprar a un vendedor e ignorar al siguiente.

Los puestos de comida que se alineaban a lo largo de las paredes estaban adornados con serpentinas verdes y blancas, los colores nacionales de Hungría. Pero hubiesen podido estar cubiertos de gris oliva y habrían seguido atrayendo a los clientes, porque los platos eran irresistibles: salami picante *kolbasz*; la *pogacsa* parecida a los molletes, rellena de carne y queso; crujientes lonchas de *szalona*; la *palcsinta* ligera como la pluma, llena de chocolate, melocotón o ciruelas *lekvar* y espolvoreada con azúcar de pastelería.

A fin de añadir color y dar ambiente a la sala, el comité organizador había colgado unos enormes carteles blancos y negros granulados de lugares famosos de Budapest: el castillo Hill, el edificio del Parlamento, las ruinas de Aquincum, la Ciudadela. Y en el mismísimo lugar de honor había una fotografía del monumento del siglo XIX a la prosperidad húngara, el Puente en Budapest, con sus enormes y majestuosas vigas de acero curvándose mayestáticamente sobre el Danubio y los fieros leones de piedra tallada guardando las bases a cada lado del río.

La primera ola de clientes había cogido sus platos y encontrado asiento a las mesas situadas junto a las paredes. Entre bocado y bocado, golpeaban el suelo con los pies al ritmo del exuberante sonido de los Magiares, una orquesta semiprofesional considerada por casi todo el mundo como la mejor en su estilo en toda el área de Chicago.

Los Magiares formaban una familia: dos hermanos, un primo y un sobrino, todos ellos vestidos con luminosos trajes de brocado que se suponía debían conjurar imágenes de gitanos y carnavales del viejo país. Afortunadamente, la música de los Magiares era más auténtica que sus trajes, porque a toda aquella gente le gustaba el baile. Cuando los Magiares atacaron los primeros compases de una *czarda,* los presentes aplaudieron y patearon como muestra de aprobación.

—Vamos, papá, están tocando nuestra canción —gritó Ann Talbot, cogiendo a su padre por el brazo y sacándolo del círculo de amigos donde se encontraba.

—Eh, busca a alguien más joven —protestó Mike Laszlo. Pero sonrió contento y dejó que su hija lo llevase hasta la pista.

Formaban una bonita pareja: Mike, rondando los setenta, pero todavía en buen estado físico y fornido por todos los duros años que había pasado en la fábrica de acero de Gary; Ann, que parecía más joven de sus treinta y tres años, iba vestida para la ocasión con un vestido rojo y blanco, delicadamente bordado, que su madre se había llevado con ella de Hungría. Hasta un observador casual veía el parecido familiar. Ambos eran de piel clara, y Ann había heredado la ancha frente de Mike, sus ojos castaño claro, unos rasgos hermosos y el gesto determinado de su boca.

También había heredado su amor por el baile, aunque ella era tan garbosa como él desgarbado. Ahora, mientras hacían los intrincados pasos populares que habían bailado juntos en tantos otros festivales y celebraciones, era evidente su mutuo regocijo. Para Mike, su hija era la muchacha más guapa y maravillosa de la sala, y no le importaba hacer saber al mundo que la adoraba. Cuando el ritmo de la música se hizo más lento, estrechó a su hija en un apretado y largo abrazo, y sonrió.

—¡Si tuviese veinte años, me casaría contigo ahora mismo! —declaró, y sus ojos brillaron.

Ann le puso los brazos alrededor del cuello y se rió.

—Sería demasiado vieja para ti.

Intentó no hacer una mueca de dolor cuando Mike falló un paso y aterrizó sobre sus pies. Pero su padre captó el gesto.

—Te he pisado —dijo, contrito.

—¡Qué va! —mintió ella, con una amplia y poco convincente sonrisa.

Ann Talbot no se habría detenido ni ante el perjurio para evitar que su padre sufriese; él solo los había criado a ella y a su hermano mayor, Karchy, después de la muerte de su madre. Con la ayuda de una vecina a quien pagaba para hacer las limpiezas generales, la colada y darles de cenar cinco noches a la semana, había atendido a sus dos hijos en la enfermedad, los había consolado cuando las pesadillas los despertaban por la noche, los había llevado a la iglesia los domingos, y había vigilado que hiciesen los deberes escolares y que no fuesen con malas compañías.

Les había dado el amor de dos padres. Se había preocupado por ellos cuando fueron al Instituto y empezaron a tener citas y a volver tarde a casa. Los había esperado despierto muchas noches preguntándose si estarían bien. Si estaban en el lugar donde debían estar. Si volverían a casa sanos y salvos. Y había estado presente cuando ambos recibieron sus diplomas del Instituto.

Karchy, que tenía seis años más que Ann, era más un deportista que un estudiante. Habiendo sido concebido y nacido en la pobreza y la miseria de un campo de refugiados austríaco en la posguerra, Karchy era un niño escuálido e inadaptado que, hasta muchos meses después de la llegada de los Laszlo a Chicago en 1952, tuvo el aspecto del enano de la camada. Para cuando llegó al Instituto, había engordado lo suficiente para formar parte del equipo de fútbol. Pero seguía siendo un inadaptado, y, aunque hablaba sin rastro de acento, nunca había perdido completamente el aire del viejo país.

Karchy tenía el físico majestuoso de su padre y su personalidad alegre y sin complicaciones. Mike había empujado a su hijo para que se interesase por algo más aparte del deporte, pero Karchy se encogía de hombros y señalaba a su hermana. «Deja que sea Ann quien vaya a las clases. Ella es el cerebro de la familia. Yo tengo la belleza.»

De hecho, si bien Karchy era lo bastante guapo como para conseguir la flor y nata de las muchachas del Instituto, Ann era la *realmente* hermosa; tan hermosa que a veces, cuando Mike la veía a distancia caminando por la calle para reunirse con él después del trabajo, o en el escenario actuando en una representación escolar o cantando en el coro, apenas podía contener las lágrimas de orgullo. ¡Pensar que aquella criatura de rostro delicado, sonrisa de oro y ojos luminosos que brillaba con inteligencia era realmente su pequeña Anni!

Para Mike, era su princesita de las hadas, cuyo rubio cabello ondulado, su sonrisa feliz y su personalidad simpática la habían convertido en la niña bonita del barrio. No podía imaginarse cómo él e Ilona habían dado vida a aquella niña norteamericana cien por cien. Inteligente, por añadidura. Desde el primer curso había obtenido Aes y, cuando estaba haciendo el bachillerato elemental, los profesores le decían a Mike que ya podía ir ahorrando para mandar a su hija a la Universidad.

¿La Universidad? ¿Una Laszlo? Mike se rió en voz alta. Pero sabía que los profesores tenían razón con respecto a Ann. Pues él veía que, si bien era dulce y afable, tenía la misma tenacidad y determinación de acero que lo había ayudado a él a sobrevivir en el campo de refugiados y a llevar a su familia hasta América.

Cuando se empeñaba en algo, nada la detenía. Y allí estaba, toda una señora abogada.

Cuando la música cobró velocidad, Ann golpeó el suelo con los pies e hizo girar la falda, luego dio una, dos, tres palmadas. Bailaba la *czarda* desde que era pequeña, y los pasos salían de forma natural. Una de las razones por las cuales cada año mantenía su agenda libre para el festival de Santa Elisabeth, era bailar con su padre y Karchy, sin mencionar la excusa de deleitarse con la comida picante y rica en calorías que por regla general no se permitía.

Ahora sonreía al ver cómo su hermano mayor atravesaba a grandes pasos la sala para reclamar su turno. Se bromeaba en la familia Laszlo sobre el hecho de que, apenas Ann empezó a caminar, se pegaba a él y lo seguía a todas partes, de forma tan implacable que los amigos de él la habían apodado «la sombra». Ella casi estalló de orgullo cuando él entró a formar parte del equipo de fútbol del instituto, y lo había aplaudido en todos los partidos que había jugado en casa. Aunque durante días había gritado y discutido con él (y su padre) sobre la guerra de Vietnam, cuando Karchy se enroló y fue enviado a Saigón, le había escrito tres veces por semana, sin fallar ni una vez.

También se pegó a él cuando volvió a casa, especialmente durante aquellos primeros meses antes de ponerse de nuevo a trabajar en la fábrica. Sólo quería ver la televisión, con un porro en una mano y una lata de cerveza en la otra. Esto y dar paseos en coche hasta el lago, donde miraba fija y melancólicamente las olas, encadenando un cigarrillo con otro.

Nunca había confesado a nadie, mucho menos a su padre, lo preocupada que había estado entonces por Karchy. Su alegre y adaptable hermano parecía poseído por misteriosos y poderosos demonios. Y aunque ella había dejado de creer en Dios, había ido más de un domingo a la iglesia, para rogar que Karchy olvidase lo que había visto en Vietnam, fuese lo que fuese, y volviese a ser él mismo. Pues, por muy diferentes que pudiesen ser sus vidas, Karchy, y su padre también, por supuesto, eran su familia, su escudo contra todo lo que era malo en el mundo. Los adoraba a ambos y dependía de ellos.

El sentimiento era mutuo. Cuando la gente preguntaba a Karchy por qué todavía no había sentado la cabeza y se había casado, su respuesta habitual era: «Porque todavía no he encontrado una muchacha tan guapa e inteligente como mi hermana pequeña.»

Finalmente, tal vez gracias a sus oraciones o, más probablemente, al poder curativo del tiempo, Karchy emergió de su depresión y reaccionó. Había dejado de fumar porros, aunque todavía a veces bebía demasiada cerveza, como demostraba la barriga que colgaba por encima de sus pantalones. A juzgar por sus muy sonrojadas mejillas, aquella noche era una de esas veces.

—Eh, yo quiero bailar con Annie —gritó sobre el ruido, empujando el brazo de Mike.

Su padre sonrió feliz. Comida húngara, música y la compañía de su familia. ¿Qué más podía desear?

—Le he roto el pie —le dijo a Karchy.

—¿Le has roto el pie? —dijo Karchy, con una fingida mirada de preocupación. Se puso de rodillas y cogió la pierna de Ann, con la intención de examinarla.

—¡Karchy! —regañó Ann, con la cara roja a causa de la turbación.

Karchy se reía a carcajadas. Le gustaba tomarle el pelo a su hermana pequeña. Aunque ella era una dinamita como abogada criminalista con uno de los mejores historiales judiciales del Condado de Cook, él sabía sacarle su mejor parte.

—¿Qué pasa? ¿Acaso no te he visto el pie antes? —dijo, todavía riéndose—. He visto también todo lo demás. Soy tu hermano, ¿recuerdas?

—¿Cómo podría olvidarlo? —dijo Ann, y silbó mientras le hacía ponerse de pie. Lanzó a su padre una mirada que decía: *Dile que se comporte.*

Mike sacudió la cabeza afectuosamente, disfrutando de las bufonadas de Karchy. Se despidió de sus hijos anunciando:

—Voy a comer un poco de *szalona.*

Como era de prever, Ann le llamó la atención:

—¡No te conviene, papá!

Como era de prever, Mike hizo caso omiso y se dirigió al puesto de *szalona*, donde Johnny Szalay estaba cortando lonchas de tocino entreverado como si hubiese nacido con una espátula en la mano. Johnny era un viejo amigo con quien Mike había compartido muchas jarras de cerveza y muchos buenos recuerdos, y de forma natural le concedía el liderazgo. Pero el respeto era un asunto completamente distinto.

—Ay, no sabes hacer la *szalona*. No le pones bastante grasa —le dijo Mike tomándole el pelo.

Sin embargo, si había algo que Johnny nunca economizaba, era la grasa. Su divisa era cuanta más manteca de cerdo, mejor.

—Anda, Mike, prueba una.

Mike iba a sacar la cartera cuando cambió de opinión al distinguir a su nieto de once años solo al borde de la pista. Mikey iba vestido con su habitual camiseta y sus pantalones con rodilleras. Pero sobre la camiseta llevaba un chaleco húngaro bordado, y sus largos y delgados brazos colgaban a sus lados como si no supiese qué hacer con ellos.

—¡Anda, Mikey, vamos a bailar! —gritó Mike a su tocayo, pero Mikey retrocedió, y el terror le hizo abrir los ojos de par en par.

—¡No sé bailar, abuelo! —protestó, en voz alta.

—¡Venga, venga, vamos a bailar! —insistió Mike. Cogió el brazo de Mikey y lo arrastró hasta el centro de la pista de baile. Allí, señaló a Ann y Karchy, que giraban al ritmo de los frenéticos compases de la *czarda*, y golpeó el suelo con los pies al ritmo de la música.

Mike sonreía tontamente y miraba a su alrededor, para comprobar que nadie lo estaba mirando. El abuelo Mike era tan diferente de su otro abuelo. En ocasiones Mikey se preguntaba qué pensaban los dos hombres uno del otro y de qué hablaban cuando estaban juntos. Claro que ahora, después del divorcio, ya casi nunca se veían. Mikey se preguntaba a veces si ello les alegraba o no.

—Vamos, haz como yo te digo —urgía Mike, haciendo la demostración mientras hablaba—. Mueve los pies, mueve las caderas, mueve el culo...

—¡Abuelo! —lo interrumpió Mikey, con el rostro colorado como una remolacha a causa de la turbación. Miraba al suelo, deseando poder ser instantáneamente transportado desde aquella sala a su dormitorio, para poder así jugar con su nuevo juego «Nintendo» sin que nadie lo molestase. Le había dicho a su madre un millón de veces que no quería ir más a los festivales húngaros, porque él era norteamericano, como su padre y su abuelo Harry.

Sí, decía ella pacientemente. Claro que eres norteamericano. Y yo también, y tío Karchy, y el abuelo Mike, aunque hable con acento. Quiero que estés orgulloso de tu lado norteamericano y de tu herencia húngara. ¿Comprendes?

Sí, contestaba él, asintiendo con la cabeza. La mayoría de las veces le daba la razón porque no quería que se enfadase con él. Estaba bien ser húngaro, especialmente en lo tocante a la comida, y el abuelo Mike era el más grande. Pero detestaba cuando empezaban a hablar en húngaro. «Lenguaje *munchkin*», lo llamaban los chicos de la escuela. Tío Karchy le había enseñado algunos tacos en húngaro, y eso era estupendo, pero la mayoría de las veces no comprendía lo que se estaba diciendo. Y por supuesto no era capaz de bailar esos bailes, por muchas veces que el abuelo le hubiese enseñado los pasos. ¿Al abuelo no le importaba lo ridículo que parecía?

Mikey imaginó que no, porque el abuelo se tomaba a sí mismo a risa y decía:

—¡Tienes que moverte!

La forma como sacudía las caderas le recordaba a Mikey una danzarina del vientre egipcia que había visto en la televisión. Se preguntó si su abuelo estaría intentando imitarla. Mikey sonrió. Cuanto más pensaba en su abuelo como una gorda danzarina del vientre vestida con velos, más le gustaba el chiste. Una ligera risa surgió a la superficie. Mikey intentó contenerla, pero ya se escapaba otra risa que se convirtió en una carcajada en toda regla, y así, al cabo de unos instantes, se reía con grandes sacudidas y las lágrimas bajaban por sus mejillas.

—¡Eso, eso es! —gritaba Mike, golpeando el suelo con los pies y dando palmadas mientras los músicos atacaban al crescendo frenético y final.

Mikey se unió al aplauso general. Tenía que admitir que el abuelo era un tío estupendo.

Ann sufría de vez en cuando de accesos de culpabilidad por el hecho que no darle a su hijo una preparación religiosa. Pero desde el momento que ella sólo iba a la iglesia una o dos veces al año, habría sido hipócrita por su parte insistir para que Mikey asistiese a la escuela dominical. Muchos años antes, durante su embarazo, ella y su ex marido habían mantenido largas y serias discusiones sobre la forma de educar a su hijo todavía por nacer. Ella era una católica no practicante, David un metodista con la misma falta de entusiasmo. Ambos consideraban que la ética y los valores morales contaban mucho más que la religiosidad.

Sin experiencia y locamente enamorados, estaban seguros de poder superar sus diferencias. Compartían muchos intereses, siendo uno de los más importantes la profesión, pues ambos eran abogados. Para David, el Derecho era una tradición familiar: Su padre era el socio fundador de uno de los bufetes más prestigiosos de Chicago. Él, sin embargo, no quería ejercer el Derecho mercantil. Al igual que Ann, dirigió sus pasos a la oficina de Derecho público, donde podía adquirir una sólida experiencia judicial y hacer buen uso de su idealismo.

Desde el momento que se conocieron, en el primer curso de la Facultad de Derecho, empezaron a pasar muchas horas juntos, tomando café y discutiendo sobre teorías legales. Primero habían sido amigos y compañeros de estudio, luego amantes. Cuando decidieron casarse, ni el padre de David ni Mike rebosaron de alegría ante la unión, lo cual los determinó todavía más a demostrar a sus padres que estaban equivocados.

Ann estaba segura de que para Harry Talbot su certificado de nacimiento de Chicago no abrogaba en absoluto su etnia. Pero a pesar de su actitud estirada de protestante blanco anglosajón, contaba con una vena poco convencional, y ella sospechaba que disfrutaba bastante diciéndole a la gente que tenía una nuera húngara. Estaba sinceramente encariñado con ella, y ésta con él.

Al final, los padres habían llegado a una tregua frágil para aquellas escasas y poco frecuentes ocasiones en que las familias se veían obligadas a encontrarse. Cuando verdaderamente empezaron a coincidir fue, por supuesto, después del nacimiento de Mikey. Era el único nieto por ambas partes y, hay que decir en su honor, ni Mike ni Harry querían perderse ninguna etapa de su crecimiento. Aunque resultase extraño, a veces Harry le recordaba a su propio padre.

Aunque por diferentes razones, ambos eran intensamente patriotas, devotos creyentes del sueño americano. Y mucho más importante en lo tocante a Ann, cada uno a su manera era un abuelo estupendo y entregado. Así se cruzaron las fronteras culturales: El Día de Acción de Gracias se celebraba al estilo norteamericano en casa de Harry; la cena de Nochebuena tenía lugar en la de Mike.

Habían tomado juntos su última comida festiva tres años antes, cuando el matrimonio de Ann y David se deshizo hasta el punto de que no podían seguirse engañando en la creencia de que todavía quedaba algo por salvar. Hoy, divorciados desde hacía dos años y siguiendo supuestamente hacia delante con sus vidas separadas, todavía eran amigos. Una especie de amigos. De vez en cuando uno de ellos daba un resbalón y dejaba escapar un gancho punzante e hiriente, un recuerdo agudo y patético de aquellos golpes que laceraban verbalmente y que tan a menudo se infligían mutuamente durante los meses decadentes de su matrimonio.

Ann suponía que ello significaba que todavía les quedaba algún buen sentimiento el uno para con el otro. Desgraciadamente sólo podían dejar salir estos sentimientos de esta forma. Por otra parte, tal vez se lanzaban estos tiros al azar porque jamás se habían enfrentado a la profundidad de su decepción provocada por su fracaso mutuo.

En opinión de todos, habían empezado como una gran pareja: atractivos, inteligentes, divertidos, obviamente destinados a tener éxito. ¿Entonces qué es lo que habían hecho mal? Era la pregunta que todavía atormentaba a Ann en medio de la noche cuando no podía dormir. No porque ello fuese a cambiar las cosas a esas alturas, sino porque Ann odiaba dejar cabos sin atar. Y la *Referencia Talbot contra Talbot*, todavía estaba en su archivo de casos no resueltos. Era como si se hubiesen persuadido para acorralarse sin posibilidad de escapatoria, aunque para explicar la razón habrían tenido que presionarla duramente.

No encajaba ninguna de las explicaciones fáciles: falta de sexo, dinero, y otro amor. No, los Talbot habían llegado a aquel punto por algo mucho más complicado e intangible, algo que tenía que ver con valores divergentes y sensibilidades. Lo que era importante para ella se había vuelto cada vez más insignificante para él. Ella por su parte había empezado a rechazar lo que él admiraba. Pero en lugar de respetar sus diferencias, como habían sido capaces de hacer en el pasado, la antipatía mutua a causa de ellas se había activado. De forma que las últimas peleas, terribles y violentas, no tenían nada que ver con la parte de la ciudad de la que procedían, o con la religión en la que habían sido educados, o con el hecho de ser protestante blanco anglosajón o húngara.

Y así era, quería que Mikey estuviera orgulloso de su herencia húngara, pero no estaba para llevarlo a misa cada domingo mientras leía el periódico y tomaba café.

Fue Karchy quien surgió con un compromiso del agrado de todos. Si Mikey quería ir a la iglesia con el abuelo, era asunto del chico. ¿Pero cómo entonces tendrían la seguridad de poderse reunir después en casa de Mike para el desayuno?

Pues en la familia Laszlo se había establecido —o, mejor dicho, revivido— una tradición. Cuando eran niños siempre se habían reunido los domingos en la cocina para leer las historietas gráficas de los periódicos mientras el padre freía tocino entreverado y huevos. Poco había cambiado desde entonces: la misma casa de ladrillos rojos, la misma cocina con armarios de madera barnizada, la misma mesa de formica, y el papel de la pared que Karchy y Ann habían colocado juntos después del regreso de Karchy de Vietnam. Salvo que ahora Ann se preocupaba por la cantidad de colesterol que comía Mike y cómo ello incidiría en su corazón.

Aquel domingo no fue una excepción.

—No puedes comer esto, papá —lo reprendió ella, mientras miraba cómo él y Karchy freían gruesas lonchas de tocino entreverado en la cocina.

Su advertencia cayó en oídos sordos. Mike guiñó un ojo a su nieto, como diciendo: *Ya empieza otra vez*. Mikey, a quien le gustaba confabularse con «los hombres» contra su madre, le devolvió el guiño.

—¡No quiero salud, quiero grasa! —dijo Mike, riéndose alegremente, y balanceando una loncha de tocino delante de ella. Una gota de grasa cayó a un lado y aterrizó con una rabiosa crepitación en la llama del elemento. Ann arrugó la nariz con repugnancia, a pesar de que en realidad el tocino olía estupendamente.

—Es comida húngara, Annie —dijo Karchy, tomándole el pelo—. ¿Qué pasa? ¿Ya no te gusta la comida húngara?

Leían el mismo guión, palabra por palabra, semana tras semana. A continuación él o el padre bromearían sobre el hecho de que ella siempre estaba haciendo régimen e intentando estar delgada en lugar de volverse como una de las mujeres gordas húngaras del barrio.

Karchy cogió una gruesa rebanada de pan de centeno para rebañar la grasa del tocino.

—Ahora sólo come esa porquería congelada, papá. Titas delgadas —dijo, pronunciando mal la palabra deliberadamente—. Esa porquería ni siquiera te hace peder. Esto es lo que pasa en los barrios buenos, papá. Ni siquiera se echan pedos.

Ann lanzó a Karchy una fea mirada. Él le había estado tomando el pelo desde la infancia y no veía razón para dejar de hacerlo ahora por el hecho de ser adultos. Le mostraba su amor mediante estas pullas.

—¿Qué? —dijo, soltando una risilla—. Sólo estoy diciendo la verdad, eso es todo. Cuando eras pequeña solías echarte pedos como una condenada.

Mikey se echó a reír a carcajadas, fuera de sí por el placer de oír a un adulto utilizar la palabra *pedo* tres veces en el espacio de dos minutos. Los hombros de Ann se sacudían a causa de la risa contenida, hasta que también ella se dejó ir y se unió a la risa general.

—Karchy —dijo, intentando ponerse seria—, si no paras inmediatamente...

—¿Qué? ¿Qué he dicho? —preguntó, lleno de inocencia herida.

¿Cómo iba ella a enseñar buenas maneras a su hijo con un tío y un abuelo montando el numerito para él?

Mike todavía se estaba riendo cuando introdujo hábil y violentamente el tocino entre rebanadas de pan.

—¿Puedo comer uno, abuelo? —preguntó Mikey, con ilusión, mirando a su madre por el rabillo del ojo. No porque ella siempre le hubiese prohibido comer bocadillos de tocino. Pero Mikey nunca estaba seguro de cuándo su madre iba a mostrarse realmente estricta o cuándo sólo estaba bromeando.

—Demonios, claro que te lo puedes comer —dijo Mike, empujando la fuente en su dirección—. Un cuerpo sano hace un espíritu sano, ¿estás de acuerdo, Mikey?

—¡Claro, abuelo! —Mikey le dedicó una sonrisa y cogió un enorme trozo de pan empapado en aceite.

—Es asqueroso —comentó Ann, con una sonrisa indulgente.

—¡Es buenísimo! —replicó Mikey, entusiasmado—. ¿Puedo comer otro?

Mike asintió, luego anunció:

—Voy a traer algo de vino.

Regresó un momento después con una botella de vino tinto frío y una botella de agua se seltz para hacer un *froccs*: dos partes de vino y una parte de soda.

—¿Puedo tomar un poco de vino? —rogó Mikey.

—No —le dijo Ann, sabiendo perfectamente que poco iba a importar lo que ella dijese.

Como era de prever, Mike dijo:

—Demonios, sí. Vas a tomar vino.

—Papá... —empezó Ann.

—¡Cuerpo sano, mente sana! —corearon su hijo y su padre al unísono.

Cielos, ¿por qué se preocupaba? Se encogió de hombros en señal de rendición y se unió a sus risas. Supuso que lo mejor que podía hacer era mirar cómo su padre preparaba a Mikey una bebida buena y floja. Más allá de esto, todo lo que podía hacer era arrellanarse en la silla y disfrutar del placer que experimentaban sus hombres en su mutua compañía. Y considerar lo afortunada que era por haber sido bendecida con una familia tan maravillosa.

CAPÍTULO II

Los pasillos del Palacio de Justicia Municipal de Daley Center estaban siempre llenos de la mezcla habitual de chulos y ajadas prostitutas; de traficantes de droga bien vestidos que podían haber pasado por comerciantes de Merc de visita; de garantes de fianzas y polis de rostro desabrido; de ayudantes del fiscal del distrito y de abogados defensores. Ann había estado recorriendo estos pasillos casi desde el momento en que obtuvo el título en la facultad de derecho, y conocía bien sus entresijos.

No era para ella la calma serena y ordenada de los bufetes que ofrecían sus servicios a empresas o a decorosos clientes acaudalados cuyos bienes debían ser atendidos. A ella le atrajo la agitación del derecho penal: el tira y afloja del contrainterrogatorio, el trabajo de ganarse la confianza del jurado, el repaso instantáneo de la ley a fin de encontrar el punto débil del oponente. Había dedicado su tiempo a la oficina de la defensa pública, un aprendizaje riguroso que había borrado cualquier vestigio de timidez que hubiese podido ocultar. Había adquirido allí la fama de ser una abogada compasiva y eficaz que podía pensar rápidamente y lograr que el jurado viese las cosas a su manera.

Todo el mundo sabía, sin embargo, que la oficina de la defensa pública era sólo un lugar de paso. Era un campo de entrenamiento donde los abogados podían hacer gala de sus cualidades hasta que eran abordados por uno de los bufetes que representaban a los clientes difíciles de defender, aquellos que requerían una habilidad extraespecial. Por consiguiente Ann no se sorprendió cuando Mack Jones, con quien a menudo había hecho fintas en el pasillo de la sala del tribunal, la invitó a cenar, pidió una botella de vino caro y procedió, entre la ensalada y el postre, a explorar la posibilidad de que fuese a trabajar con él.

Ann siempre había admirado la forma en que Mack libraba sus batallas en el tribunal. Había descubierto en el transcurso de la cena que también le gustaba su franqueza.

—Escucha —dijo él, de forma terminante—. Hace bastante tiempo que te vengo observando en el tribunal. Tienes entusiasmo y ambición, una mente ágil, y una lengua aguda. Y eres capaz de ver la otra parte, aun cuando no quieras admitirlo. Puedo decirlo por la mirada que he visto en tus ojos. Creo que eres una abogada condenadamente buena, y ello es el noventa y cinco por ciento de la razón por la cual quiero contratarte.

Hizo una pausa para tomar un sorbo de vino, luego continuó:

—Pero te aseguro que el hecho de que tu nombre de soltera sea Laszlo no perjudica. O que hables un poco de húngaro. Yo soy negro, y ya tengo un socio judío. Me atrae bastante la idea de cerrar el círculo con una mujer de tu gran talento que además puede contribuir al voto étnico. ¿Te ofende?

Ella meditó con cuidado la pregunta, luego movió la cabeza, no. Mack Jones era un abogado demasiado entregado para contratar a alguien a quien no respetase profesionalmente. Su instinto le había dicho que formarían un buen equipo.

Cinco años después se convirtió en socia, y el bufete Jones, Lehman & Talbot tenía más trabajo del que podía abarcar. Algunos clientes le gustaban más que otros. Quienes más le molestaban eran los traficantes de droga: bastardos listillos que se vestían como inversionistas *yuppies* y llevaban miles de dólares en sus maletines de cuero de Mark Cross. Cuando se detenía demasiado a pensar en ellos, vendiendo drogas que acababan en manos de chicos como Mikey, casi llegaba a odiarse por abogar por su versión de la historia. Lo que le permitía seguir delante era la creencia, compartida con sus socios, de que todo el mundo tenía derecho a una representación justa.

Incluso un hijo de puta como Doug Griffin, que había sido pescado por un par de agentes de narcóticos por traficar con cocaína. Si Ann estaba segura de algo era que Doug era un don nadie. Pero actuaba como si fuese un pez gordo, y le había estado lanzando miradas seductoras desde el momento en que Sandy Lehman había hecho las presentaciones unos momentos antes de dirigirse a la vista de su fianza.

A Griffin se le habían subido los humos a la cabeza y había acabado pisando mierda, razón por la cual todo el equipo —los tres socios, más su investigadora privada, Georgine Wheeler— se había reunido en el Palacio de Justicia aquella mañana. Pero Griffin no era todavía consciente de que sus próximos años de vida dependían de alguna maniobra legal completamente fantástica. Desde su punto de vista carente de instrucción, su caso era clarísimo. Ya había hablado con Sandy y ahora estaba repitiendo su historia para el gobierno de Mack y Ann.

—Empezó a tomar el *Miranda,* pero entonces el otro agente, el que lleva coleta, dijo, «Pégale», y el primero no llegó a terminar el *Miranda.*

—¡Bingo! —exclamó Sandy.

Éste era un hombre atractivo de unos cuarenta y cinco años, y aquella mañana iba vestido como de costumbre con uno de sus trajes de tres piezas hechos a medida que llevaba siempre que tenía que comparecer en el tribunal. Ann jamás había conocido a nadie tan obsesionado con su aspecto como Sandy. Le gustaba comer, pero rara vez se levantaba de la mesa sin anunciar que tenía previsto adelgazar seis kilos, a partir del día siguiente. En una ocasión le había incluso confiado que cada mes se gastaba una cantidad nada despreciable de dinero en una loción que se suponía debía evitar que se quedase todavía con menos cantidad de pelo oscuro y rizado.

Había proporcionado a Ann un hombro fornido donde llorar cuando ésta atravesaba el momento más triste de su divorcio, pero él había acabado en su cama después de haber estado en el despacho hasta tarde, lo que quería de él era amistad, no sexo. Por otra parte, resultaba ser un abogado fantástico con un conocimiento admirable de los códigos del derecho penal.

Sin embargo, aquel día Ann pensó que estaba siendo optimista en exceso. ¿Desde cuándo creían que la bofia de Chicago siempre decía la verdad con respecto a si había seguido o no el procedimiento adecuado? Si un traficante de droga declaraba que no le habían leído sus derechos, ¿a quién iba a creer el jurado? ¿Al hombre vestido de azul o al tipo acusado de vender cocaína y Dios sabe qué otra cosa?

—No se lo tragarán —dijo, haciendo de abogado del diablo, una táctica que a menudo producía efectos positivos. Mack o Sandy replicaban a su reto con un argumento de mayor peso en nombre de su cliente.

Mack se sentía más realista.

—Les retorciste la nariz, gritaron. El jurado lo oirá —dijo, sucintamente.

Por supuesto, mucho dependía de los testimonios, la coartada y la confirmación, que era donde intervenía Georgine. Universalmente conocida como George, era una mujer negra cálida y extrovertida que prefería los estampados africanos y los turbantes a los trajes de chaqueta, y que no tenía manías a la hora de lanzar su peso si consideraba que así lo requerían las circunstancias.

George era diez años más joven que Mack, y se habían conocido cuando ella era una niña con proyecto de mujer y él era uno de los chicos mayores que mantenía a los muchachos malos a raya. Tan pronto como acabó el instituto, ella había llamado a su puerta en busca de un trabajo y llevaba trabajando con él desde entonces. Mack le preguntó en una ocasión cómo había conseguido ser tan bueno en lo que hacía. «Soy simplemente una pura curiosa por naturaleza», había contestado ella.

Pero George era mucho más que una investigadora privada. Repartía apoyo moral o los ponía como un trapo, cuando así lo estimaba conveniente; los hacía reír en los momentos difíciles; cuando estaban enfermos les llevaba sopa de pollo casera condimentada con ajos tiernos. La compañía no podría prescindir de ella.

Ella ya había hecho su trabajo con respecto a Doug Griffin.

—Dos testigos —informó—. Uno es dudoso, el otro es oro puro.

Ann sintió que renacía la esperanza en ella.

—Ensuciaremos al dudoso, sacaremos partido del fiable —dijo.

Ésta era la parte divertida: reunir los elementos con los cuales trabajar, imaginar la estrategia. Sandy le decía a menudo que habría sido una estupenda jugadora de póquer, por la forma en que le gustaba preparar sus cartas sin enseñar la mano hasta que no era absolutamente necesario. Y siempre con un rostro impasible.

Griffin pescó al vuelo una pizca de su entusiasmo.

—¿Cómo lo vas a hacer exactamente? —quiso saber.

Ann ignoró la pregunta de Griffin. Para su relación profesional era preferible que éste comprendiese por su indiferencia que el hecho de defender su causa en el tribunal no le autorizaba a entablar conversación con ella. Le diría lo que necesitaba saber de él. Y punto. Al principio de su carrera había aprendido el arte sutil de representar a acusados que le producían náuseas. Dándole la espalda, le preguntó a George:

—¿Qué pasa con la Banda E que tenemos para mañana?

—No quieren pactar —dijo George, moviendo la cabeza.

—Pactarán —dijo Ann, sonriendo ligeramente. Consultó el reloj. Si la vista para la fianza empezaba puntual, podría estar de vuelta en el despacho a las diez y cuarto, leer el expediente de la Banda E y preparar las notas para la reunión del día siguiente. Después tenía que empezar con un caso de discriminación de vivienda que había llegado a última hora de la tarde del día anterior.

Su nuevo cliente, Robin Mueller, era propietario de una tienda de animales domésticos en Sheridan Road, y abastecía sobre todo a las jóvenes y ricas parejas del vecindario. Demasiado ocupadas o todavía poco dispuestas a tener hijos, proyectaban su amor en sus perros y gatos con pedigrí, y gastaban mucho dinero en el «Animal Emporium».

Ahora, Robin y la mujer con la que vivía querían comprar un piso de dos habitaciones en una comunidad de propietarios a dos manzanas de la tienda. Ella había negociado con los vendedores, acordándose un precio que estaba dispuesta a pagar al contado. El problema surgió cuando la junta de la comunidad de propietarios rechazó su solicitud. No se molestaron en dar explicaciones, pero Robin estaba segura de que se imaginaban que ella era lesbiana. Sin duda se sentían a salvo porque la mayor parte de los candidatos rechazados era reacia a remover las cosas. Pero Robin, una mujer de unos treinta y cinco años, guapa y de hablar dulce, estaba muy enfadada y dispuesta a luchar.

—Conozco a algunos miembros de esta junta —le dijo a Ann con lágrimas en los ojos—. No les importa que una tortillera se ocupe de sus preciosos perros y gatos, pero me temo que no soy lo bastante digna como para vivir en el mismo edificio.

¡*Bastardos*!, pensó Ann, mientras escuchaba. No veía el momento de ponerse en acción. Era precisamente el tipo de caso donde ella y George hincaban los dientes y lo manejaban como si estuviesen llevando a cabo algo digno de consideración.

Sumergida en sus reflexiones, no había advertido que Griffin la estaba examinando con un interés a todas luces creciente. Le gustaba aquella abogada, guapa y con un cuerpo estupendo. Dura como el clavo por fuera, pero apostaba que en la cama era suave como el terciopelo. El tipo de chavala que le iba. Se preguntó si en el escenario habría un marido o un novio; pero sin saber el porqué decidió que no. Tal vez, si jugaba bien sus cartas, podría llegar a haber algo entre ambos.

—Debe de ser usted una mujer muy astuta —dijo con una voz dulce; y, con un aire de naturalidad, la rodeó con un brazo.

Ella se apartó bruscamente, como si la hubiese tocado con un hierro candente.

—¡No olvide quién es usted, tío mierda! —exclamó.

En busca de simpatía masculina, Griffin dirigió la mirada hacia Mack y Sandy. Pero ninguno de ambos quería ser reclutado como aliado. Sandy pretendió estar concentrado en sus notas. Mack volvió conspicuamente la cabeza para saludar a un colega. Griffin captó el mensaje y mantuvo la boca cerrada mientras cubrían el resto de la distancia hasta la sala del tribunal. Ann Talbot no sabía lo que se perdía. Él tenía montones de mujeres que bebían los vientos por él. Además, ¿para qué quería a aquella presumida? Sólo para que hiciese su trabajo como se suponía debía hacer y lo mantuviese alejado de la cárcel.

Ann, por su parte, tenía cosas mucho más importantes en su cabeza que Doug Griffin. Para ella no era más que una mosca fastidiosa a la que espantaría con el dorso de la mano a modo de matamoscas si se cruzaba en su camino. En aquel momento le preocupaba mucho más discutir con George sobre cómo manejar el caso de discriminación. Estaba claro que había una labor de excavación que realizar, y nadie hacía este tipo de trabajo mejor que George.

Su conversación fue interrumpida por John Szalay, un amigo de su padre que trabajaba como guardia de seguridad en el Palacio de Justicia Municipal, cuando no estaba friendo tocino.

—¡Annie! —llamó, con frenesí, agitando una mano a fin de llamar su atención.

Ella le devolvió el saludo y siguió caminando. Pero en lugar de dejarla marchar, John la cogió por el brazo y dijo:

—Tu secretaria ha estado buscándote. Llama a tu padre.

Normalmente no era propensa al pánico, pero oyó la urgencia en la voz y se preguntó si sabría más de lo que le estaba diciendo. No le gustaba dejar a sus colegas. Pero era insólito que su padre la buscase en el trabajo. Debía de haber pasado algo terrible.

Mack había escuchado el mensaje de John. Le dio un cariñoso empujón y dijo:

—¡Ve! Te sustituiremos nosotros.

—Bien. Hasta luego —dijo ella por encima de su hombro y corrió en busca de un teléfono.

Sus altos tacones golpeaban el suelo de terrazo con un sonido sordo y *staccato* de preocupación y tensión. Imágenes fragmentadas de posibles catástrofes cruzaban por su cabeza. ¿Mikey? No, no podía ser; habrían llamado del colegio. Tal vez su padre estaba enfermo... Un ataque..., un ataque cardíaco... ¿Cuántas veces le había rogado que se cuidase más? O quizás había habido un accidente en la fábrica y Karchy estaba herido.

Mientras registraba el bolso en busca del monedero y sacaba una moneda de veinticinco centavos con dedos temblorosos, fue asaltada por una fuerte premonición de desastre. Durante un momento alocado la mente se le puso en blanco y no pudo recordar el número de teléfono de su padre, el mismo desde que ella era pequeña. *Tienes que calmarte,* se dijo. Su actividad era ridícula. Se obligó a respirar profundamente, la mente se le aclaró y marcó rápidamente los números. *Dios mío, por favor,* rezó en silencio, *por favor, haz que todo esté bien.*

El teléfono sonó una, dos veces. Tecleando nerviosamente con las uñas en el cristal de la cabina telefónica, murmuró al receptor, *Por favor, papá, contesta a este maldito teléfono.* Un momento después —que pareció una eternidad—, Mike descolgó por fin el teléfono. El sonido de su voz al otro lado de la línea no consiguió tranquilizarla. Y todo lo que él dijo fue:

—¡Ven en seguida, Annie!

CAPÍTULO III

Las tres cosas de las que Michael Laszlo estaba más orgulloso eran sus hijos, su pasaporte norteamericano y la casa que él e Ilona habían comprado en 1955, el mismo año del nacimiento de Ann. A ésta le gustaba escuchar a su padre cuando contaba cómo habían ido al despacho del abogado y firmado los documentos que lo habían convertido en propietario. «Imagínate, Anni —solía decir—, habíamos llegado hacía sólo tres años antes, con apenas un centavo en el bolsillo. Ya ves... ¡en América *todo* es posible!»

La casa, de dos pisos y ladrillos rojos, era pequeña; acogedora, era como la había descrito el agente inmobiliario. Durante mucho tiempo, hasta que Mike había construido otra habitación en la parte posterior, los niños habían compartido dormitorio. Sólo había un baño, por supuesto, por lo que conseguir que todos se lavasen y saliesen a tiempo por la mañana era algo normalmente bastante peliagudo. Pero el resto de las modestas casas de la manzana arbolada también estaban bien cuidadas, y la mayoría pertenecía a otros inmigrantes recién llegados cuyos hijos tenían aproximadamente la misma edad que Karchy y Ann.

En invierno, cuando soplaban los vientos fríos procedentes del lago y parecía que eran más los días en que nevaba que al contrario, las familias se reunían en el interior de las casas. Pero cuando llegaba el verano, con su regalo de la luz del día que duraba hasta bien pasadas las nueve, todos se agrupaban fuera. Los niños pasaban todo momento libre, cuando podían evadirse de las tareas que sus padres solían imponerles, en los jardincillos o en las aceras, para rescatar lo que habían dejado el octubre anterior cuando el tiempo frío había puesto punto final a sus largas horas de juegos al aire libre.

Se dividían en grupos según las edades: Los chicos mayores jugaban a béisbol en medio de la calle, dejando pasar de mala gana a los coches que cruzaban de vez en cuando. Aclamándolos desde los laterales, estaban sus actuales o futuras novias, que se hacían la manicura con esmero y se reían tontamente comentando qué muchacho besaba bien y cuál intentaba llegar hasta el final.

Los niños pequeños, cuando no estaban columpiándose o deslizándose por el tobogán del patio de la escuela, situada al final de la calle, organizaban interminables juegos de piratas, corre-corre-que-te-pillo o escondite que los mantenían persiguiéndose mutuamente hasta que sus madres los llamaban para cenar o irse a la cama. Y los padres regaban el césped y arrancaban las malas hierbas, mientras los vigilaban a todos en silencio.

No porque hubiese algo que temer en aquel vecindario seguro en extremo, donde todos los rostros eran familiares y las puertas nunca se cerraban con llave. Eran como una familia numerosa. Rezaban en la misma iglesia, compraban en las mismas tres o cuatro tiendas, acudían al mismo médico cuando estaban enfermos, al mismo abogado cuando tenían problemas, cosa poco frecuente.

Después del trabajo, una vez fregados los platos de la cena y cuando el crepúsculo empezaba a caer, sacaban heladas botellas de cerveza o gaseosa y se acomodaban para intercambiar chismes o insultos amistosos arriba y abajo de la calle. Las mujeres presumían de sus hijos y sacudían la cabeza ante el asombroso aumento del precio del pollo o del cerdo, mientras sus maridos discutían sobre política y si los clubes ganarían aquel año.

Un año, cuando eran ya mayores y ganaban dinero, Karchy y Ann reunieron dinero y compraron a Mike una hamaca para colocarla entre los árboles del patio posterior. Mike no dejaba de colgar la hamaca cada verano, pero a decir verdad jamás la utilizó. Por último Ann se dio cuenta de que era más feliz sentado en los escalones de cemento frente a la casa, mientras observaba su dominio: su diminuto pero inmaculado césped y sus bien cuidados parterres de flores.

Le gustaba jactarse de que tenía la hierba más verde de la manzana, así como las flores más bonitas; que nadie tenía tomates o pepinos tan dulces y gustosos como los que plantaba cada primavera en el huerto situado detrás de la casa. Cuando sus hijos le tomaban el pelo acerca de su pulgar verde, Mike solía recordarles que allí en Hungría había sido granjero. Que el amor por la tierra estaba también en la sangre de ellos, aunque no tuviesen el buen juicio de apercibirse de ello.

Por supuesto, los tiempos habían cambiado y ahora estaba lleno de niños cuyos nombres no conocía, a cuyos padres nunca había visitado. Algunos de estos niños eran negros, pero ello no molestaba a Mike en absoluto; sus familias eran temerosas de Dios, gente que asistía a la iglesia, pintaba sus casas, cortaba la hierba y apreciaba el valor de un dólar, al igual que él. No le importaba el color de sus vecinos. Seguía gustándole sentarse fuera cuando el tiempo era bueno, enterarse de lo que pasaba, vigilar que los niños que jugaban a la pelota o saltaban a la cuerda no se precipitasen a la calzada.

Sin embargo, aquel día, todos los niños estaban en el colegio y la calle estaba desierta. Un gélido viento invernal hacía que los transeúntes se agarrasen a sus sombreros o bufandas mientras se apresuraban a llegar a su destino. Había unas gruesas nubes pasando rápidamente por encima, llevando la segura promesa de nieve. Pero con una temperatura que se mantenía en un grado centígrado, al pronóstico del tiempo había predicho sólo un fuerte aguacero antes del anochecer. No obstante, cualquiera con un poco de sentido común permanecía en el interior aquella mañana gris de finales de enero.

Thelma Holmes, que había comprado la casa Zawicki, dedicaba el día a la limpieza y la colada. Mientras abría la puerta para recoger el correo, estaba diciendo que haría estofado de buey para cenar. Algo fuerte y consistente. Tal vez podría llevarle un plato al señor Laszlo. Se preguntó si estaría en casa y miró al otro lado de la calle, asombrándose de ver a alguien acurrucado en la escalera del porche. En realidad parecía el señor Laszlo, sentado en el frío sin llevar siquiera un jersey.

Se preguntó qué demonio habría poseído a aquel hombre. ¿Debía cruzar la calle y preguntarle si estaba bien? Sería de buena vecina hacerlo, pero algo en la forma en que estaba sentado, como un animal herido replegado en sí mismo para protegerse de mayor daño, la detuvo.

Se encaminó de vuelta a casa, mientras sacudía la cabeza. Era un buen hombre y no tenía nada que hacer allí sentado a medio vestir como si fuese mediados de julio. Lanzó una última mirada por encima del hombro y se sintió aliviada al ver que un coche doblaba la esquina al final de la manzana. Era el sucio «Volvo» de la hija del señor Laszlo, a la que él llamaba Anni.

Bien, pensó. Su hija vería el problema, si existía alguno. A continuación, con la conciencia tranquila, Thelma entró en la casa dispuesta a cocinar el estofado.

Ann había recorrido aquel camino desde la ciudad hasta su antiguo barrio tantos cientos de veces que casi habría podido conducir con los ojos vendados. Y así, hizo el viaje como con un piloto automático, conduciendo, dentro de unos límites de seguridad y legalidad, lo más rápidamente posible, y echando pestes en voz alta contra todo semáforo rojo o stop que se encontró en el camino.

Su padre no había dicho mucho: sólo lo suficiente para que ella comprendiese que nadie estaba muerto o en el hospital. Su voz, normalmente fuerte y bronca, se había reducido a un murmullo apenas audible, pero el mensaje había llegado sin embargo alto y claro. Necesitaba verla lo antes posible.

Pasada la escuela elemental donde había aprendido a leer y escribir, giró a la izquierda. El edificio de ladrillos rojos tenía un aspecto dejado y cansado comparado con el colegio de Mikey, más nuevo y mejor equipado. Pero todavía tenía recuerdos de la señorita Fisher, su profesora en el primer curso; de haber ganado el certamen de ortografía tres años seguidos; de haber interpretado el papel principal en la representación de *Carousel* en el sexto curso; del patio donde había saltado a la comba más veces de las que podía contar.

Y lo mejor de todo, podía recordar aquella cálida y oscura noche de verano cuando tenía trece años y Bobby Mazrik le había hecho dar vueltas en el tiovivo hasta acabar aturdida, para luego arrastrarla a la sombra y besarla *—en los labios—*, durante tanto rato que pensó se iba a desmayar. Ahora Bobby estaba casado, era padre de tres niños, y vendía barcos cerca de Rainboy Beach. Estaba calvo y se había vuelto tan callado que apenas se le podía sacar una frase, y sin embargo Ann todavía se estremecía cuando pensaba en aquel momento muchos años atrás.

Algunos de sus amigos, los niños con los que había crecido, miraban con desprecio el antiguo barrio. Habían persuadido a sus padres para que vendiesen y se mudasen a otros barrios, más limpios y seguros. Si bien ella había hecho lo mismo, porque quería que Mikey fuese al mejor colegio posible, seguía gustándole ir al barrio de su casa.

Allí estaban sus raíces, su infancia. Sus muñecas y juguetes estaban guardados en un baúl en el sótano. Todos los premios que había ganado en el Instituto estaban expuestos con orgullo en su dormitorio, y los vestidos que se había puesto para recibir los diplomas de plástico. Las habitaciones tenían los mismos muebles de cuando ella tenía doce años, y en las paredes estaban los mismos cuadros —fotografías de ella y Karchy, grabados baratos de paisajes que a su padre le recordaban Hungría. Jamás habría pensado en intentar sacar a su padre de allí. Habría sido una pérdida de energía. A él le gustaba su casa como si la hubiese construido él mismo, con sus propias manos, desde los cimientos.

No le costaba mucho comprender a su padre. Aunque no hablaba mucho de su vida en Hungría, ella sabía que había sido un granjero que había tenido que escarbar para vivir pobremente de unos pocos acres de tierra. Luego, cuando los comunistas habían tomado el poder después de la guerra, había perdido incluso esto. Había sido desposeído de su tierra, de su sustento y, finalmente, de su país. La casa, si bien modesta, y el trozo de jardín que la rodeaba... eran *suyos*. Nadie podría jamás quitarle esto a Mike Laszlo.

A veces, cuando su padre tenía un aspecto especialmente cansado y consumido, Ann miraba a regañadientes el momento lejano en que ya no sería capaz de valerse por sí mismo. Le repugnaba la sola idea: poner la casa en venta, pensar en qué hacer con todos los bienes personales que habían reunido a lo largo de los años, para dejar espacio a unos extraños que llevarían sus propios muebles y tradiciones familiares.

Sin embargo, aquel día estaba lejos en el futuro. Por el momento, debía preocuparse del presente. Y, a juzgar por la escena que la recibió cuando se detuvo, tenía mucho de que preocuparse.

—Papá, ¿estás loco? —gritó, para luego salir del coche y cruzar precipitadamente la acera. Mike no llevaba más que una camiseta de algodón para protegerse de la cruda humedad.

—¡Papá, vas a coger una pulmonía! —lo reprendió—. ¿Qué estás haciendo?

Mike la miró aturdido. Tenía en la mano varios papeles grapados juntos, que ondeaban al viento.

—Dicen que yo... he matado gente —murmuró—. Que... he torturado...

—¿Qué? —Lo que decía no tenía sentido. ¿Habría sufrido un ataque? ¿Por qué se comportaba de forma tan extraña? Con mucha gentileza, dijo ella—: ¿De qué estás hablando, papá? Anda, entremos.

No estaba segura de que él la hubiese oído, porque ni se movió ni habló.

—¿Papá? —repitió, y su voz temblaba ligeramente.

Su mirada le recordó la reacción de Mike cuando ella y David le dijeron que iban a divorciarse: la mirada de alguien que se siente traicionado y no sabe cómo empezar a expresar el dolor y la ira.

¿Pero quién demonios querría traicionar a Mike Laszlo? Aquellas hojas...

—Dámelas —dijo ella.

Él se las entregó en silencio.

«Departamento de Justicia de los Estados Unidos —declaraba el membrete en la cabecera—. Oficina de Investigación Especial.» Debajo, en negrita, estaban las palabras «ORDEN DE DEPORTACIÓN: Michael J. Laszlo».

Ann echó un vistazo a las líneas, leía pero apenas captaba su significado. Pasó a la siguiente página y luego a la otra. A continuación volvió al principio y empezó de nuevo, esta vez leyendo con más atención, descifrando automáticamente el complicado lenguaje legal que Washington parecía dominar como nadie. Era un documento que amenazaba con destruir la vida de un hombre inocente y los burócratas no podían plasmarlo en un inglés simple y llano.

A pesar de todo, los hechos más importantes le saltaron a la vista. Los Estados Unidos estaban acusando a su padre de crímenes de guerra inimaginablemente horribles, de actos tan atroces que ya no era bienvenido a su país de adopción. Iba a ser despojado de su nacionalidad y enviado a Hungría, para habérselas allí con un Gobierno al que él se oponía amarga y clamorosamente. De hecho, estaba siendo sentenciado a muerte.

Por supuesto, todo aquello era un terrible error —uno de aquellos errores con los que, afortunadamente, ella se había encontrado a menudo. Pero entretanto, el problema más inmediato era hacer entrar a su padre en la casa, donde se estaba caliente. Alargó una mano y él se levantó, obediente como un niño pequeño anhelando ser reconfortado por su madre. Ella nunca lo había visto tan derrotado como en aquellos momentos, mientras entraba en la casa arrastrando los pies como un anciano.

¡*Esos bastardos*!, pensó ella, a la vez que cerraba la puerta de golpe detrás suyo. *Montan un proceso sin preocuparse de comprobar si tienen o no al hombre justo.*

Mike se dejó caer pesadamente en su sillón favorito, debajo del crucifijo que Ilona y él habían colgado el día de su llegada a la casa. Uno de los recuerdos más antiguos de Ann: Mike hundido en el sillón, mirando la televisión, mientras ella y Karchy hacían sus deberes en la mesa de la cocina. La tela de los brazos estaba raída y Ann había querido hacerlos tapizar de nuevo con una tela que a él le gustase. Pero Mike había rechazado su oferta con un gesto de la mano y colocado un tartán sobre los trozos rotos. Era un anciano; no necesitaba cosas nuevas y modernas. Era preferible que guardase el dinero para el niño.

Se dirigió a la cocina e hirvió agua para el té, se preparó una taza y reforzó pesadamente la de su padre con miel y limón. Luego volvió a la sala de estar y sonrió mientras le alargaba su taza favorita. El resto del correo yacía desparramado sobre la alfombra donde él debió haberlo dejado caer cuando abrió el sobre del Gobierno.

—No sé nada de esto... —dijo él; tomó un largo sorbo de té y se aclaró la garganta—. Trabajo en la fábrica, he educado hijos, éste es mi país. Ahora dicen... Anni, quieren quitarme la nacionalidad. No pueden hacerlo. Estoy aquí hace treinta y seis años, yo... —Su voz se fue desvaneciendo.

—Deben de haberse equivocado con otro Michael J. Laszlo —dijo ella, después de haber terminado de estudiar la lista de cargos contra él. Dejó los documentos a un lado y cogió su taza de té—. Hay muchos Michael J. Laszlo en el mundo, papá.

No era suficiente.

—¿Cómo pueden equivocarse? —preguntó él.

Ann había visto antes docenas de veces cosas como ésta. El Gobierno se entusiasmaba tanto con el valor de su caso que pasaba por alto ciertas inconsistencias clave que hacían que sus acusaciones resultasen mentira. O presentaba testigos cuyo testimonio clamaba coacción. O pruebas reunidas de una forma descuidada.

¿Acaso no era precisamente por esta razón que creía con todas sus fuerzas que todo el mundo tenía derecho a una defensa justa? Cierto que de vez en cuando uno tropezaba con alguna que otra serpiente, como el traficante de droga de aquella mañana. Pero si no existiesen los bufetes de abogados como el suyo, o si ella escogiese a los clientes por el color de su collar o el tamaño de sus cuentas bancarias, sólo los ricos y poderosos tendrían su oportunidad en el tribunal. Lo que significaría que un hombre decente y encantador como su padre podría perder todo aquello por lo que había trabajado a causa de una chapuza de trabajo administrativo.

Ann se inclinó hacia delante y tocó el brazo de su padre afectuosamente.

—Este *otro* Michael Laszlo debió de mentir cuando pidió la nacionalidad. Está acusado de crímenes de guerra...

—¡Yo era labrador! —gritó Mike. Saltó del sillón y empezó a golpearse la palma de la mano con el puño de la otra—. ¿Qué sé de crímenes de guerra? No hice nada *así*. Yo no soy así.

—Papá, no se refiere a ti —recordó ella, preocupada por su corazón, pues tenía la cara roja como la remolacha y respiraba de forma entrecortada.

Ann sabía lo que él debía de estar pensando. Le había oído a menudo machacar sobre los sucios comunistas, con toda su palabrería sobre el paraíso de los obreros. Un paraíso —se burlaba— con un espía de la KGB detrás de cada puerta, a la espera de escuchar una mala palabra para poder enviar de por vida a un campo de trabajo en Siberia. Comunismo significa nada de comida. Nada de tierra. Nada de libertad. Nada de nada.

Ann se puso de pie, tomó las manos de él en las suyas y miró aquellos ojos castaños que tenían el mismo matiz que los suyos. ¿Había jamás amado más a su padre? ¿Qué no había hecho por ella todos aquellos años? Nunca podría pagarle todo el amor y el calor que le había dado. Si bien era un hombre brusco y tosco, rara vez había mostrado a ella y a Karchy otra cosa que no fuese su parte más tierna.

—Se han equivocado. Lo aclararemos —le aseguró, mientras le rogaba en silencio que confiase en ella—. No te preocupes.

La orden de deportación requería que Mike se presentase en el Federal Building para una visita el lunes siguiente, pero Ann no quería arruinarle el fin de semana con aquella espada de Damocles sobre su cabeza. Así, a fuerza de considerables enchufes y de pedir favores, consiguió adelantar la citación para el viernes. De esta forma sólo debería soportar dos días de tensión, que él logró pasar con un mínimo de maldiciones y gritos.

Estaba alternativamente enfadado y taciturno. A ella le preocupaba más lo segundo. No era habitual que su padre se encerrase en tristes meditaciones; incluso Mikey apenas lograba hacerlo sonreír. Por mucho que le prometió que desenmarañaría todo el asunto en cinco minutos, él no parecía estar convencido de que su nombre fuese a quedar limpio. Por último, Karchy tuvo que decirle que lo dejase en paz con su mal humor. Dijo que también él se sentiría de mala leche si alguien saliese diciendo que era un nazi.

Un *nazi*. Hasta que Karchy mencionó la palabra en voz alta, de hecho Ann no había considerado las profundas implicaciones de los cargos contra Michael J. Laszlo, fuese quien fuese. Karchy tenía toda la razón. No tenía sentido intentar convencer a su padre de que saliese de su negro estado de ánimo. Se animaría rápidamente tan pronto como la vista estuviese detrás de él y se hubiese restaurado su fe en la justicia norteamericana.

Tenía que confiar en Karchy para comprender. Aunque ella era la única con educación universitaria —sin mencionar que era la hija supuestamente más sensible—, Karchy la sorprendía a menudo con su aguda intuición, especialmente en lo referente a su padre. Tal vez ello era a causa de lo que él y su padre habían pasado juntos en Europa. Mientras que ella sólo podía imaginar las privaciones y la pobreza de su vida cotidiana en el campo de refugiados, Karchy había pasado por ello.

Aunque él sólo tenía tres años cuando los Laszlo abandonaron finalmente el campo, él insistía siempre que tenía recuerdos de aquellos días. «Cuando sólo éramos los tres», le decía tomándole el pelo hasta hacerla llorar. Siendo una niña pequeña, le torturaba el hecho de que la familia hubiese existido sin ella durante un tiempo. Todavía peor era saber que Karchy podía recordar a su madre cantando y contándole cuentos populares sobre brujas y duendes que vivían en el campo húngaro. Por el contrario, los recuerdos de Ann sobre su madre eran de segunda mano, destilados de fotografías y de las historias que le habían contado su padre o hermano.

Así, tal vez Karchy compartía un vínculo especial con Mike, o quizás había salido a Ilona, que había sido, según todas las opiniones, un ser humano inusualmente afable y compasivo. Ann había llegado a una edad en la vida en que podía permitirle esto a Karchy. Porque, tenía que enfrentarse a ello, todo el mundo decía siempre que ella era la hija de su padre: llena de energía, extrovertida, ambiciosa, una verdadera emprendedora.

Por otra parte, el conformista Karchy se contentaba (o así decía él) con trabajar en la fábrica, salir con sus amigos, jugar a bolos, a béisbol y, en algún rato perdido, ir al cine. Prefería dejar la vía rápida a su hermana. De vez en cuando, como en aquellos momentos, creía necesario recordarle que debía frenar y pararse un instante para considerar un lado humano y emocional del asunto. Si Karchy era una indicación, su madre debió ser una dama notable.

Pero su padre era un ser realmente especial. Ann se sintió agradecida por haber escogido una profesión que la equipaba muy bien para librarlo de aquel horrible caso de error de identidad. Sentado junto a ella en una de las salas de espera de la planta treinta y siete del Federal Building, parecía incómodo e intranquilo. En parte era el traje. Ella le había dicho que se lo pusiese a fin de dar una buena impresión a los abogados del Gobierno, pero parecía recién salido del barco.

La chaqueta le caía bien diez años antes, pero en aquellos momentos el botón de en medio libraba una batalla perdida con su cintura. La camisa parecía demasiado estrecha alrededor del cuello, y ella se preguntaba cómo podía respirar. En cuanto a los pantalones... Ann se dijo que tal vez habría debido insistir para que se comprase otro par. Pero sabía que su padre nunca habría querido hacer una cosa así.

Sencillamente, era un hombre que jamás parecería cómodo dentro de un traje. Rara vez se lo ponía, ni siquiera para ir a la iglesia.

—Estás bien, papá —mintió, a la vez que le quitaba un hilo del hombro. Aquel día tenía el aspecto de un anciano, gris y cansado. Imaginó que no habría dormido bien... ¿Cómo habría podido? Su propio y amado Gobierno lo llamaba criminal y amenazaba con echarlo del país. *Su* país.

Le había indicado que debía estar callado y dejar que ella llevase el peso de la conversación.

—Papá, yo hablo su lenguaje —le había dicho, y él había prometido mantener la boca cerrada. Ella sólo confiaba en que pudiese mantener la promesa.

—¿Señora Talbot?

La recepcionista del mostrador de la entrada asomó la cabeza por la puerta de la sala de espera y les indicó con un gesto que la siguiesen, a través de un pasillo largo y enmoquetado. Aunque Ann no había estado allí antes, el ambiente le resultaba familiar. Pensó: *Deberían colgar un letrero en la puerta: ¡Cuidado! Abogados en acción.*

Pasaron delante de una serie de escritorios donde unas mujeres jóvenes y no tan jóvenes golpeaban sumisamente las teclas de sus ordenadores. Muchas de las amigas de Ann del Instituto se habían empleado como secretarias después de la graduación. Y, a no ser por la firme creencia de su padre, de que con su gran inteligencia sólo podía prepararse para lo mejor, habría podido fácilmente reunirse con ellas.

Detrás de cada escritorio, estaban los despachos de los abogados, con las puertas cerradas o entornadas. Ella no tenía que mirar dentro para saber que la mayoría estaba ocupada por hombres vestidos con trajes de tres piezas. El sistema judicial federal estaba todavía anclado en el pasado, y sólo un grupo de mujeres abogadas había conseguido abrir una brecha en sus defensas. Aquellos puestos del Gobierno Federal eran considerados destinos pingües, excelentes escalones para compañías de categoría superior con sueldos de alto nivel. Los abogados que se encontraban detrás de las puertas eran agudos, agresivos y, bastante a menudo, más que un poco engreídos. Al fin y al cabo, tenían el poder de Washington y del pueblo norteamericano de su parte.

¿Y qué? Era una abogada de primera y un contrincante a su altura siempre despertaba en ella a la tigresa. Claro que el caso de su padre no llegaría tan lejos. Lo miró por el rabillo del ojo mientras la recepcionista les indicaba una habitación al final de la sala. Su rostro estaba impasible, pero cuando ella le apretó la mano, notó que tenía la palma empapada de sudor.

Entraron en lo que, evidentemente, era una sala de reunión, si bien faltaba la acostumbrada mesa de sólida construcción y perfecto pulido. Sin embargo, de lo que no carecía la habitación era de un asombroso panorama a través de los ventanales que abarcaban toda la pared, de lado a lado y desde el suelo hasta el techo. La ciudad de Chicago se diseminaba entre ellos como un juego de mesa. Al Este, el sol centelleaba sobre el lago Michigan, que se extendía hasta donde podía alcanzar la vista de Ann. Pero sólo dedicó un instante al panorama antes de alargar la mano al hombre que estaba de pie esperándolos.

—Soy Ann Talbot —se presentó.

—Yo Joe Dinofrio. Hola.

Su forma de dar la mano era agradable y firme, y tenía un aire afable y seguro de sí mismo. Ann imaginó que tendría aproximadamente su edad y que estaba preparándose para ejercer el derecho privado. Quizá creía poder salir en medio de un resplandor de gloria llamado los EE UU contra Michael J. Laszlo.

—Y mi padre —dijo ella, imitando su tono bajo de voz.

—Mike Laszlo —se presentó Mike. Alargó el brazo para estrecharle la mano y captó un momento de vacilación en Dinofrio.

Ann también lo vio y respiró profunda y furiosamente para calmarse. El corazón le dolía por el insulto a su padre. Sin embargo, estaba decidida a mantener las emociones a raya. Si ella no daba ejemplo, ¿cómo podría esperar que su padre lo hiciese?

Dinofrio estaba sorprendido por la conexión familiar entre Laszlo y aquella atractiva mujer que estaba muy lejos de la imagen que él tenía del conjunto de inmigrantes húngaros. Pero se limitó a decir:

—¿Está usted aquí como abogada del señor Laszlo, señora Talbot?

Ann movió la cabeza.

—No. He pensado que podríamos aclarar este asunto...

Justo en aquel momento se reunió con ellos otro hombre, algo mayor que Dinofrio y que llevaba una gruesa carpeta debajo del brazo. Su aspecto era del tipo que, bajo otras circunstancias, a Ann le habría parecido atractivo: cabello oscuro despeinado, agudos ojos marrones que miraban desde detrás de unas gafas con montura de concha, una figura delgada que irradiaba nerviosa energía. Era menos elegante que Dinofrio. Ann advirtió que la corbata de cachemira no pegaba con las rayas de su traje.

—Les presento a Jack Burke. Es de la oficina de Investigaciones Especiales. Yo ayudaré a Jack a llevar el caso —dijo Dinofrio—. La señora Talbot, el señor Laszlo.

Burke miró primero a uno, luego al otro. Algo en sus ojos advirtió a Ann que *éste* era el tipo del que había que tener cuidado. Había visto aquella expresión con anterioridad: la mirada de un hombre que está sediento de probar su caso y ganarlo, con intención de jugar sucio si era necesario.

Dado que había sido la víctima de semejantes batallas alguna que otra vez, Ann había reflexionado sobre lo que animaba a este tipo de personas. Había llegado a la conclusión de que aquella sed de justicia estaba a menudo alimentada por unas emociones más oscuras que las nobles ideas agrupadas en la sala del Tribunal. Se preguntó qué motivaba a Burke.

Mike, de nuevo, alargó la mano, pero Burke se limitó a mirarlo, sin siquiera preocuparse por pretender ser educado.

—Escuchen —dijo Ann, intentando con todas sus fuerzas enmascarar su furia ante el desaire—. Se trata de un error. Se han equivocado de Michael J. Laszlo.

—Y un cuerno —replicó Burke, de modo terminante.

Ann percibió que Mike se estaba irritando. Puso una mano moderadora en su brazo y preguntó:

—¿Cómo ha dicho?

—No nos hemos equivocado de hombre —dijo él, pronunciando despacio cada palabra, como si estuviese hablando con una persona sorda.

Jack Burke se había preguntado a menudo cómo reaccionaría cuando por fin conociese a Michael Laszlo, cuya historia personal se había vuelto para entonces tan familiar como la suya propia. Durante más de un año, se había ido relacionando cada vez más íntimamente con aquel hombre. Se había pasado innumerables horas estudiando larga y detenidamente montones de documentos: docenas de fotografías, amarillentos documentos de Estado engalanados con el sello oficial nazi, testimonios laboriosamente traducidos al inglés. Su testimonio colectivo era tan desgarrador que algunos días pensaba que se volvería loco si leía una sola palabra más. Había adelgazado porque a menudo sentía tanto asco que no podía comer. Con frecuencia se despertaba por la noche sobresaltado por nítidas pesadillas pobladas por las víctimas de Laszlo que gritaban: ¡Debes ayudarnos! ¡Encuéntralo!

Si bien había intentado mantener la objetividad del investigador, había sin embargo alimentado sentimientos con respecto a Laszlo. ¿Cómo podía haber sido de otra forma, dado el peso acumulado de las pruebas contra él? Llamarlo un sádico de sangre fría era una descripción insuficiente. Todo indicaba que Laszlo había estado desprovisto de misericordia o remordimientos.

Al igual que un sabueso resuelto a atrapar a su presa, Jack había rastreado la pista de Laszlo desde Budapest a Chicago. Y había descubierto con perplejidad que el asesino nazi se había transformado en un ciudadano modelo: un padre ejemplar, un feligrés asiduo, bien considerado en el trabajo. La única mancha en su historial era que había sido detenido por manifestarse contra los bailarines del Ballet Nacional Húngaro.

En la Facultad de Derecho había aprendido a hacerse la pregunta adecuada a fin de llegar a un conocimiento perspicaz de la ley. Solo en su diminuto despacho de Washington, le había atormentado una pregunta abrumadora, que sin duda ni el propio Laszlo podía contestar: ¿Por qué? ¿Por qué había decidido humillar y brutalizar sistemáticamente a otros seres humanos? Y había otra pregunta, no menos importante: ¿Cómo había vivido consigo mismo y con su conciencia todos aquellos años?

Y allí estaba Laszlo, con un aspecto mucho más viejo y más ajado que el hombre de las fotografías. Sin embargo, Jack hubiese podido reconocerlo en medio de una muchedumbre. Había pasado tantas horas estudiando aquellos rasgos: los ojos con gruesos párpados, las mejillas con carrillos, la frente alta y amplia. La mujer —la hija de Laszlo, pobrecilla— había heredado la frente de su padre y unas mejillas con fuertes huesos. ¿Había heredado también su capacidad para brutalizar? ¿O, como con ciertos defectos genéticos, estas características saltaban una generación?

La presión de Mike había ido ascendiendo como un volcán a punto de estallar.

—¡Yo no he hecho nada de eso! ¡No soy yo! Yo era buen ciudadano en el viejo país. Yo era labrador. Yo soy un ciudadano. Yo soy un buen americano.

—¡Si usted es un buen norteamericano, señor Laszlo, entonces este país está metido en la mierda hasta el cuello! —replicó Jack.

Ann estaba empezando a tener la sensación de estar ante un pelotón de linchamiento. Aquellos dos imbéciles ya habían juzgado y condenado a su padre. Ahora sólo estaban buscando un árbol suficientemente alto para colgarlo. ¡Bien, adelante! ¿Desde cuándo los Estados Unidos de América eran un Estado policíaco?

—¿Qué demonios es esto? —dijo, fulminándolos con la mirada—. ¡Ustedes no pueden hablarle de esta forma! ¡Tiene sus derechos! ¡No permitiré que *nadie* le hable de esta forma!

—¡Yo sé por qué me hacen esto! —bramó Mike, dando a Jack un empujón en el pecho.

—Por favor, papá —dijo Ann, mientras intentaba apartarlo de Burke.

Él la miró un momento sin comprender. Luego retrocedió y rezongó:

—Los comunistas me hacen esto, Anni. Vuelven a por mí...

—¿Por lo que pasó con los bailarines? —dijo Jack, bufando con desprecio.

—Iré a la Televisión, hablaré a los periódicos...

—Esto es lo que esperaba que dijese —dijo Jack, haciendo un gesto desdeñoso con la mano.

—¡No me interesa lo que usted esperaba! —exclamó Ann, dando un paso hacia delante para colocarse entre Burke y su padre—. Están ustedes acusando a un hombre de algo que habría hecho...

—Que *supuestamente* habría hecho —interrumpió Dinofrio, en voz baja.

—Tampoco necesito ninguna puntualización legal de usted —dijo ella, y lo miró un instante para dirigirse luego a Burke—: Hace treinta y seis años que está aquí. ¿Por qué no ha sido acusado antes?

—No lo estamos acusando de nada. Esto no es un procedimiento criminal —dijo Jack, con impaciencia. ¿Y se suponía que aquella mujer era abogada? Aparentemente interpretaba mal la finalidad del affidávit.

—¡Él no ha hecho nada! —declaró Ann, alzando una voz llena de indignación—. ¿Quieren puntualizaciones legales? Les daré una: ¡En este país, es inocente hasta que se pruebe lo contrario!

Jack cogió su expediente y lo blandió ante ella.

—Los informes de los testigos han estado encerrados en el sótano de las Naciones Unidas hasta el año pasado. ¡Por esto no lo acusamos antes!

—A usted le ha ido muy bien —dijo ella, fríamente.

—No. A *él* le ha ido muy bien.

Ella fue consciente de que aquel intercambio no llevaba a ninguna parte. Fuesen las que fuesen sus enfermizas razones, Burke estaba dispuesto a verter sangre. Y era evidente que Dinofrio estaba contento de cabalgar junto a él para la caza y el festín del cadáver. Había oído hablar de este tipo de situaciones, donde unos perseguidores celosos en extremo tuercen las reglas para montar sus casos. Se podían manipular documentos, distorsionar testimonios. Una amenaza vagamente velada, una sutil intimidación, un total soborno no tan sutil, todos ellos caminos clásicos para proporcionar la «parte culpable» del sacrificio, que podía convertir en culpable de un crimen a quien jamás lo había cometido.

Así pues, tenían testigos. Según su padre y sus amigos, cualquiera que quisiese un piso mayor o un trabajo mejor estaría feliz de testificar, especialmente contra un anciano de América cuya vida no significaba nada para ellos. Los comunistas podían encontrar sin problema muchos de estos testigos.

—Ven, papá —dijo, cogiéndolo por el brazo—. Vámonos.

Pero Mike no estaba dispuesto a marcharse como un animal herido. Se apartó y se movió en dirección de Jack Burke.

—¡Todo son tonterías! ¡Lo han montado los comunistas! ¿Y ustedes América, ustedes mi Gobierno los han ayudado a hacerme una cosa así? No he hecho daño a nadie. Trabajo en la fábrica de acero. He sacado adelante a un chico y una chica. Mi chico es soldado americano, luchó en Vietnam. Mi hija, abogada americana. ¡Pero ustedes escuchan a los comunistas!

Jack se obligó a mantener la calma ante la agresión verbal de Laszlo. Después de todos los datos que había absorbido, aquel hombre ya no le sorprendía. Sin duda él sabía un montón de cosas más sobre Laszlo que su hija abogada norteamericana. Esta idea provocó una sonrisa irónica, que apenas disimuló.

—¡Eh, usted! ¿Se está riendo de mí? ¡Hijo de puta! —dijo Mike, y apretó el puño, dispuesto a lanzarlo—. ¿Usted me ha hecho esto?

—¡Papá, no lo hagas! —gritó Ann en húngaro. Reprimió lágrimas de frustración. Aquel tipo de fea confrontación era exactamente lo que había querido evitar—. Vamos, papá —dijo, sujetando el brazo que él tenía levantado.

Sujetándolo firmemente por el codo con una mano, lanzó a los hombres un escueto adiós con un gesto de la cabeza y se encaminó hacia la puerta.

Pero aún no habían terminado. Todavía le tenían reservadas otras malas noticias.

—El Gobierno húngaro ya ha pedido la extradición —dijo Dinofrio. A juzgar por la emoción que mostró, podía haber estado hablando del tiempo o diciendo la hora.

Mike se volvió rápidamente.

—¿Qué? ¿Qué significa?

—Significa —contestó Jack, saboreando el momento—, que si le retiran la nacionalidad, será enviado a Hungría para ser juzgado.

—¿Me mandan con los comunistas? ¿Me mandan a la muerte? —El cuerpo de Mike se dobló, como si hubiese recibido un golpe en las tripas. Miró desoladamente a Jack, que le devolvió la mirada, insensible al dolor de Mike. Mishka Laszlo, como había sido conocido en Hungría, carecía notoriamente de piedad. Jack prefirió guardar su compasión para aquellas pobres almas —vivas o muertas— que habían tenido la desgracia de ponerse en el camino de Laszlo.

—¿Es por esto que se manifestó y se dejó detener hace cinco años? ¿Verdad? —le echó en cara Jack—. Para tener una coartada en caso de que todo esto le cayese algún día encima.

Deseando solamente escapar al veneno de Jack Burke, Ann agarró el brazo de su padre.

—Nadie te quitará tu nacionalidad, papá —dijo, con aspereza.

Mike tropezó al salir de la sala de conferencias, pero Ann lo sujetó antes de que cayese. Él guardó silencio mientras recorrían la oficina. Tan pronto estuvieron solos, a salvo en el ascensor, dijo:

—¿Qué vamos a hacer?

Ann se había estado haciendo la misma pregunta, así como por qué no la creían cuando decía que su padre no era el hombre que ellos buscaban. Le había dicho que no se preocupase, y él había confiado en ella. Era un simple error, le había dicho, que se aclararía fácilmente. Pero ahora comprendía que se había equivocado. Aquellos hombres *querían* creer que Mike Laszlo era un criminal. No querían escuchar, sólo hablar sobre lo que habían leído acerca de él. ¿No comprendían que los documentos podían ser falseados?

—No lo sé —contestó, mientras seguía estudiando las diferentes opciones—. Te buscaremos en buen abogado. Contrataremos al *mejor* abogado.

—*Tú* serás mi abogado.

Su confianza en ella la emocionó, pero era una idea horrible.

—Yo no sé nada de naturalización. Encontraremos el mejor abogado de inmigración. Yo soy una abogada *criminalista,* papá —explicó.

—Dicen que yo soy un criminal. Dicen que yo soy criminal contra la Humanidad, Anni —dijo él, bajando el tono de voz. Movió la cabeza y cruzó los brazos contra su pecho, como diciendo, tú harás muy bien este trabajo para tu padre.

No tuvo que decir una sola palabra para que Ann leyese sus pensamientos: Esos tipos con sus trajes a la moda podían irse al infierno y besarle el culo. Porque con la ayuda de ella, él se iba a quedar allí, en los Estados Unidos de América.

CAPÍTULO IV

El cementerio de Holy Cross estaba situado justo fuera de los límites de la ciudad, un paseo bastante agradable desde las iglesias del West Side cuyos miembros fallecidos descansaban allí para siempre. Se extendía a lo largo de varios acres dispuestos de forma esmerada y elegante. En su mayoría se componía de tumbas sencillas y sin pretensiones, si bien de vez en cuando un ángel o una estatua de la Virgen María rompían la uniformidad de las filas. Aquí los grupos étnicos que habían permanecido separados en vida se juntaban en la muerte: Los nombres de las lápidas representaban a todos los Estados desposeídos del este de Europa: Hungría, Polonia, Rumania, Albania, Lituania, Ucrania.

Ann y Karchy conocían el camino que debían recorrer en Holy Cross como muchos de los sacerdotes que allí oficiaban. Desde que eran pequeños habían acudido con Mike a visitar la tumba de Ilona cuatro o cinco veces al año: el día de su cumpleaños, en el aniversario de su muerte, en Pascua, en Navidad y el Día de la Madre. A Ilona le habían gustado las flores, por lo que siempre le llevaban un gran ramo, que Mike tardaba mucho tiempo en escoger.

Un Día de la Madre, cuando Ann tenía quince años y empezaba a hacer valer sus derechos, le había dicho a su padre que no estaba de humor para arruinarse el domingo yendo a visitar la tumba de alguien a quien ni siquiera había conocido. Mike le dio inmediatamente una bofetada tan fuerte que ella estuvo a punto de caerse al suelo; resultaba difícil decir quién se sorprendió más ante su reacción. Ella se había encerrado en la habitación y llorado hasta tener los ojos hinchados. Al final, Mike y Karchy se habían ido sin ella, pero poca fue la satisfacción de su victoria. Si bien Ilona era difícil de encontrar en la muerte, era una presencia en la vida cotidiana de Ann y aquellos pocos minutos de silenciosa comunicación alimentaban su vínculo.

Ahora que Mike estaba retirado, había adquirido la costumbre de ir a Holy Cross más o menos cada semana, para asegurarse de que la hierba estaba cortada y la parcela bien atendida. En ocasiones, Ann lo hostigaba diciéndole que iba demasiado a menudo, que se estaba explayando demasiado en el pasado. Pero parecía que estas visitas le gustaban y, además, ella había aprendido a los quince años la lección de que algunos asuntos son sacrosantos.

Por ello, cuando él sugirió, mientras salían del Federal Building, que fuesen al cementerio, ella dijo que sí, por supuesto. Lo comprendía perfectamente. En momentos de crisis, algunas personas buscan consuelo en la Iglesia; su padre necesitaba estar con Ilona.

Él apenas dijo una palabra durante el camino, salvo para recordarle que debía pararse en la floristería, donde, como de costumbre, pasó largo rato escogiendo el ramo más fresco y abigarrado. Ann estaba contenta de este silencio. El problema que ocupaba las mentes de ambos parecía demasiado candente para ser abordado inmediatamente.

Ella caminó a uno o dos pasos detrás de su padre mientras éste subía penosamente la colina en dirección a la tumba de Ilona. Se preguntó cuándo se había vuelto tan lento su paso. Siempre había visto a su padre como un hombre alto y fuerte, pero de pronto le pareció más bajo, más compacto.

Él colocó con mimo las flores en el suelo e inclinó la cabeza, como para rezar. Ann se estremeció y se frotó las manos en busca de calor. El sol era ya fuerte sobre sus cabezas, pero el terreno bajo sus pies estaba helado de la ligera nieve caída la noche anterior. Aunque llevaba un vestido de lana, no se había vestido para estar al aire libre. El impermeable y los zapatos de tacón alto apenas la protegían contra el frío.

Finalmente, después de varios largos minutos, él se volvió hacia ella y dijo:

—La primera vez que besaste a un chico, que un chico te tocó, yo no sabía qué decir. Vinimos aquí. Es más fácil hablar aquí. Tu mamá me ayudó. ¿Qué sé yo cómo educar a una chica? —Sonrió tristemente para sí mismo—. ¿Te acuerdas, tontina?

—Me acuerdo —dijo Ann, asintiendo con la cabeza.

Había cometido el error de contárselo a Karchy y a éste le había faltado tiempo para correr a explicárselo a su padre. Había estado semanas sin hablarle.

Su padre parecía perdido en sus pensamientos. Estaba empezando a soplar un viento racheado, pero Ann no se atrevió a sacarlo de su ensueño.

—Después de la guerra, estuvimos en un campo de refugiados —dijo él por fin, con una voz tan baja que ella tuvo que esforzarse para oír—. Austria. Conocí a tu mamá allí. Tuvimos a Karchy. Era horrible. Sucio. No había comida. Iban a los campos, los oficiales comunistas húngaros de Budapest, buscaban anticomunistas. Si sabían que tú eras anticomunista, ponían tu nombre en la lista. Te mandaban otra vez a Hungría, decían que tú eras criminal de guerra, te colgaban de un árbol. Lo llamaban *repatriación*.

Ella ya sabía la mayor parte de lo que le estaba contando. Había ido atando cabos de trocitos y fragmentos de conversaciones, sobre todo entre su padre y los amigos de éste. Y había utilizado su imaginación para rellenar los huecos.

—Conseguimos salir, marcharnos. En el campo, no había comida. Todos sabían que América aceptaba labradores. Si decías ser labrador venías de prisa a América. Yo dije que era labrador. Vinimos rápido.

—¿No eras labrador? —dijo ella, y un hormigueo de miedo recorrió su nuca.

—Sí, fui labrador —dijo él, y se encogió de hombros—. Cuando era niño.

—¿Qué eras? —preguntó ella, con una voz llena de agitación.

Mike la miró con unos ojos que imploraban comprensión.

—Era policía. Gendarme. *Csendor*.

Ella contuvo la respiración, sin poder hablar.

—No me mires así, Anna —dijo Mike. Su tono estaba entre una orden y una súplica.

Él se inclinó y empezó a jugar con las flores, arreglándolas y volviéndolas a arreglar mientras hablaba:

—Yo no hice nada malo. Los nazis estaban locos... Nazis húngaros. Cruz Flechada... Tomaron el poder, yo era gendarme. Les dije, quiero ser secretario en las oficinas, no hacer daño a nadie. No tenía nada contra los judíos y gitanos. Eso hice. Trabajé en la oficina y tocaba música. No hice daño a nadie.

Ella quería creerlo, más que cualquier cosa que hubiese deseado jamás. Su explicación tenía sentido. Su desesperación había sido conseguir una vida decente para su familia. Tenía una mujer y un bebé que se morían de hambre. En América había mucho para comer y estaba lleno de oportunidades para hacer dinero si uno estaba dispuesto a trabajar duro. Y su padre estaba dispuesto.

Pero no había nadie en la puerta de la Tierra Prometida esperándolo con los brazos abiertos. Por consiguiente, había contado una mentira. Había borrado su pasado, que le habría impedido abandonar Europa, posiblemente para siempre, y se había creado una personalidad como labrador. Ella podía comprenderlo. ¿No habría ella hecho lo mismo en circunstancias similares?

—Anni —dijo Mike, a la vez que alargaba la mano para agarrarse a ella como si de una cuerda salvavidas se tratase—. Has visto el documento legal, lo que dicen que he hecho. ¿Crees que yo he hecho eso, pequeña?

—No —susurró ella, después de haber buscado la verdad a tientas y haberla encontrado. Se echó en los brazos de él y lo abrazó fuertemente—. No, papá, no lo creo.

Ann no podía dejar que su padre se fuese solo a casa, después de lo que había ocurrido durante el día. Pero él detestaba que lo mimasen y cuando ella le mostraba una atención o preocupación excesivas, se convertía en un oso malhumorado. Así, poniendo a su hijo como excusa, presionó a Mike para que cenasen temprano en casa de ella. A causa de todas las ansiosas conversaciones entre Ann y Karchy, Mikey imaginaba que estaba sucediendo algo, aunque no sabía exactamente de qué se trataba. Ann le dijo a su padre que el chico se sentiría mucho mejor si veía con sus propios ojos que el abuelo estaba bien y seguía siendo el de siempre.

Mike no pudo rechazar semejante petición. Además, había estado demasiado preocupado los dos últimos días para ir de compras, y de pronto se sintió hambriento.

—¿Pollo con páprika? —preguntó, lleno de esperanza—. ¿Con *krumpli*?

Ann le habría dado caviar y champaña si era eso lo que él hubiese querido. Lo que fuera necesario para levantarle el ánimo.

La casa de ella, situada en el barrio de Wilmette frente al lago, jamás había dado una sensación más cálida y acogedora como aquella tarde. Le había gustado el lugar desde el primer momento en que ella y David atravesaron la puerta de entrada, acompañados de dos corredores de fincas parlanchines que no tuvieron el buen juicio de mantener la boca cerrada y dejar que la casa se vendiese por sí misma. Tenía todo aquello que Ann había estado buscando: habitaciones amplias, mucho sol, una cocina grande con espacio suficiente para que toda la familia pudiese comer y cocinar junta, y un generoso jardín posterior donde podrían instalar un columpio y un parterre de arena para Mikey.

También el barrio le había parecido adecuado. Los colegios eran excelentes y había otras muchas parejas jóvenes que también estaban formando sus familias, de forma que Mikey (y cualquier otro hijo que pudiese llegar) no tendría que ir lejos para encontrar amigos.

Fueron decorando la casa de forma lenta y cuidadosa a lo largo de los años. Habían comprado muchos de los muebles —la mesa del comedor, redonda y de roble, el biombo de pino, el balancín con respaldo de rejilla del dormitorio— en tiendas de antigüedades por donde habían pasado cuando recorrían la campiña de Michigan.

David estaba menos enamorado de las cosas antiguas que Ann. Ello porque él estaba rodeado de su historia: hacía más de 150 años que los Talbot vivían en Illinois y en Wisconsin, y su madre estaba enterrada junto a tres generaciones de familiares. Mientras que en el caso de Ann, aparte de algún primo lejano de Nueva York que nunca había conocido, Karchy, su padre y ella constituían toda la rama norteamericana del árbol familiar húngaro de los Laszlo.

Cuando se separaron, David propuso que ella se quedase con la casa y los muebles. Podía permitirse el lujo de ser generoso: Acababa de ser nombrado socio del bufete de su padre y pronto ganaría un cuarto de millón de dólares al año. Ella sospechó, si bien se retuvo sabiamene de decirlo, que a él le hacía gracia la idea de empezar de nuevo, desde el principio.

Posteriormente oyó de boca de Mikey que su padre se había mudado a un ático «imponente» con una vista fantástica. Su padre, había informado Mikey excitado, había comprado unos altavoces estéreos de casi dos metros de alto, y su amiga (¡glup!) le estaba ayudando a escoger un montón de cosas más. «¿Fenómeno, verdad?», había dicho Mikey, estudiando su cara para asegurarse de que su entusiasmo no la molestaba. Realmente fenómeno, le aseguró ella, mientras sacudía mentalmente la cabeza ante la excesiva necesidad de David por crearse su palacio personal del placer en el cielo.

Cada uno a lo suyo, recordó para sus adentros. Entretanto, ella había tenido la suerte maravillosa de quedarse en aquel entorno familiar. Mucho mejor para Mikey, que seguía teniendo la misma casa, los mismos amigos y el mismo colegio. Y, desgraciadamente, las mismas rutinas, como jugar con los videojuegos cuando debería estar haciendo los deberes.

Abrió la puerta principal y llamó:

—¿Mikey?

Ninguna respuesta —pero podía oír el sonsonete monótono del indicador del «Nintendo», la última pasión de Mikey. Hubo una época en que solía ayudarla a hacer la cena, jugaba con su colección de coches y aviones de juguete e incluso leía un libro de vez en cuando. Ahora, todo lo que ella podía hacer era apartarlo de las diminutas y envaradas figuras animadas que zigzagueaban como locas por la pantalla.

—No hace otra cosa que jugar con ese maldito juego —murmuró.

—Es un muchacho. A los muchachos les gusta jugar —dijo Mikey, apaciguador.

Su intento de suavizar la situación no hizo otra cosa que enfurecerla más.

Su padre los había educado a ella y a Karchy según unas normas y expectativas estrictas. Había sido un firme defensor de la disciplina antigua, hasta que se convirtió en abuelo. De repente, todas sus creencias habían volado por la ventana, para ser remplazadas por una simple regla: Es un muchacho. A los muchachos les gusta jugar.

No era de extrañar que Mikey idolatrase a su abuelo Mike.

La puerta de la habitación de Mikey estaba entornada. Ann la empujó para abrirla de par en par y se preparó para recordar a Mikey que habían llegado a un acuerdo sobre cuándo y cuánto tiempo le estaba permitido jugar al «Nintendo». Pero se tragó el discurso cuando vio a su ex marido sentado en el suelo junto a su hijo.

Algunos días pensaba que Mikey era sólo un Laszlo. Otros días no podía ver más que a los Talbot en él: los gruesos labios de David que con tanta facilidad hacían morros; sus enormes ojos, de mirada aguda como la de una liebre; el pelo oscuro y liso que siempre caía sobre la frente, por muy a menudo que se cortase; las orejas prominentes, una característica familiar de los Talbot. Aquel día, Mikey parecía un Talbot puro.

—Hola, mamá —murmuró, todavía absorto en el juego. Un segundo después apartó la vista de la pantalla y advirtió la presencia de Mike—: ¡Hola, abuelo! —gritó, mientras se ponía en pie de un salto para abrazarlo.

David se levantó despacio y se sacudió los pantalones a rayas con la mano. Se había quitado la chaqueta —una concesión al juego—, pero seguía con el chaleco puesto y la corbata amarilla de reps perfectamente anudada.

—No sabía que ibas a venir —dijo Ann. No le había gustado encontrarlo allí y quería asegurarse de que él lo supiese.

—Me he tomado la tarde libre —dijo él, a la vez que hacía a Mike un gesto con la cabeza—. Hola Mishka. Te hemos visto en la televisión.

Mike no comprendió. Pensó que tal vez David estaba haciendo una broma, algo relacionado con el videojuego. Hacía tiempo que no había aparecido en televisión, desde que lo habían mostrado manifestándose contra los bailarines frente al «Dance and Arts Center».

—Oh, sí, te hemos visto en la televisión, abuelo —se entrometió Mikey.

Todavía confundido, Mike se volvió hacia Ann, igualmente confundida. Pero cuando cayó en la cuenta de lo que estaban hablando, su rostro reflejó tanto dolor y rabia que también Mike, de pronto, comprendió.

—Luego hablaremos. ¡Todo mentiras! —dijo desafiante. Miró a David, como si lo retase a contradecirlo. No queriendo preocupar al chico, dijo—: ¿Quieres hacer palomitas de maíz, Mikey? Con mucha sal. Tu mamá siempre le esconde la sal al abuelo, pero vamos a poner mucha sal, ajo y páprika. ¿De acuerdo, Mikey?

Mikey miró a su madre a hurtadillas para calibrar su reacción. Su madre era extraña. En ocasiones, se ponía realmente nerviosa, en especial cuando se trataba de los deberes y del desorden. Y otras veces, sobre todo cuando estaba el abuelo, lo dejaba divertirse y hacer barbaridades.

Contuvo la respiración, mientras se preguntaba qué camino tomaría esta vez, preocupado de que considerase que debía mostrarse estricta delante de su padre. ¿Iba a tener que implorarle o se limitaría a ser una tía fantástica y diría que sí? Se concentró enviándole un mensaje extrasensorial: SÍ, SÍ, SÍ.

Ann sonrió e hizo un gesto afirmativo en dirección a Mikey, cuyos grandes ojos castaños parecían estarle lanzando el mensaje de que la felicidad de su vida dependía de hacer palomitas de maíz con su abuelo.

—¡Bien! —dijo Mikey, mientras daba puñetazos al aire.

Mike le dio una palmada en el trasero y se rió maliciosamente.

—¡Anda, vamos a buscar la sal!

Una vez solos, Ann y David se esforzaron por mantenerse en un plano neutral. Siempre le parecía extraño que existiese aquel alambre de tensión entre ella y aquel hombre a quien en un momento dado había creído conocer muy bien. Habían compartido tantos momentos maravillosos de amor, afecto, risa y sexo intenso. Horas de conversación estimulante. El nacimiento de su hijo. Ahora parecía casi un extraño. Apenas podía recordar cómo era hacer el amor con él.

Tampoco podía confiar en que él dijese lo adecuado cuando más necesitada estaba ella de apoyo emocional. Como en aquel momento, en que contemplaba el hecho de que Burke y Dinofrio hubiesen considerado oportuno hacer públicas sus ridículas e infundadas acusaciones contra su padre.

No lo estamos acusando de nada. Esto no es un procedimiento criminal, había dicho Burke.

Y así, en lugar de llevar el caso a los tribunales, lo habían llevado a los medios de comunicación. Una inteligente estratagema de relaciones públicas. Los nazis desaparecidos mucho tiempo atrás eran bien acogidos por los reporteros de televisión y por los periodistas. Por una buena razón: Qué desconcertante resultaba descubrir al monstruo en medio de nosotros, con su verdadero carácter camuflado detrás de una máscara de normalidad.

Sin embargo, su padre *no* era un monstruo. De ello estaba segura.

No obstante, las acusaciones, por muy infundadas que fuesen, le dieron náuseas y le hicieron sentirse sucia. La fotografía de su padre había sido difundida en cientos de miles de hogares de toda el área de Chicago. No importaba que fuese inocente. Habían hecho que *pareciese* culpable. Y esto es lo que la gente recordaría sobre Michael J. Laszlo, mucho después de que los cargos fuesen retirados y rechazada la orden de deportación.

Estaba empezando a acusar la tensión del día. Deseaba un baño caliente, un vaso de vino blanco y el calor de su cama. Sin embargo, antes de hacer cualquiera de estas cosas, tenía asuntos que atender. Lo primero era David. Se dijo que debía ser amable, pero lo mejor que pudo hacer apenas fue cortés.

—¿Ha hecho los deberes? —preguntó.

David puso una cara agria.

—Dale un respiro, ¿quieres, Ann?

Tocada, ella contestó bruscamente:

—Tú ya le das suficientes respiros.

Era cierto. David jugaba al clásico papá de dedicación parcial, indulgente en exceso. Alimentaba a Mikey con las peores porquerías, lo llevaba a ver dos y tres películas en un fin de semana, le compraba el último juego de «Nintendo» tan pronto como aparecía en las tiendas.

David cogió su chaqueta.

—Creo que es preferible que me marche. —Sonrió con afectación al pasar delante de ella—. ¡Eh! —dijo—, no sabía que me había casado con la familia del doctor Mengele.

Con esta frase, consiguió arrancar las últimas finas hebras de afecto y buena voluntad que lo habían unido a él.

—Está bien, lo siento —se retractó, lamentando su falta de buen gusto—. No quería decirlo.

Ann oyó cómo él se despedía de Mikey y de su padre, y sin embargo no se movió para seguirlo. Después de semejante crueldad superficial, ni siquiera podía imaginar qué podía decirle.

Recorrió con la mirada la habitación de Mikey, que ella y David habían pintado juntos durante un fin de semana mucho tiempo atrás, en otra vida. Recordó que habían colgado una fotografía de una vaca saltando sobre la luna y un póster de Maurice Sendak.

Ahora las paredes estaban cubiertas con pósters de adolescentes: los Chicago Bears, Rambo, Indiana Jones y «Salvemos las ballenas» (contribución de ella). La librería de Mikey era un revoltijo de libros, cintas de vídeo, cajas de zapatos con su colección de cartas de béisbol, una enorme concha que David le había llevado de las Bahamas y lo que quedaba de sus colecciones de dinosaurios y aviones de juguete. Junto al armario se amontonaban camisetas, calcetines sucios y tejanos.

Por regla general el desorden la molestaba. Aquel día le proporcionó consuelo. Allí, entre aquellas cuatro paredes de su casa, había normalidad y realidad. Fuera y más allá estaba la locura. Después de recobrar la calma, corrió tras David y lo alcanzó cuando estaba subiendo al coche.

—No lo hizo —le dijo.

—¿Acaso te lo he preguntado? Es una pregunta que los abogados no formulan jamás, ¿de acuerdo? —dijo él, sin alterarse.

Ann siempre había utilizado a David como una caja de resonancia. Se descubrió explicándole:

—Quiere que me haga cargo de su defensa.

Y, mientras lo decía, se dio cuenta de que las viejas costumbres no mueren nunca.

David movió la cabeza.

—Si fuese *mi* padre, si se tratase de Harry, yo no me haría cargo de su defensa. ¿Qué pasa si lo hizo?

Por la expresión de ella, él comprendió que no le había satisfecho la respuesta. ¿Qué había de nuevo? Hacía tiempo que sus respuestas habían dejado de ser del gusto de ella. Y él había dejado de sentirse mal porque ya no podía gustarle a ella.

Quiso decir, *Madura, Ann. Métete en el mundo real.* En cambio, para compensar su poco diplomática observación anterior, dijo:

—Seguirá siendo tu padre. Seguirás queriéndolo. La sangre de familia tira más que la sangre derramada... Esto es el fondo del asunto.

A ella le repugnaron sus presunciones.

—¿Qué te ha pasado, David?

Como de costumbre, el reproche de su voz lo enfureció, le hizo sentir menos de lo que era. En algún momento a lo largo del camino ella se había vuelto puñeteramente magnánima. O quizá siempre había sido así, y él sencillamente había pasado por alto su implacable sentido de la integridad. En cualquier caso, estaba harto y cansado de sus tediosos discursos sobre moralidad.

—Tal vez he madurado —dijo él, en tono áspero.

—¿Ah sí? Esto parece salido más de la boca de Harry que de la tuya.

—Eh, yo no voy a tener a mi padre como cliente. Tú sí, ¿verdad? ¡Está bien!

Como necesitaba decir la última palabra, contestó a su propia pregunta. El sonido de la puerta de su coche, cerrándose de golpe, sonó como un disparo.

Ann se asió los codos en busca de calor y observó cómo el coche cobraba velocidad en medio de la profunda oscuridad de la última hora de la tarde. *Gilipollas*. Por lo menos él había conseguido una cosa bien clara: Iba a hacerse cargo de la defensa de Mike.

¿Había albergado en algún momento alguna duda al respecto?

CAPÍTULO V

El lema de George era: Espera lo peor, y nunca te sentirás decepcionado. Generalmente, Ann no estaba de acuerdo con esta forma negativa de pensar. Pero aquella tarde comprendió la sabiduría de la filosofía de su amiga. Habiendo esperado lo peor después de un día desastroso, se sorprendió agradablemente cuando la tarde dio un giro favorable.

Su padre y Mikey decidieron hacerse cargo de la cena. Así fue informada cuando los encontró en la cocina, conspirando en susurros sobre un bol de palomitas de maíz. Ella no haría más que molestar, así que le sugerían amablemente que desapareciese mientras ellos creaban su obra maestra gastrónoma húngara.

Ann sabía que al final tendría que pagar, cuando le dejasen un fregadero lleno de cacerolas y sartenes para fregar. Pero ambos parecían tan contentos y decididos, que no fue capaz de poner fin a su entusiasmo. Además, la perspectiva de un par de horas de paz y tranquilidad era demasiado tentadora para resistirse a ella. Así que se dirigió a su habitación, llamó al despacho para comprobar que no estaba amenazando ninguna crisis y se metió en la bañera para un largo y relajante baño.

La cena fue deliciosa: pollo al páprika, hecho a la perfección, meloso y de un marrón dorado, y las patatas preferidas de Mike, cortadas a dados, empapadas de páprika y ajo y rehogadas con cebollas. Después de la muerte de Ilona, Mike había aprendido a cocinar de las vecinas, que le enseñaron a hacer los platos básicos que más le gustaban de la cocina húngara.

A lo largo de los años había ampliado su repertorio, aprendiendo con Ann cuando ésta fue lo bastante mayor como para permitírsele el uso de la cocina. Últimamente, rara vez se preocupaba de hacer el esfuerzo, pero cuando estaba de humor, podía incluso preparar una comida digna de ser esperada.

Cuando la llamaron para cenar, la mesa del comedor ya estaba puesta y Mikey de pie junto a su silla, radiante de entusiasmo. Ann abrió una botella de vino para beber con la cena y sirvió a Mikey medio vaso, lo que se le permitía siempre en las fiestas familiares. Por alguna razón, aquella noche parecía reunir las condiciones de una velada especial que, aunque no estaba segura de lo que estaban celebrando, sabía que recordaría durante mucho tiempo. Espíritu de familia, quizá. Solidaridad familiar. Su mutuo amor. La confianza de su padre en su habilidad para exculparlo. La fe de ella en la inocencia de él.

Los tres se achisparon ligeramente, y el padre empezó a hablar de los viejos tiempos, cuando Ann y Karchy eran pequeños. Ann estaba reclinada en la silla y observaba cómo Mike escuchaba con los ojos abiertos de par en par y la atención fija. Parecía que nunca se cansaba de escuchar aquellas historias familiares, sobre todo cuando se bromeaba acerca de su madre.

—Más, abuelo, cuenta más —le iba incitando Mikey.

Y éste lograba sacar a la luz otra anécdota de cómo Karchy se burlaba de su hermana. Después de todo lo que su padre había soportado aquel día, era agradable verlo animado. Mikey conseguía que sacase lo mejor que había en él. Se sintió bendecida por ese momento; bendecida por tener aquel padre y aquel hijo.

Como postre comieron helado de chocolate. Luego llegó el momento para Ann de emprenderla con los platos y para Mikey de hacer sus deberes, finalmente. Mike se quedó todavía un poco, como solía hacer cuando iba a cenar. Se instaló delante de la televisión en la salita, después de prometer a Mikey que iría a decirle buenas noches y darle un beso. Como de costumbre, se quedó medio dormido en el sofá, pero se despertó para dirigirse arrastrando los pies al dormitorio del chico una vez Ann hubo apagado la luz.

—¿Duermes? —dijo, en un susurro.

Mikey hizo sitio para que su abuelo se sentase en la cama y se incorporó para apoyarse sobre un codo.

—No.

—¿Has rezado?

—Claro —mintió Mikey.

En realidad ya no rezaba más —sólo cuando cruzaba los dedos y expresaba un deseo, si realmente deseaba algo. Pero su madre le había explicado que aunque ella y su padre no eran creyentes, él debía rezar regularmente a Dios; el abuelo lo hacía. Por consiguiente, si Mikey quería contar lo que mamá llamaba una «mentira piadosa» a fin de no preocupar al abuelo, a ella le parecía bien.

—Está bien —dijo Mike—. Yo siempre rezo. Rezo y hago flexiones. Tal vez hace bien, tal vez no. Pero uno debe entrar, correr, intentarlo todo.

Mickey sonrió en la oscuridad. Le gustaba cuando el abuelo le hablaba así de hombre a hombre y le daba consejos, como si fuese un entrenador de un equipo de fútbol americano. Como los Chicago Bears. ¡*Bien*!

—¿Has hecho flexiones?

—No.

—Vamos, vamos —dijo Mike, mientras apartaba las sábanas de Mikey—. A hacer flexiones.

—¿*Ahora*?

—Sí, sí, vamos, ahora —dijo Mike, a la vez que se remangaba las mangas de la camisa—. Cuerpo sano, mente sana.

Mientras saltaba de la cama, Mikey se reía. Las flexiones eran el ejercicio favorito del abuelo. Le había enseñado a hacerlas millones de veces. Y cada vez decía lo mismo: Cuerpo sano, mente sana. Pero era duro hacer las flexiones. Había que concentrarse para no mover las manos y doblar los brazos de la forma adecuada. Mikey pensaba que podía mantener un cuerpo sano jugando a béisbol y a fútbol americano.

—Pon los pies planos, como hago yo —le apremiaba Mike, mientras comprobaba la postura de Mikey.

Éste estiró el cuello e imitó a Mike lo mejor que pudo. Su madre siempre le decía a tío Karchy que el abuelo ya no era tan joven. Pero para ser un tío viejo, era verdaderamente fuerte. Mikey deseaba que su abuelo se cansase y dejase de hacer flexiones, a fin de parar él también. Claro que era divertido hacer ejercicio con el abuelo, pero era más divertido acurrucarse junto a él en la cama y hacer bromas.

El dormitorio estaba oscuro, sólo brillaba la luz procedente del pasillo. De pie, justo fuera, Ann oyó cómo su padre contaba los ejercicios, marcando el ritmo para él y para Mikey. La sombra de la puerta entreabierta caía sobre sus rostros, oscureciendo sus rasgos. Pero podía vislumbrar los delgados y cortos brazos y piernas de Mikey, luchando para estar a la altura del cuerpo más musculoso y resistente de su abuelo.

Mientras sonreía ante la escena, se preguntó si debería entrar y decir que ya estaba bien, que era hora de irse a la cama. No, que se quedasen juntos unos minutos más. Les haría bien a ambos.

—¡Más de prisa, más de prisa, bien! Mikey se hace grande, se hace fuerte. ¡Más de prisa! —decía su padre.

Sacudió la cabeza y se dirigió a su dormitorio. Aquel hombre era un verdadero sargento de instrucción. Ella se había librado de la calistenia, probablemente porque era una niña. ¿Cuándo había él dejado de intentar que Karchy hiciese ejercicio?

Mikey cayó derrumbado en el suelo al llegar al número diez, pero Mike continuó hasta veinticinco. Sonrió triunfalmente a su admirado nieto.

—¡Cielos, qué fuerte eres, abuelo! —dijo Mikey, maravillado.

—Pierdo fuerzas de día en día —dijo Mike, jadeando para recobrar el aliento.

Mikey lanzó una risotada ante el chiste.

—¡No, no es verdad! —protestó—. ¡Su abuelo no!

Mike fingió un gemido mientras se acercaba a él.

—Oye —dijo, todavía con la respiración entrecortada—, ¿me hablas de la televisión?

—Bueno, de acuerdo —dijo Mikey, y se encogió de hombros, como si no le importase mucho.

Durante un instante Mike no lo captó. Se esforzó por ver el rostro de su nieto en la oscuridad, en un intento de obtener una pista de lo que pensaba y sentía realmente.

—No hablan de mí —dijo, despacio, buscando las palabras adecuadas—. Se equivocan. No soy yo. Yo no hice nada malo. No maté a nadie. No se refieren a tu abuelo.

Mikey tiró nerviosamente de un trozo de piel que tenía suelta en el labio superior.

—Lo sé, abuelo —asintió sin levantar la vista, deseando que el abuelo cambiase de tema. No quería hablar sobre ese estúpido asunto nazi. Claro que era un *error*. Tenía el mejor abuelo del mundo y nadie tenía que decirle que era inocente. Él ya lo *sabía*.

Pareció que su abuelo hubiese leído sus pensamientos, porque lo siguiente que dijo, fue:

—Ahora, demonios, todavía no sabes nada. Voy a probarlo. Voy a probarlo. *Entonces* sabrás.

Ahora había captado la atención del chico. Mikey lo miraba con los ojos y la boca abiertos, con la misma mirada que tenía cuando se concentraba mucho en uno de sus videojuegos.

—Si alguien te dice algo sobre tu abuelo —prosiguió Mike—, le dices: Mierda, anda que te follen...

—¿Puedo decir *esto*? ¿Esa palabra que empieza por F?

Mikey apenas daba crédito a sus oídos. Su madre detestaba que dijese tacos y aquella palabra con F era el más prohibido de los tacos. Pero ahora el abuelo le estaba dando permiso para utilizarla.

—Sí —dijo Mikey, y añadió, bajando el tono de voz—: Pero no se lo digas a mamá. *Secreto*, ¿de acuerdo?

Mikey consideró la pregunta seriamente. No había secreto, por muy pequeño que fuese, que pudiese ocultar a su madre. ¿Pero, acaso no era casi lo mismo que contarle al abuelo una mentira piadosa con respecto a las oraciones? Era guardar silencio sobre algo a fin de no preocupar a una persona que uno quería de verdad. Se estaba convirtiendo en un experto en la materia. A veces su padre decía cosas acerca de su madre que Mikey no repetía cuando volvía a casa porque ello no haría más que ponerla furiosa.

Por consiguiente decidió que de acuerdo, podía tener aquel secreto con el abuelo, y asintió con la cabeza a modo de acuerdo.

Mike sonrió y levantó una mano con los cinco dedos estirados para dar un ligero manotazo con su palma callosa a la mucho más pequeña mano de Mikey. Se estaba volviendo un muchacho mayor. También inteligente, como su madre.

Mikey bostezó y parpadeó, pues de repente sintió los ojos muy pesados, como si fuesen a caer en cualquier momento. Casi dormido, apoyó la cabeza contra el hombro de su abuelo y la dejó caer un momento. Luego, como un cachorro despertado por un sobresalto, se despejó.

—Abuelo. Te quiero —murmuró, medio dormido, y se incorporó para recibir un abrazo.

Ann había estado intentando leer. Pero aquella conversación, que no había podido dejar de escuchar, la distraía. Mikey se parecía tanto a ella. Siempre necesitaba tiempo para darle vueltas en su cabeza a un asunto antes de decir sí. Su padre le había dicho que su madre era igual, que se había tomado su tiempo para aceptar su propuesta de matrimonio. Cuando Mike pasó por delante de su dormitorio, Ann lo llamó en voz baja.

—¿Papá?

Él se detuvo en la puerta y le dijo buenas noches con un gesto de la mano.

—Me haré cargo de tu defensa, papá —dijo ella.

—Está bien, pequeña.

—Sólo «está bien», ¿eso es todo?

—Sí, está bien —repitió él. ¿Qué otra cosa había que decir?

Ann se incorporó y estudió el cansado y abatido rostro de él. ¿Comprendía lo que les esperaba? Ella pensó que no. Le causaba pavor, ¿pero qué otra salida tenían? ¿Quién mejor que alguien de su propia sangre podía protegerlo en el tribunal, conseguir que se le permitiese permanecer en los Estados Unidos, donde le correspondía? Él tendría que librar una batalla a vida o muerte, contra unos fanáticos cuyas razones para odiarlo ni siquiera eran personales, lo cual los hacía todavía más peligrosos.

—Voy a tener que saberlo todo sobre ti, papá. Tengo que saber todo lo que ellos puedan saber —explicó ella—. Quiero que te quedes con nosotros una temporada. Podremos trabajar mejor aquí.

Mike la miró burlonamente.

—Yo tengo mi casa.

Ella sacudió la cabeza y se apartó el pelo que le caía sobre los ojos.

—Tendremos mucho trabajo, papá. No va a ser fácil.

Él sonrió cansado, y de repente dio la impresión de ser tan frágil y vulnerable que Ann comprendió que sus papeles se habían invertido. Ella se había convertido en el padre protector, él en el niño asustado. Se apresuró a saltar de la cama y se acercó a él para rodearlo con sus brazos, abrazarlo y darle consuelo.

—Todo irá bien, papá —prometió ella, estrechándolo fuertemente contra sí.

—No, Anni —dijo él, mirando tristemente hacia el futuro—. He vivido demasiado. Ya nada puede ir bien.

Los días siguientes fueron una locura. El teléfono de la casa de Ann no dejó de sonar. Parecía como si la mitad de los periodistas de la gran área metropolitana de Chicago estuviese cubriendo la historia, sin mencionar las emisoras de radio y televisión. Y todos necesitaban «sólo unos minutos de su tiempo, señora Talbot, para hacerle un par de preguntas sobre su padre».

Pero cuando empezó a recibir llamadas de chiflados y odiosos mensajes obscenos, decidió que al demonio y desconectó el contestador automático. No hacía falta que Mikey oyese aquella basura. En cuanto a eso, ella tampoco. Lo que necesitaba era paz y tranquilidad para preparar el juicio pero la paz y la tranquilidad, apenas los medios de comunicación se enteraron de que ella era la Talbot del nombre del bufete, también empezaron a escasear en el trabajo.

Los reporteros la acechaban como tiburones olfateando sangre recientemente derramada, con sus blocs de notas y micrófonos en ristre. Su escueto «no hay comentarios» no servía para desanimarlos. Aparentemente presumían que si se mostraban bastante persistentes ella cambiaría de opinión y contestaría a sus preguntas.

¡Menudo si iba a ceder! pensaba ella mientras hacía girar el coche para meterse en el aparcamiento situado junto al edificio de su despacho en Dearborn Street. Había aprendido mucho tiempo atrás en la oficina de la defensa pública que los periodistas eran un hatajo de glotones, difíciles de saciar. Ya podía ofrecerles bocados escogidos, ello no haría más que aumentar su apetito. Era preferible guardar silencio y esperar que perdiesen interés.

Echó un vistazo a través del espejo retrovisor al puesto de observación de un par de corresponsales locales de un tabloide nacional que había estado al acecho delante de su oficina. No parecía haber nadie escondido en los arbustos. Quizás habían acabado por desistir.

Cogió su maletín, bajó del coche, cerró la puerta y se encaminó con paso rápido hacia el edificio. De pronto, un silbido chillón y estridente traspasó el aire. Ann siguió caminando sin siquiera lanzar una mirada en dirección al silbido.

—¡Qué bombón! —gritó su admirador.

La Prensa estaba cayendo cada día más bajo. ¡*Vete al cuerno*!, le lanzó en silencio.

—¡Eh, presumida! —llamó una voz familiar—. ¿Ni siquiera hablas con tu propio hermano?

Ann se rió de su paranoia, se volvió y sonrió a Karchy. Debía de estar en baja forma para no haber reconocido la clara llamada de tenorio de su hermano.

—¿Qué estás haciendo aquí? —preguntó ella, a la vez que le daba un abrazo y un beso—. ¿Por qué no entras?

—Porque no voy vestido para entrar, por eso —dijo él, y señaló su anorak, su mono mugriento y sus botas de trabajo; a continuación le tendió una hoja de papel—. He conseguido la lista de nombres que querías de la fábrica.

Ella echó un vistazo a la lista de personas que habían dicho que estaban dispuestas a declarar que su padre era una buena persona. La mayoría de ellas lo había conocido justo después de su llegada a Chicago. Algunas tal vez lo habían conocido incluso en Hungría. Su testimonio tenía que servir para algo... Así lo esperaba Ann.

Karchy se sintió decepcionado ante su reacción. Había agarrado por el cuello a un montón de viejos amigos de Mike, y todos habían prometido hacer lo que estuviese en su mano. ¿Y ahora resultaba que ella parecía no estar segura de que ello fuese a servir para algo?

—¿Lo vas a sacar de esto, verdad, Annie? —preguntó, nervioso—. No es él.

—Sí, claro —dijo ella, con un gesto de asentimiento de la cabeza y preguntándose si debía compartir sus temores con Karchy.

—Más te vale. Si fuese una bronca de bar y él me necesitase, les rompería los huevos. Ha dejado la piel en esa jodida fábrica... durante treinta años. No lo ha hecho para él, Annie.

—Lo sé —le recordó Ann, exasperada.

A veces Karchy podía ser un matón.

—Lo sabes, ¿eh? —Luego se ablandó—. Sé que lo sabes.

Miró el reloj. Dentro de tres cuartos de hora empezaba su turno y si no se marchaba llegaría tarde. Pero toda aquella horrible presión lo estaba volviendo medio loco. Deseaba ser él, no Annie, quien tuviese que enfrentarse a puñetazos con la otra parte. ¡Eran unos cretinos y unos cobardes que no sabían *nada*! Probablemente, en los pantalones, en lugar de pelotas, tenían agujeros.

Annie lo hacía bien, pero era una chica, dulce y educada. Y aquella lucha requería palabras de hombres.

—¿Sabes cómo se rompen los huevos, Annie? Esto es lo que quiero saber —dijo, y para ilustrarlo, se cogió la entrepierna.

Ann hizo una mueca y se metió las manos en los bolsillos del abrigo. Hacía un frío penetrante, no era el tipo de tiempo como para estar de pie al aire libre. Quería estar en su despacho, con los dedos rodeando una taza de café caliente, lejos de Karchy y de aquella conversación ridícula.

—¿Por qué eres siempre tan... vulgar?

—¿Conoces alguna forma de romper huevos sin ser vulgar? Sería preferible que te volvieses vulgar, Annie. Sería mejor que fueses realmente vulgar —dijo él, y sonrió tristemente.

De repente Ann, se dio cuenta de que sus consejos eran más de lo que podía soportar en una mañana. De acuerdo, lo que él quería decir estaba bien, pero le estaba haciendo sentir como si todo aquel lío fuese culpa de *ella*. Que tal vez no había hecho lo suficiente para que fuesen retirados los cargos. Un minuto más y empezarían a pelearse, de nuevo como cuando eran niños, y sin duda ello no iba a ayudar a su padre. Pero él debía comprender que no era el único en la familia Laszlo que tenía experiencia de la vida.

Se puso de puntillas, le dio un rápido beso en la mejilla y, antes de que él pudiese decir otra palabra, se dirigió hacia el despacho. Pobre Karchy. Sabía que su rabia contra ella era fruto de su propio sentimiento de frustración e impotencia. Sin embargo, sus críticas hacían daño. Era su hermano mayor, y seguía pudiendo herirla más que cualquier otra persona.

Ya era bastante malo tener que habérselas con el Gobierno y con todos los anónimos traficantes de odio. ¿Pero también con Karchy?

Incluso después de dos tazas de café, Ann seguía sin poderse concentrar lo suficiente para hacer cualquier trabajo serio. No podía dejar de mirar por la ventana, deseando fervientemente poder ponerle la mano encima al *verdadero* Michael J. Laszlo, fuese quien fuese. Entonces habría un par de huevos que merecerían ser rebanados: por los crímenes que el Gobierno decía había cometido en Hungría y por el daño que había infligido en la vida de su padre.

Se levantó suspirando nerviosa y se puso a pasear por el despacho; se detuvo para mirar de forma ausente sus diplomas que, enmarcados y con cristal, colgaban de la pared. Universidad de Michigan, Licenciada en Filosofía y Letras, Universidad de Chicago, Doctora en Derecho. Universidades duras. Impresionantes credenciales. Había trabajado condenadamente duro para ganarse aquellos títulos detrás de su nombre.

No era fácil encontrar húngaros de la primera generación en la Facultad de Derecho de Chicago. ¿Cuántos obreros de una fábrica podían permitirse el lujo de enviar a sus hijos a una universidad privada? Cierto, ella había contribuido tanto como había podido con los ahorros fruto de su trabajo durante los veranos y después de las clases, pero aun así su educación le había costado mucho dinero a su padre. Y él no se había quejado ni una sola vez.

Nunca se le había ocurrido preguntarse por qué había hecho economías por voluntad propia, cuando hubiese podido sin problema intentar casarla con uno de los chicos del barrio o dejar que se las compusiese sola si lo que ella quería era ir a la Universidad. La mayoría de los padres de sus amigas había hecho precisamente esto. Pero su padre le había proporcionado generosamente todas las posibilidades para que demostrase que podía ser lo que quisiera en la vida. Esta generosidad hablaba por sí sola del carácter de un hombre. Sólo esperaba ser capaz de hablar en su nombre de la misma forma elocuente.

Le dolía la nuca, como ocurría siempre que no encontraba tiempo para dejarse caer por el gimnasio. Con toda aquella presión que experimentaba al tener que acabar con los casos pendientes para poder así concentrarse en el de su padre, no se había permitido el lujo de ir a correr o hacer un par de piscinas. Pero lo que explicaba su tensión de aquella mañana era algo más que la falta de ejercicio.

Se había pasado una buena parte de la noche anterior despierta, con los ojos abiertos en la oscuridad de su cuarto, intentando establecer su línea de conducta para las siguientes semanas. En primer y primordial lugar, por supuesto, estaba organizar la mejor defensa posible para su padre. Pero había asimismo otras consideraciones. Sus socios, por ejemplo. Tanto Mack como Sandy se habían ofrecido a ayudar en lo que pudiesen.

¿Pero era justo involucrarlos a ellos y a la sociedad en lo que de hecho era un problema familiar suyo? Pensó que no. Un bufete tan pequeño como el suyo no podía enfrentarse al falso estigma de «simpatizante nazi».

Cuando entró en el despacho de Mack antes de comer y así se lo dijo a sus socios, éstos sacudieron la cabeza incrédulos.

—No lo acepto. Éste es *tu* bufete. Ésta es *nuestra* sociedad. Somos socios —le recordó Sandy.

—No quiero que perdáis clientes porque yo esté trabajando aquí en este caso —dijo Ann, volviendo a explicárselo detalladamente—. Anda, Sandy, deja que te haga este favor, ¿de acuerdo?

Sandy la miraba fijamente como si ella hubiese empezado a hablar en otro idioma.

—¡No! ¿Dónde demonios vas a trabajar?

—Puedo hacerlo en el despacho de mi ex suegro —dijo ella. Todavía no se lo había preguntado, pero estaba casi segura de que aceptaría. Harry era lo suficientemente perverso como para encontrar placer en decir que sí a semejante petición.

Sandy puso los ojos en blanco, incrédulo, y se volvió hacia Mack, que se limitó a encogerse de hombros, como diciendo: A mí no me mires.

—Me encanta —dijo Sandy a voz en grito—. Harry Talbot, el *honorable* Harry Talbot. Estuvo en la OSS durante la guerra, supongo que lo sabes. Luego la OSS se convirtió en la CIA, y montaron su primera red de espionaje de Europa poniendo a un puñado de tipos de la Gestapo en nómina. Se dice que Harry solía tomarse el *bourbon* con Klaus Barbie

Ann fulminó a Sandy con la mirada. Era un gran tipo, pero tenía la irritante costumbre de erigirse en experto de temas sobre los que no sabía una puñetera cosa. ¿Quién se creía que era, para hablarle a ella sobre el padre de David?

—Lo que yo he oído es que Harry se tomaba el *bourbon* con senadores y congresistas... He oído incluso que de vez en cuando tomaba whisky en la Casa Blanca. Nunca he oído nada sobre Klaus Barbie.

—Yo he dicho —le recordó Sandy, con una sonrisa de satisfacción—, que era el *honorable* Harry Talbot, ¿no es así?

Mack se reclinó en la silla para escuchar cómo ella le replicaba a Sandy. Había pensado desde el primer momento que Ann cometía un error defendiendo a su padre. Pero, contando con que no era asunto suyo, había mantenido la boca cerrada. Ahora comprendió que debía decir lo que pensaba, porque ella parecía susceptible de meterse en un buen lío, y nadie más iba a gritarle que fuese con cuidado.

Le hizo un gesto a Sandy para que se callase, y dijo:

—Hazte un favor a *ti misma*, Annie. Busca a alguien para defender a tu padre. Contrata a aquel tipo de Cleveland... Llevó el caso de Demjook, o Demjoke, como demonios se llamase ese imbécil.

Ann jugaba nerviosamente con las carpetas que había sobre el escritorio de él, colocándolas en pilas ordenadas.

—Él quiere que lo defienda *yo*.

—Oh, cielos —dijo él, haciendo un gesto desdeñoso con la mano—. ¿Qué sabes tú sobre lo que sucedió hace cuarenta años en una condenada parte del mundo donde ni siquiera has estado? ¿Qué mierda sabemos todos de nuestros padres? —preguntó retóricamente, entusiasmándose con el tema—. ¿Has pensado alguna vez en cómo hace el amor? ¿Cuáles son sus fantasías?

—Lo sé —replicó ella. Apreciaba su interés, pero estaba fuera de lugar—. *Lo conozco*. Me ha criado, Mackie. Mi madre murió cuando yo tenía dos... Ha sido mi madre, mi padre, mi mejor amigo, siempre. Nunca ha habido secretos entre nosotros. *Nunca*.

Mack vio la mirada de los ojos de Ann y comprendió que podía estar hablando una eternidad y ella seguiría haciendo las cosas a su manera; era así de testaruda. Pero pensó que le debía un segundo intento y le ofreció su sabiduría acumulada, por si servía de algo.

—Nadie lo sabe. Nadie. Tú no sabes nada. Cuanto más los queremos, menos sabemos acerca de sus vidas.

Ella lo miró, consciente de que había algo de verdad en su afirmación pero sin querer escucharla.

—Sigo sin comprender por qué no puedes trabajar aquí —interrumpió Sandy.

Mack comprendió que no había conseguido nada con Ann y, en un intento de suavizar el ambiente, bromeó:

—Tal vez tenga miedo de que alguien se meta en sus asuntos.

—Nadie puede llegar a sus asuntos. Es su condenada educación católica. Es más represiva que el SIDA. —Y Sandy se rió de su propia agudeza, y Mack se unió a él.

—Muy gracioso, Sandy —dijo Ann, y arrugó la nariz asqueada. Apreciaba a sus socios, pero algunos días su humor era más propio de la escuela que el de Mikey.

Estaban todavía riéndose e intercambiando miradas obscenas cuando George asomó la cabeza por la puerta del despacho. Lanzó a los hombres una mirada que decía: Vosotros dos, ni una palabra más o seréis hombres muertos; luego se volvió hacia Ann:

—¿Ya están otra vez con esos chistes de princesas? ¿Vamos a comer o no?

—Vamos inmediatamente, George —dijo Ann, agradeciendo la interrupción.

Empezó a salir del despacho sin dirigir una palabra más a sus colegas, pero Mack la llamó.

—¿Annie?

Ella estuvo a punto de decirle: Por favor, basta de bromas. Pero él ya estaba junto a ella.

—No es divertido, Annie —dijo, amablemente—. Es el gran vagón del Tío Sam, que se abre camino cuesta abajo completamente lleno.

CAPÍTULO VI

Otra noche trastornada por sueños que despertaban más preguntas de las que ella podía contestar. Ann se despertó antes de que sonase el despertador, exhausta y con los ojos pesados; encendió la televisión para conocer el estado del tiempo. El mundo fuera de las ventanas era oscuro y desalentador. Las previsiones no eran mucho más esperanzadoras. Frío y viento. Posibilidad de ráfagas de nieve. En conjunto un día inhóspito y poco acogedor, un día para acurrucarse en la cama con un buen libro, una taza de café y una caja de bombones.

Eh, ¿de dónde salían esas fantasías?, se preguntó mientras se metía debajo del bienvenido consuelo de una ducha caliente. Tal vez habría debido reflexionar más detenidamente sobre el hecho de cambiar de lugar de operaciones. En teoría, había parecido una gran idea aceptar la oferta de espacio de Harry Talbot. Aquella mañana, enfrentada a la realidad, se dio cuenta de lo mucho que iba a echar de menos el calor y la familiaridad de su despacho sin mencionar la ayuda de sus colegas.

Sin embargo, como Harry le había indicado astutamente, «Jones, Lehman & Talbot» dependían de lo que la gente se decía una a la otra y por consiguiente debía tener mucho cuidado con su reputación. «Talbot & Talbot», siendo uno de los bufetes más prestigiosos de Chicago, estaba protegido por su tamaño y categoría. Posiblemente a Ann no le gustaba su rama de la ley o las personas que representaba, pero podía contar con la ayuda —algunos habrían dicho ambición— de Harry Talbot para habérselas con cualquier adversario. Y, dado que en este caso era contra el Gobierno de los Estados Unidos, podía considerarse afortunada de tenerlo a su lado.

No obstante, el hecho de instalarse en su terreno no la llenaba de júbilo. Por ello no fue hasta primera hora de la tarde cuando finalmente se dirigió al piso diecinueve del edificio situado en La-Salle Street donde estaba ubicado «Talbot & Talbot».

En «Talbot & Talbot» no se había escatimado para crear un ambiente que rezumaba poder y dinero. El objetivo era impresionar al posible cliente, y Harry Talbot había dado carta blanca a su decorador. David se había jactado ante Ann sobre el precio del material gráfico que colgaba en las zonas comunes y en las salas de conferencias. Los muebles, en su mayoría antigüedades inglesas o francesas, equivalían a una pequeña fortuna. El efecto global era el de un club masculino privado muy exclusivo, donde los miembros hablan en sordina sobre asuntos de la mayor importancia mientras los camareros se ajetrean discretamente apartados a la espera de sus órdenes.

La recepcionista iba elegantemente vestida, con perlas y un vestido azul de seda, y le dijo a Ann que podía pasar con un acento de la clase alta de Inglaterra. Ann sacudió la cabeza divertida mientras admiraba los cuadros del pasillo que conducía a los despachos de Harry Talbot, situados en una de las esquinas de la planta. ¿Habían importado a aquella mujer especialmente para este trabajo, o la había suministrado el interiorista, junto con la gruesa moqueta y el oneroso papel de la pared?

Seguía sin comprender cómo David había optado por trabajar en semejante entorno. ¿Cómo podía vivir consigo mismo, defendiendo a grandes compañías en lugar de a gente real, con problemas reales? Después de haberlo meditado, opinaba que había que pagar un precio muy alto por aquel nivel de lujo, pero lejos de sentirse ahogado por todo aquel boato, David afirmaba que se sentía perfectamente bien.

La mejor pregunta era: ¿Por qué se preocupaba? Sus buenos amigos le habían puesto de manifiesto que asomándose al pasado sólo conseguían no moverse hacia delante. Déjalo en paz, se dijo de forma apremiante. Ya no era asunto suyo preocuparse al respecto.

Ann supuso que era un buen consejo. Más fácil de dar que de seguir. Porque la pregunta seguía estando vigente: ¿Cómo se había convertido David en una persona diferente de la que había sido? A menos que siempre hubiese sido aquella persona y ella no lo hubiese visto. Pero surgió la misma pregunta: ¿Por qué se preocupaba?

Porque fue mi marido, pensó con un fatigoso suspiro. Porque quiero que la gente sea lo que parece que es. Porque no me gusta dejar los puzzles a medias.

El objeto de sus meditaciones estaba en aquel momento delante del bien surtido bar privado de su padre, mezclando una coctelera de martinis. Si bien normalmente era un hombre de vino y cerveza, cuando David bebía con Harry mostraba su solidaridad optando por martinis, la bebida preferida de Harry.

Oyó el suspiro de Ann incluso antes de que ésta apareciese por la puerta. Era un sonido que reconocía con facilidad, por haberlo escuchado a menudo durante su vida de matrimonio, especialmente al final, cuando parecía que ella tenía un interminable surtido de razones para exasperarse con él.

Sin embargo, recordó para sus adentros que aquello era su territorio. Él era del equipo de la casa, ella la visita. Por una vez no iba a hacerlo sentir como si hubiese cruzado las líneas enemigas. De hecho, le divertía bastante la ironía de la situación: La señorita Más-Santa-que-Tú yendo a rezar al templo de los infieles. Y todo a causa de Mishka, que no había ocultado su opinión de que su hija hubiese podido hacer algo mejor que casarse con un Talbot. Curioso cómo las cosas daban la vuelta.

¿Sentía amargura? Suponía que sí —en cualquier caso, un poco. Su ex mujer era guapa, inteligente y sexy, y todavía soñaba a veces que hacía el amor con ella. Pero una parte de él la odiaba por no aceptar al hombre en el que se había convertido, el hombre que le gustaba ser. Otras personas —*muchas* otras personas— lo tenían en alta estima, tanto personal como profesionalmente. Sólo Ann parecía incapaz de hacer las paces con la dirección que había tomado su vida.

A pesar de todo, estaba de acuerdo con la decisión de su padre de que ella usase los recursos de «Talbot & Talbot», aunque sólo fuese por consideración a Mikey. Maldita cosa si su propio hijo era calificado de nieto de un nazi. El chico no merecía esta etiqueta e incumbía a los Talbot estar detrás de Ann para que ésta pudiese conseguir que su padre fuese absuelto. Porque, fuese o no culpable Mishka —y David habría apostado dinero a que no lo era—, si alguien podía ganar esta batalla, esta persona era Ann.

Estuvo a punto de decírselo cuando ella apareció en la puerta, con un aspecto cansado y ceñudo como él jamás le había visto. Pero el foco de rabia entre ellos era todavía demasiado profundo y fuerte, y él había aprendido de la amarga experiencia la necesidad de protegerse de su lengua mordaz. Por ello, cuando ella le lanzó un fortuito, «Hola, David», él se limitó a agitar una botella de ginebra en su dirección.

—Iba a llamarte —dijo él, mientras ella se dejaba caer pesadamente en el sofá de Harry—. Este fin de semana hay una exhibición láser en el museo. He pensado que podría llevar a Mikey. ¿Tenéis algún plan?

—¿Para el fin de semana? —dijo ella, que apenas podía pensar en el día siguiente—. No, está bien —concedió, sabiendo que Mikey estaría encantado de pasar un rato inesperado con su padre.

David agitó enérgicamente los martinis una última vez.

—¿Quieres un *silver bullet*?

Aun sabiendo que todavía le quedaban muchas horas de trabajo por delante, hizo un gesto afirmativo con la cabeza. Rara vez bebía martinis; su peculiar encanto siempre se le había escapado. Pero años antes, cuando había empezado a frecuentar la casa de los Talbot, se había obligado a tolerarlos. Los martinis era lo que servía tradicionalmente el padre de David antes de la cena —a menos que existiese un motivo de celebración, en cuyo caso abría una botella de champaña.

Pensando que se adaptaría mejor si seguía sus costumbres, aprendió a sorber aquella mezcla seca y ligeramente amarga sin fruncir los labios. El gusto era acerbo e inflexible, muy parecido a Harry Talbot, por todos sus buenos y exquisitos modales y su afabilidad.

En una ocasión, David había descrito a su padre como el tipo de hombre que podía sonreír y estrechar la mano de uno, para luego apuñalarlo por la espalda cuando aquél bajaba la guardia. Era cierto que Harry siempre se había mostrado cortés con Ann, pero ésta siempre tenía un ojo alerta por si sacaba el cuchillo.

Harry tenía una presencia que intimidaba, y su mente, semejante a una trampa de acero, y sus palabras mordaces le habían valido la fama de ser un abogado que luchaba para ganar. Aunque pudiese parecer sorprendente, se llevaba bastante bien con el padre de ella. A lo largo de los años habían establecido una fácil camaradería que había sobrevivido a su divorcio. Ann nunca había comprendido qué era lo que encontraban en común para hablar, aparte de Mikey; y cuando los veía juntos siempre le hacían pensar en la extraña pareja del campesino y el aristócrata. Mike, tan desaliñado y curtido; Harry, la verdadera imagen de la gracia y la elegancia en el vestir, con sus trajes de Savile Row hechos a medida.

Ahora, cuando él apareció en la puerta, le recordó como siempre a un personaje de una novela de Louis Auchincloss, el venerable socio más antiguo del bufete. Aunque ya se acercaba a los setenta y cinco años, Harry no mostraba el mínimo interés por retirarse o siquiera moderar el ritmo de trabajo. Seguía siendo alto e iba siempre muy erguido; sólo su cabello completamente blanco hacía alusión a su verdadera edad.

—Hola, Harry —dijo ella, a la vez que se ponía de pie y le ofrecía una mejilla para que la besase.

Le llegó una ráfaga del olor de la colonia de Harry.

—¿Por fin hemos conseguido que te unas a nosotros? —dijo Harry con suficiencia, mientras saludaba a su hijo con un gesto de la cabeza—. Después de todos estos años con tus melindres étnicos para trabajar aquí..., aquí estás.

Se acercó resueltamente al bar y miró con desprecio la bebida de David.

—¿Cómo puedes hacer un martini decente sin vermut dulce? —le preguntó a su hijo—. Es cierto que a veces la manzana cae lejos del árbol.

Mientras Harry montaba el gran número de mezclar la coctelera de martinis, David dirigió unos ojos en blanco hacia Ann. Era una vieja discusión entre padre e hijo, y normalmente Ann habría replicado con algún gesto apropiadamente compasivo. Pero aquella tarde no tenía la paciencia para jugar a aquel juego.

—Ya nos han asignado juez: Sam Silver —anunció ella, ansiosa por oír la reacción de Harry. Por muy en desacuerdo que estuviese con su filosofía personal o profesional, valoraba el tino legal de Harry, sobre todo en lo tocante a la política de los tribunales. Después de cincuenta años ejerciendo el derecho en Chicago, podía citar de carretilla los nombres y prejuicios de los jueces locales como un niño enumerando las clasificaciones del béisbol.

Sin embargo, lo que tenía que decir en aquellos momentos no era esperanzador.

—Habrías tenido muchas más probabilidades con un jurado —declaró—. Habrías podido echar todo el teatro a tu bola negra en el tribunal. Y la idea de una hija defendiendo a su padre habría conmovido a más de uno. A Sam Silver no le va a conmover, puedes estar segura.

—¿Sam Silver? ¿Me estás tomando el pelo? —intervino inoportunamente David.

Ann lo ignoró y volvió su atención a Harry.

—Sólo sé de él que es un hombre justo.

Harry miró a Ann especulativamente. Hacían falta agallas para hacer lo que ella estaba haciendo, y admiraba su lealtad. Pero Ann estaba hecha de una materia fuerte. Era una buena chica y una abogada estupenda.

Asimismo, podría ser atractiva, si hiciese algo con su pelo, se maquillase y se comprase ropa decente. Antes era más guapa y más superficial. Desde el divorcio había perdido atractivo y se había vuelto más seria.

—Por supuesto, Sam es justo —concedió Harry; tomó un trago de su bebida—. No hay nadie mejor en el tribunal federal.

Ann miraba sin ver la caja de música que tenía delante de ella, una de las preferidas de Harry de entre las de su colección. Tenía grabados unos vistosos y antiguos motivos americanos y su superficie estaba adornada con caballos de carreras haciendo cabriolas. Finalmente, levantó la cabeza y dijo:

—No me preocupa que sea judío. Me preocupa que sea justo.

—Claro. A mí me preocupa que sea justo. Y en este caso me preocupa que sea judío —replicó Harry con calma, a la vez que se maravillaba de la ingenuidad de ella.

—Sin duda será doblemente objetivo. Tendrá que serlo —intervino David.

Harry ignoró a su hijo y se dirigió a Ann.

—¿Crees que puedes declarar que hubo objetivismo y conseguir que su veredicto sea anulado? Tal vez. Pero es peligroso.

Ella parpadeó sorprendida.

—No se me había ocurrido —admitió. Tampoco era su estilo de ejercer el derecho. Ella pretendía ganar el caso con méritos, no con trucos legales.

—No tienes nada que hacer, ¿lo sabes, verdad? —preguntó Harry, para luego acercarse y poner una mano sobre el hombro de ella—. ¿Sabes realmente lo que es Holocausto? Es la vaca sagrada del mundo. Esta gente, los supervivientes del Holocausto, tiene una aureola alrededor de su cabeza. Son santos seculares, esto es lo que son. No te iría mal consultar con la madre Teresa.

Él sabía que eran unas palabras crueles, pero ella necesitaba una gran dosis de realidad. Era evidente que no hacían mella en ella, eran fantasías y cuentos sobre el poder de la verdad y la justicia. Pero la verdad podía ser interpretada —o malinterpretada— de cantidad de maneras. Por desgracia, era una lección que no se podía aprender en la Facultad de Derecho. A veces había que aprenderla a las malas. Y en ocasiones, si uno era lo bastante inteligente como para mantener los oídos y los ojos abiertos, se descubría sin recibir un puntapié en el culo.

Ann seguía mirando resueltamente la caja de música, y sus labios apretados le dijeron a él que no le había gastado mucho su discurso. Sin duda estaba enfadada por su franqueza. La gente no apreciaba la franqueza porque le tenía miedo. Quería que sus circunstancias pareciesen y sonasen hermosas: como las cajas de música. Pero aquellos caballitos, a pesar de su elaborado detalle, no harían otra cosa que correr en círculo. Y cuando apretaba el botón para conectar la música, como hizo en aquel momento, el sonido era cascado, no era verdadero.

—¿Cómo está mi nieto?

—Bien —dijo ella, escuetamente.

Mientras, pensaba que hubiese sido preferible no acudir a Harry con su problema. El caso de su padre no tenía nada que ver con el Holocausto o con supervivientes. Tenía que ver con fallos burocráticos y confusión de identidad —y con la larga mano de un gobierno extranjero que intentaba arruinar la vida de un ex ciudadano.

—¿Bien? Esto es lo único que siempre dices de él. ¿Se manosea? ¿Has encontrado fotografías pornográficas en su cartera? —dijo Harry, y lanzó una risita.

—¿Fotografías pornográficas? Mikey tiene once años. No le miro la cartera —replicó ella.

—Bien, pues mira —le sugirió Harry, encogiéndose de hombros en su abrigo. Se dirigió hacia la puerta, dando al pasar una palmada en el hombro de David—. Por cierto —dijo de forma despreocupada—, ¿Mishka no hizo todo aquello, verdad?

Desapareció antes de que ella tuviese la oportunidad de abrir la boca.

Dos grandes cajas de cartón llenas de carpetas de papel de Manila la esperaban en el despacho casi vacío que iba a ser durante un tiempo su cuartel general en «Talbot & Talbot». Aparentemente, alguna secretaria deseosa de ayudar había emprendido la tarea de desempaquetar las cajas, para luego dejarlo a medio camino, sin duda intimidada por el trabajo que suponía. También le habían dejado un montón de cuadernos de notas, de hojas legales amarillas, dos paquetes de bolígrafos y un cubilete con lápices afilados. Un teléfono, una lámpara y una enorme papelera completaban la decoración.

El ocupante anterior —probablemente un joven abogado que sin duda había visto la puesta del sol a través de la ventana más veces de las que él o ella pudiese calcular—, había dejado detrás suyo un par de pósters y, en la parte posterior de la puerta, una diana de dardos. Ann no pudo a menos preguntarse si no habría bendecido el lugar de honor una fotografía de Harry Talbot. Era famoso por tratar a sus subordinados como infantes de Marina de cabeza rapada del grupo limpiabotos. Los hombres y las mujeres que se habían convertido en socios de «Talbot & Talbot» se habían ganado sus galones con el sudor de su frente. Las vibraciones de la habitación hablaban de muchas horas extra y de muchas angustias mentales.

Una verdadera montaña de documentos gubernamentales se amontonaba sobre el escritorio, a la espera del detenido examen de Ann. Acercó la silla y miró una pila de carpetas, marcadas con: Gobierno de los Estados Unidos — Oficina de Investigaciones Especiales. Otra carpeta decía: Departamento de Justicia de los Estados Unidos. *Los Estados Unidos contra Michael J. Laszlo.*

Se preguntó por dónde empezar, abrumada por el gran volumen de material. Se debía de haber trabajado mucho y duro para recoger y compilar todos aquellos datos. Por desgracia, la suma total había conducido a los investigadores del Gobierno en una dirección completamente equivocada. Ahora, gracias a su estupidez, ella tenía por delante el trabajo de escudriñar todas aquellas historias de horror, todas las cuales representaban a su padre en el papel principal. ¿Y para eso pagaba ella una cantidad nada insignificante de impuestos cada mes de abril?

La pálida luz de última hora de la tarde se iba desvaneciendo de prisa y ella encendió la lámpara situada sobre el escritorio. Se dijo que ya era hora de que se pusiese en acción. De encontrar las pistas que habían llevado al Gobierno a conclusiones erróneas, para luego seguir su trayectoria hasta llevarlos al hombre que *realmente* era culpable de perpetrar aquellos crímenes.

Con un bolígrafo en la mano, abrió la primera carpeta y empezó a leer el caso contra Michael J. Laszlo. Al llegar a la tercera página, sintiéndose ligeramente mareada, se reclinó contra la silla y respiró profundamente varias veces antes de proseguir. Se volvió y miró por la ventana, sin ver ni la penumbra gris, ni las luces de las ventanas del otro lado de la calle.

El affidávit inicial, el recibido por su padre, había utilizado frases como «crímenes contra la Humanidad» y «desmedidos actos de violencia y sadismo». Por muy feas que fuesen aquellas palabras, eran conceptos abstractos que ella había alejado de sí, segura de que no tenían nada que ver con su padre o con cualquiera que ella conociese.

Ahora estaba descubriendo lo que se quería decir realmente con aquellas frases. Los cuadernos estaban llenos de declaraciones juradas de víctimas o testigos oculares que no economizaban sus descripciones de brutalidad, como ella jamás había imaginado. ¿Por qué no la habían avisado? ¿Por qué nadie le había dicho que tuviese cuidado, que era una cosa muy fuerte aquella con la que iba a enfrentarse?

Se obligó a seguir leyendo los cuadernos, a seguir tomando notas. *Para papá,* se dijo.

Harry había llamado «supervivientes del Holocausto» a los hombres y mujeres que habían ofrecido aquellos testimonios que desgarraban el alma. ¿Pero qué sabía ella en realidad del Holocausto, más allá de lo que había aprendido en el colegio sobre Hitler y su plan para exterminar a los judíos? Los nazis eran una aberración terrible y enfermiza; el genocidio y los campos de concentración demasiados horribles para ser contemplados y era preferible dejarlos lejos de la memoria.

Salvo que estos supervivientes no podían olvidar. Incluso ahora, después de más de cuarenta y cinco años, declaraban para poner de manifiesto con horribles detalles todas las humillaciones grotescas, todos los actos sádicos y asesinos. Al leer sus declaraciones, Ann sintió como si estuviese asomada al borde, contemplando la boca del infierno. Porque, de cierto, los incidentes que describían no podían haber tenido lugar en el mundo que ella conocía. Era sencillo, la gente no trataba a los demás con aquella flagrante falta de humanidad. Sólo los monstruos eran capaces de cometer semejantes actos.

Su padre no era un monstruo. Era un hombre encantador y afable. Lo peor que se podía decir de él era que tenía un genio que de vez en cuando le sacaba de sus casillas, y en ocasiones podía ser crudo y todo menos diplomático. Sin embargo, lo mismo podía aplicarse a Harry Talbot, pero eso no los convertía a ninguno de los dos en colaboradores nazis, que saludaban «Heil Hitler» y torturaban a los judíos.

No obstante, las voces de aquellos ancianos y ancianas eran demasiado convincentes para ignorarlas. Perdiendo la noción del tiempo y del lugar, se sumergió en sus recuerdos. Y emergió mucho después, sufriendo y llorando por su dolor. Era lógico que después de tantos años siguiesen sedientos de retribución. Un demonio como aquél no podía quedar sin castigo.

Sin embargo a nadie le servía que se castigase al hombre que no era. *Esto sólo empeora las cosas*, escribió en letras mayúsculas. *El hombre inocente se convierte en la víctima de las víctimas.*

Estaba empezando a tomar forma la estructura de la defensa de su padre.

Mientras tomaba un sorbo de café templado, pasó a la página siguiente y vio lo que parecía ser la fotocopia de una especie de tarjeta de identidad. La fotografía de la tarjeta estaba borrosa, poco nítida, pero a pesar de ello pudo discernir el rostro de un hombre guapo, que miraba resueltamente al ojo de la cámara.

Examinó la página con más atención, descifrando despacio las palabras húngaras, diciéndolas en voz alta para asegurarse de que las leía correctamente. A continuación acercó todavía más la mirada, y el caso se estrelló a su alrededor.

La hora de ocio estaba en su apogeo en el «Pewter Mug», el pub cordial y de servicio mínimo escogido por los abogados y los financieros de la ciudad. Ayudantes del fiscal del distrito, defensores públicos y atildados socios de bufetes formaban grupos de dos o tres junto a comerciantes e inversionistas ante el buffet libre, sirviéndose ellos mismos albondiguillas suecas y alas de pollo picantes, que, en caso necesario, podía pasar por la cena.

Las especialidades de la casa eran jarras de cerveza helada y peligrosas margaritas, y el bar situado frente a la sala, donde sólo se podía estar de pie, hacía su agosto. La mayoría de los asientos situados en compartimientos similares a los de un tren también había sido tomada, pero Ann logró encontrar un sitio yendo por detrás. Se dejó caer agradecida en el rincón oscuro y pidió un vaso de vino.

A pesar de lo tarde que era, todavía no podía irse a casa. Con aquel áspero gusto de angustia en la boca y los ojos doloridos por unas lágrimas no vertidas, no era capaz de enfrentarse ni a su padre ni a Mikey. Estaba contemplando taciturnamente el interior de su vaso, absorta en sus pensamientos cuando, de repente, vio que Jack Burke estaba de pie junto a ella.

—¿Puedo invitarla a una copa? —preguntó él, a la espera de ser invitado a sentarse.

—No —dijo ella, cortante, en la esperanza de que desapareciese por donde había llegado.

Jack fingió una sorpresa herida.

—¿Cómo? ¿Ni siquiera: «No, gracias»? ¿Sólo «No»?

—He dicho no —repitió ella, furiosa con él porque no respetaba su intimidad.

—Ya veo. Ha recibido mi paquete —dijo él, a la vez que se sentaba frente a ella y levantaba un dedo para llamar la atención de la camarera—. Yo voy a tomar una copa. Y usted parece necesitar otra.

Aunque hubiese estado muriéndose de sed en el desierto, la última persona de la Tierra de quien hubiese aceptado una copa habría sido Jack Burke. Había admitido clara y llanamente que tenía la intención de destruir a su padre y de arruinar la felicidad y el honor familiares. Y ahora había tenido la maldita caradura de sentarse allí, sonriendo afectadamente, como si esperase que ella le agradeciese el privilegio de su compañía.

Pero dado que él le había impuesto su presencia, pensó que debía sacar partido a la circunstancia. Haciendo acopio de la energía que le quedaba, si le quedaba alguna, con toda la calma de que fue capaz, dijo:

—Se han equivocado de hombre.

Jack levantó una ceja, escéptico.

—¿No le parece que es el perfecto camuflaje? Uno educa a unos niños buenos y completamente norteamericanos, y evita cualquier sombra de sospecha. *Usted* es su mejor coartada.

Ella estaba a punto de decirle que estaba lleno de mierda cuando apareció la camarera con las bebidas. Ann miró la suya, le hacía mucha falta, pero no quería aceptar ningún favor de Burke.

Él vio su reticencia y experimentó cierta simpatía por ella. Por muchos pecados que hubiese cometido su padre, ella era inocente. Aquellos expedientes debían de haberla destrozado cuando los leyó. Apostó que no le iría nada mal un hombro fuerte sobre el que llorar. Bajo otras circunstancias, no le hubiese importado ofrecerle el suyo.

Por otra parte, seguía afirmando que su padre era inocente. ¿Cuánto tiempo pasaría antes de que ella dejase de mentirse a sí misma y se enfrentase a la verdad? Decidió darle un empujón en esa dirección y señaló el vaso de ella, instándola:

—Vamos, beba. Uno no descubre cada día que su padre es un monstruo.

Ann comprendió de repente lo mucho que la ira podía inducir a las personas a matar. La estaba insultando. Estaba disfrutando con su dolor. Aquel hombre estaba enfermo. Tal vez por esto se pasaba la vida persiguiendo a otros psicópatas. Buscaba personas afines a él. Ella, sin embargo, no tenía semejante necesidad enfermiza. Echó sobre la mesa el dinero para sus bebidas, cogió abrigo y bolso y se levantó para marcharse.

Jack no tenía intención de dejarla marchar. Quería hablar con ella —allí, fuera del tribunal, en terreno neutral. Se había informado sobre ella a través de sus amigos abogados de Chicago, y todos habían coincidido: Era inteligente, honesta y una adversaria formidable. Jack la quería de su parte; quería que ella comprendiese que no podía admitir las mentiras de su padre. Porque con ello se volvería culpable del mismo fraude.

En la esperanza de lograr que se quedase, aunque sólo fuese cinco minutos más, alargó el brazo por encima de la mesa. Ella lo apartó con brusquedad, como si sus dedos estuviesen contaminados con veneno mortal.

—Tal vez la violencia sea cosa de familia —lanzó él.

—¡Váyase a la mierda! —le espetó ella.

—Yo no diría eso —replicó Jack, mientras lamentaba su simpatía previa—. Siempre quiere estar por encima, ¿verdad?

Llevada al límite del control sobre sí misma, Ann se abalanzó sobre él con la pizca de energía que le había quedado. Pero Burke fue más rápido. La agarró por el brazo y apretó fuertemente.

—Cuando lo vea esta noche, piense en el fraude que hizo con los telegramas. ¿Supongo que se acuerda de esta parte? —dijo él con desprecio y los ojos brillantes de odio.

Ann luchó por respirar e hizo un esfuerzo para no desmoronarse. Esto vendría luego, cuando estuviese sola. En aquellos momentos, todo lo que deseaba era alejarse de aquel veneno. Se desprendió de su mano y se apresuró a salir de la sala sin mirar atrás. La próxima vez que volviesen a encontrarse, en la sala del tribunal, estaría mejor preparada para contraatacar.

No obstante, apenas estuvo a salvo dentro de su coche, Ann se dejó ir y se puso a llorar. Las lágrimas resbalaron por sus mejillas hasta que notó la sal en sus labios. Lloraba por las víctimas del Holocausto cuyas historias había leído aquel día y nunca olvidaría. Lloró por su padre y por lo que Jack Burke decía sobre él. Asimismo derramó unas pocas lágrimas por ella, porque si bien no era dada a compadecerse de sí misma, aquella noche sentía mucha lástima de sí misma.

Estaba agotada, sola y desesperadamente necesitada de alguien en quien poder confiar, y no se le ocurrió una sola persona con quien poder compartir su carga. Su padre no, por supuesto. Tampoco Karchy, que le habría dicho que había perdido el juicio si siquiera sospechaba que quizá..., sólo quizá..., papá era culpable.

¡No! ¡Imposible! Burke jugaba con ella a los trucos mentales. Como cualquier agudo abogado, se aprovechaba de su vulnerabilidad y agitaba sus barbas ante ella como si fuesen tantos dardos envenenados. Era una vergüenza permitir quedarse indefensa. Tenía que ser más fuerte, más resuelta, si pretendía ganar aquella batalla. Él había demostrado ser un adversario formidable; armado y peligroso.

También ella podía ser peligrosa, sobre todo cuando protegía algo suyo. Porque tanto si su padre era culpable como inocente —y en aquel momento no estaba segura de lo que habría votado—, era su padre *y* su cliente. No estaba dispuesta a que Jack Burke o cualquier otra persona arruinase la vida de él.

O, para el caso, la vida de ella. Mientras aparcaba en la entrada de su casa, se miró el rostro en el espejo retrovisor y lo que le devolvió la imagen fue un desastre. Pero todavía peor del aspecto que tenía, era cómo se sentía: como si le hubiesen dado un puñetazo en las tripas y la hubiesen dejado sin aliento. Y su instinto le dijo que todavía iba a ser peor.

Mientras abría la puerta, le llegaron los familiares sonidos y aromas de la casa como una caliente y acariciadora manta a la que deseó agarrarse para acurrucarse en ella. Pero no podía permitirse este consuelo hasta que hubiese confrontado a su padre con lo que había descubierto aquel día.

Necesitaba sus respuestas a algunas de las muy duras preguntas que se había estado formulando toda la tarde. Temía lo que tenía por delante, temía la mirada del rostro de él cuando le preguntase si había hecho aquellas cosas, si se trataba de él. Pero si quería defender adecuadamente, si quería vivir consigo misma y con su conciencia, no tenía elección.

Fue en busca de Mikey y lo encontró con su amigo Pete, ambos tumbados en el suelo de la sala de estar, absortos en el «Nintendo». En los pocos momentos que tardó él en advertir su presencia, ella lo miró, miró a su fiero guerrero del vídeo.

Estaba creciendo tan de prisa que los tejanos que le habían comprado en noviembre ya le quedaban demasiado cortos. En cualquier momento sería un adolescente. ¿En qué se convertiría entonces? ¿Perdería su dulzura y empezaría a enfrentarse a ella porque era el enemigo adulto? Cuando miraba a Mikey no lamentaba en absoluto haber estado casada con David. Si habían podido crear un chico así —tan dulce, tenaz e inteligente—, su unión debió de haber sido justa.

Mikey volvió al mundo real con un gruñido de satisfacción y apartó la mirada de la pantalla. Con unos ojos inocentes abiertos de par en par, lanzó a su madre la más encantadora de sus sonrisas. Ella comprendió inmediatamente su estrategia; su intento de desviar la inevitable bronca porque había roto el acuerdo de no jugar con los videojuegos antes de la cena. Sin embargo, aquella noche ella estaba demasiado preocupada para que le importase.

—¿Dónde está el abuelo? —preguntó.

Mikey examinó a su madre más detenidamente y se dio cuenta de que algo andaba mal. Tanía los ojos rojos e hinchados, y estaba tiznada de negro debajo de aquéllos y en las mejillas. Además su rostro tenía una expresión extraña, como si estuviese a punto de llorar y estuviese haciendo un gran esfuerzo para evitarlo.

—Está en la cocina —dijo él, nervioso.

¿Por qué no lo reñía por el «Nintendo»? Le daba miedo que las cosas no sucediesen como se suponía debían suceder, porque esto fue lo que ocurrió antes de que sus padres se divorciasen. Habían estado tan ocupados gritándose mutuamente que habían dejado de llamarle la atención para que recogiese sus juguetes o se fuese a la cama a la hora.

—Es mejor que me vaya, Mikey —anunció Pete.

Mikey pensó que su madre invitaría a Pete a cenar, pero ella se limitó a dar media vuelta y encaminarse hacia la cocina. Cómo está el patio, pensó. Si a él se le ocurría olvidarse de despedirse de alguno de sus invitados, ella se ponía furiosa con él por ser mal educado. Y allí estaba ella, marchándose sin haberle dirigido una sola palabra a Pete.

Oh sí, decidió, y un hormigueo de tensión recorrió sus manos. Estaba claro que estaba a punto de pasar algo malo. Estaba casi seguro de que tenía que ver con las mentiras que la gente contaba sobre el abuelo. Deseó que su madre lo dejase ir a hablar con el juez. Porque habría comparecido ante el tribunal y explicado que tenía el mejor abuelo del mundo entero, ¡y que esos comunistas de Hungría que odiaban al abuelo podían irse al cuerno!

A Mike le gustaba hacer chuletas de cerdo. Las condimentaba con mucho páprika, sal de ajo, pimienta y cebollas, las asaba en el horno por espacio de una hora, y las rociaba cuando pensaba en ello con el primer vino o cerveza que encontraba. Su receta era simple, deliciosa, y nunca fallaba, a menos que las chuletas se asasen demasiado y se volviesen duras, como había ocurrido aquella noche porque Ann se había retrasado. Ya había apagado dos veces el fuego para el agua de los tallarines e incluso había cortado los pepinos para la ensalada, un trabajo que por regla general hacía Ann. En aquel momento estaba removiendo impacientemente lo que quedaba de la salsa bajo las chuletas.

Mientras cogía más vino para salvar las chuletas, vio a Ann en la puerta. Toda la frustración reprimida de un padre preocupado cayó sobre ella.

—¿Dónde demonios estabas? —explotó—. Se me han quemado las chuletas de cerdo. Mira...

Mike se interrumpió a media frase y miró con curiosidad a su hija, que estaba pálida y parecía enferma, como si hubiese visto un fantasma.

—¿Qué pasa? —preguntó.

Ann sacudió negativamente la cabeza, pero él la conocía demasiado para creerla. Ella siempre había ocultado sus sentimientos, lo cual le obligaba a él a adivinar cuándo estaba enferma o asustada. Karchy contaba su vida y milagros como una anciana deseosa de hablar sobre sus problemas. Pero Ann se guardaba los problemas para sí, hasta que él tenía que rogarle que le contase lo que sucedía. Entonces todo lo que ella decía era lo que dijo en aquel momento.

—Nada.

A pesar de que no tenía apetito y en consideración a Mikey, se sentó a la mesa para cenar. Incluso logró comer unos bocados, sólo para tranquilizar a su hijo, que no dejó de lanzarle miradas preocupadas durante toda la cena. A veces se olvidaba de lo sensible que era él a sus estados de ánimo. ¿Había ella armonizado tanto con su padre? Quizá con sus enfados, que sólo habían surgido de forma esporádica. Aparte de esto, había dado por sentado que su padre estaba allí para que se contase con él, y cualquier cosa que hubiese podido sentir él —soledad, pesar, desilusión— no había sido de su incumbencia.

Ahora, sin embargo, las partes ocultas y secretas de su alma eran muy de su incumbencia, y la confrontación que los esperaba se cernía sobre ella como una tormenta a la espera de estallar. Entretanto, llevó a cabo todos los rituales de la cena como un autómata. Pasó los tallarines, recordó a Mikey que no debía hablar con la boca llena, fingió escucharlo cuando se puso a hablar rápida y largamente sobre las próximas pruebas de baloncesto del colegio.

Se le desgarraba el corazón viendo lo excitado que estaba al tener de nuevo otro hombre en la casa. Le explicaba a Mike lleno de entusiasmo las posibilidades que tenía de ser escogido para el primer equipo. Pobre chico. Había carecido mucho de esto cuando ella y David se separaron. Lo último que necesitaba era más confusión en su vida. Como madre, se suponía que debía protegerlo de todo dolor. En los últimos tiempos, tenía la sensación de no tener ninguna capacidad para ello. La lógica le decía que ella no era responsable, pero su culpabilidad la llevó a servirle una cucharada más de helado antes de mandarlo a hacer los deberes.

Su melancolía era contagiosa. Mike la evitó el resto de la velada y Mikey ya estaba en la cama medio dormido cuando ella fue a darle el beso de buenas noches. Envidió su capacidad para desconectarse apenas apoyaba la cabeza en la almohada. A pesar de lo cansada que estaba, tenía los nervios demasiado en punta para conciliar el sueño. Así que abrió una botella de vino, cogió un jersey y se tumbó en el sofá del porche acristalado situado en la parte posterior de la casa.

No había resultado barato adaptar el porche para el invierno, pero había sido un dinero bien empleado. Aquella noche, una luna casi llena iluminaba el cielo nocturno. Mientras contemplaba el césped cubierto de nieve y más allá el lago, recordó lo que le gustaba del invierno. En noches como aquélla, uno casi podía olvidarse del frío y del hielo y pensar en cambio en volver a casa con las mejillas sonrosadas y unas manos estremecidas por el frío después de una tarde patinando o deslizándose en trineo, para acurrucarse delante de un fuego abrasador y beber chocolate caliente o sidra caliente con especias.

No es que tuviese ya muchas oportunidades para los deportes de invierno, pero la imagen resultaba acogedora y reconfortante. El vino, calentando su interior y entumeciendo las asperezas de su confusión, también ayudaba. Lo bebió despacio, saboreando el sabor ligeramente picante en su lengua y prometiéndose que pararía antes de llegar a embriagarse.

—¿Anni?

El voluminoso cuerpo de Mike apareció en las sombras junto a ella. Ann cambió las piernas de sitio a fin dejarle espacio en el sofá. Pero él, en lugar de sentarse, se acercó a la ventana, y fingió contemplar el paisaje. Todavía dándole la espalda, dijo en voz baja:

—Mañana iré a casa.

A ella no le sorprendió esta sugerencia. También ella había considerado esta posibilidad. Pero sacudió la cabeza.

—No puedes. No es prudente.

Mike se encogió de hombros y se volvió hacia ella.

—Sólo a recoger ropa, traerla aquí. Y encontrarme con George, darle lo que quiere.

Oyó cómo su hija contenía la respiración cuando fue a sentarse junto a ella. Estudió su rostro, pero las sombras ocultaban su expresión. Como ella no hablaba, él le recordó:

—Siempre sé cuándo te pasa algo, aunque tú no me lo digas.

—¿Cómo te sentirías si tuviésemos un juez judío? —preguntó ella, con la boca seca a causa del nerviosismo.

Mike se tomó tiempo para contestar.

—¿Crees que es bueno? Extraño, seguro.

—Es muy justo. Es un buen juez.

Él presintió que ella lo estaba poniendo a prueba. Así estábamos. Había sabido que lo haría tarde o temprano, y le perdonó su falta de confianza en él.

—Si así lo crees, está bien.

Ann se levantó y se alejó del sofá. En aquellos momentos necesitaba distanciarse, para hacerle las preguntas fuertes. Ahora le tocó a ella ocultar su rostro, de forma que él no viese lo asustada que estaba ante lo que él pudiese decir.

—¿Por qué nunca hemos tenido amigos judíos?

—¿Dónde íbamos a encontrarlos? —exclamó Mike—. A nuestros amigos, los veíamos en la iglesia en el West Side. Los judíos viven en otra parte. En la fábrica tenía amigos judíos.

Ella consideró su observación, como un geólogo estudiando los estratos de la formación de una roca. Lo que yacía en la superficie decía sólo la mitad de la historia.

—¿Por qué nunca los invitaste a casa? —le preguntó.

—Ellos no me invitaban a *mí* a su casa —puso él de manifiesto, con una lógica fácil—. Los amigos de la fábrica, los amigos que uno tiene en la fábrica, se ven en el bar después del trabajo, eso es todo.

Sí, tenía sentido. Ella tenía amigos..., otros abogados..., con quien había ido a menudo a comer y a cenar, sin por ello haberlos invitado nunca a casa. Por supuesto, ello no tenía nada que ver con su religión. No habría podido decir si eran judíos, católicos o protestantes.

—En la Universidad, ¿saliste con muchachos judíos? —preguntó Mike.

Ella movió la cabeza.

—No.

—¿Cómo es eso?

—No lo sé —dijo ella, en voz baja.

Mike se inclinó hacia delante.

—¿Te dije yo que no salieses con ningún chico judío?

—No.

—¿Entonces, por qué? Saliste con otros muchos chicos.

Los pensamientos de ella retrocedieron a sus años de universidad, a las muchas noches en que ella y sus compañeras de dormitorio habían permanecido despiertas hasta la madrugada, hablando de chicos, sexo, política, religión. Abarcaban un amplio abanico de creencias teológicas; había incluso una muchacha que se decía budista. ¿Pero y los hombres con los que había salido? No podía recordar a ninguno que fuese judío. ¿Coincidencia? ¿O los había evitado deliberadamente, gracias a algún mensaje implícito de Mike?

—Háblame sobre la Sección Especial, papá —dijo ella.

—¿La Sección Especial?

—Sí, papá —lo apremió ella, sin atreverse a mirarlo a la cara—. En los gendarmes había una Sección Especial.

—Ya —dijo Mike, a la vez que cxaminaba sus rudas manos de obrero—. Nadie sabía mucho sobre ella. Cuántos eran. Quién estaba dentro. —Se levantó despacio para quedarse de pie a la altura de ella—. Eran asesinos de judíos —explicó—. Al estilo de los comandos de las SS *Einsatz*. Yo no tuve nada que ver con ellos. Yo trabajaba en la oficina.

—Tienen una fotocopia de un carnet de la Sección Especial, con tu fotografía y tu firma —dijo ella, mirándolo a la cara.

De la garganta de Mike surgió un sonido bajo, semejante a un gruñido.

—¡No es posible! —Y volvió la cabeza, avergonzado de que ella lo viese llorar—. Yo no tenía nada que ver con ellos —protestó, con voz ronca—. ¿Cómo pueden tener ese carnet? ¡No es posible!

Su angustia era tan auténtica que ella se ablandó.

—No tienen el carnet —dijo, a la vez que le tocaba el brazo—. Tienen una fotocopia.

—¿Una fotocopia?

Ella asintió con la cabeza, mientras escudriñaba su cara en busca de la verdad.

—¿Dónde lo han conseguido? —preguntó Mike, con recelo.

—Se lo ha proporcionado el Gobierno húngaro.

—¿Por qué no les han dado el carnet original? ¿Por qué una fotocopia, si tienen el original?

Era precisamente esto lo que hacía que ella se estuviese devanando los sesos en un intento de descifrarlo.

—No lo sé —admitió.

—¡Yo lo sé! —anunció Mike—. ¡Es falso! Han puesto mi fotografía de gendarme y mi firma en un carnet falso. —Y sonrió triunfalmente ante la claridad de su lógica.

Si fuese así de fácil zanjar la cuestión. Sin embargo, los documentos contenían páginas y páginas de condenadas pruebas.

—Tienen testigos, papá, que te han identificado —dijo ella, despacio, mientra se odiaba por tener que decírselo—. Asesinatos... fusilamientos...

—¡Tonterías! Se lo han dicho los comunistas, será mejor que los identifiques. —Y se quedó mirando fijamente a su hija, retándola a contradecirlo.

Sin embargo, cuando lo que ella quería desesperadamente era creerlo, no iba a llamarlo mentiroso. Cansada de jugar al abogado del diablo, preguntó:

—¿No había ningún documento? Tiene que haber algún documento sobre tu asignación como secretario.

—Te dirán que no lo tienen..., que se perdieron con las bombas. Los norteamericanos lanzaron bombas en la guerra. Yo soy norteamericano, y no puedo probar nada porque los norteamericanos lanzaron bombas. ¿Curioso, verdad? —dijo él, con una triste sonrisa.

La única respuesta de ella fue un sollozo medio ahogado.

—Estás preocupada.

—Sí —murmuró ella, cediendo por fin, deseando volver a ser una niña pequeña, para que papá la cogiese en sus brazos y le prometiese que todo iría bien.

—¿Estás preocupada por *mí*, Anni, o estás preocupada por el proceso? —preguntó cariñosamente, mientras con la palma de la mano le cogía la barbilla.

—Me pone enferma, papá —declaró ella, con una voz cargada de emoción—. Cogían a aquella gente..., mujeres, niños... Los alineaban en la orilla del río...

—Por esto vine a América, Anni.

—Hace que me avergüence de ser... húngara, papá —dijo ella, expresando lo que sintiese desde que había abierto las carpetas una horas antes y descubierto que no había que buscar muy lejos para encontrar el infierno de Dante.

—Tú no eres húngara, Anni —dijo él, a la vez que la rodeaba con un brazo—. Tú eres norteamericana, Anni. *Somos* norteamericanos. Huimos... de todo aquello.

Esto le había dicho todos aquellos años. Pero también le había dicho que la nacionalidad no es algo de lo que uno pueda desprenderse, como de un vestido aborrecido. ¿Acaso no la había educado en la creencia de que en su alma era tanto húngara como norteamericana, cuyos derechos estaban protegidos por la Constitución?

En aquellos momentos, aunque odiándose por ello, no pudo dejar de preguntarse si la dulce y tranquilizadora promesa de democracia no lo había adormecido en la creencia de que el pasado era meramente un mal sueño. ¿Qué oscuros recuerdos y horrores había dejado atrás su familia cuando se fue a América? ¿Pero quería ella realmente que esta pregunta le fuese contestada?

CAPÍTULO VII

«Había un granjero que tenía un perro, había un granjero que...», cantaba Mike en voz alta y muy desafinada. Junto a él, sentado en el asiento delantero de su destartalado «Chevrolet», Mikey golpeó con la mano el salpicadero y dio un salto para terminar la estrofa.

Abuelo y nieto, ambos con unas deportivas gorras de los Bears muy caladas sobre sus frentes, se sonreían con la naturalidad de dos antiguos camaradas de armas. Por muchas dificultades que pudiesen presentarse en el futuro, de momento, mientras recorrían la autopista Eisenhower, estaban tan despreocupados como dos colegiales haciendo novillos y en plena juerga.

Mikey sonrió a Mike de oreja a oreja. Le gustaba ir al antiguo barrio de su madre y curiosear en la casa de su abuelo. Por favor, abuelo, había rogado. ¿Puedo ir contigo? Quiero ver a George y, además, puedes necesitar que te protejan. ¿Protegerme de quién? había dicho Mike con un bufido y una sonrisa que significaba: Date prisa, sube al coche.

El sol vespertino brillaba en el cielo azul invernal, limpio de nubes, dando una ilusión de calor que se desvanecía apenas uno ponía un pie fuera. Pero en el interior del «Chevrolet» con la calefacción encendida, se estaba caliente y al abrigo. Sin embargo, al doblar la esquina de su casa, Mike descubrió que había algunas personas que habían decidido permanecer al aire libre en aquel frío día invernal.

Un reducido grupo de piquetes se había reunido frente a su casa y, al acercarse, vio que llevaban unas pancartas. A través de las ventanillas cerradas del coche, oyó su sorda cantinela: «¡Laszlo es un asesino! ¡Asesino! ¡Nazi! ¡Que vuelva a Hungría!»

Mike empezó a avanzar a paso de tortuga y miró por encima de Mikey, cuyos ojos estaban redondos como platillos.

—Será mejor que lo olvidemos —sugirió—. Volvamos a casa.

Mikey apretó los puños sobre su regazo, con odio hacia el asqueroso grupo que marchaba arriba y abajo de la acera, insultando a su abuelo. Los piquetes no lo asustaban. Sólo tenía ganas de darles puñetazos e insultarlos, para que así comprendiesen que les convenía más marcharse de West Side, donde no tenían nada que hacer.

—No tengo miedo, abuelo —dijo, resuelto, mientras tiraba de la gorra de los Bears.

—Yo tampoco —se avino Mike, queriendo dar un buen ejemplo a aquel valiente soldadito que era su nieto.

Sin embargo, un buen oficial debía saber proteger a sus tropas y no podía permitirse el lujo de correr riesgo alguno estando Mikey en el coche. Por ello, en lugar de aparcar enfrente de la casa como habría hecho normalmente, miró a derecha e izquierda para luego hacer un rápido giro en forma de U en medio de la calle y doblar la esquina para aparcar en la callejuela que había detrás de la casa.

Había otro coche esperando. Mientras se detenía, Mike reconoció a George, que les hizo un gesto con la mano y se apresuró a reunirse con ellos.

—Tengo que entrar a hurtadillas en mi propia casa, como un ladrón —gruñó Mike, a la vez que tomaba la precaución de cerrar las puertas del coche.

—Es la gente blanca como usted quien echa a perder los barrios dignos e integrados —bromeó George, y añadió con un guiño—: Hola, Mikey.

—Hola, George —contestó Mikey, con una sonrisa, contento de ver a George a quien conocía de toda la vida.

Ella le había regalado su primer oso de peluche y le había enseñado a hacer pompas de jabón. Era una de las personas que prefería porque, a diferencia de la mayoría de los adultos, no se daba aires de superioridad o lo hacía sentir estúpido.

—Está bien, gitana —dijo Mike, con una sonrisa—. Te cachondeas de un pobre hombre. Todo el mundo se cachondea de este pobre hombre. Las gitanas también.

Los tres se rieron mientras recorrían la corta distancia hasta la casa. Sus botas crujían sonoramente en la nieve dura y helada que había caído la noche anterior. Aparte de esto, el único sonido eran las voces apenas perceptibles de los piquetes, llevadas por el viento.

Mike hurgó torpemente en la cerradura de la puerta posterior. Luego siguió a George y a Mikey al interior y se inclinó para quitarse los chanclos. Cuando levantó la cabeza, Mikey estaba de pie frente a la ventana de la sala de estar, apartando unos centímetros la cortina para ver mejor a los manifestantes.

—¡Mikey! —gritó, más bruscamente de lo que había sido su intención—. No te acerques a la ventana.

—No tengo miedo, abuelo —replicó Mikey, absorto en su fantasía de pegar unos cuantos puñetazos y tal vez ensangrentar algunas narices.

Los manifestantes debían de haber estado al acecho de alguna señal de vida, porque el ligero movimiento en la ventana llamó inmediatamente su atención. Al punto, blandieron sus pancartas e intensificaron sus gritos de «¡Asesino! ¡Asesino! ¡Nazi! ¡Asesino!».

Mikey entornó los ojos para leer los eslóganes. Pudo discernir alguno de ellos: «¡Criminal de guerra vuelve a casa!», «¡Nazi! ¡Criminal!», «¡Seis millones de muertos!». No pudo descifrar el resto. «¿Muertos seis millones *de qué*?», se preguntó. Quizá su madre lo sabría. Debía preguntarle cuando volviese a casa del trabajo.

Por haber visto películas antiguas, sabía que los nazis eran unos hombres vestidos con uniforme, que causaban miedo, sacaban sus armas cada dos por tres y, en un fuerte acento alemán, decían: «¡Heil Hitler!» Por supuesto su abuelo no era un nazi. Aquella gente que estaba fuera en la acera debía de ser estúpida. Ni siquiera eran capaces de ver la diferencia entre un acento alemán y uno húngaro.

George se había ido a la cocina a fin de hervir agua para hacer café. Ahora apareció en la sala de estar con una bandeja de galletas y pastas que había comprado en la cercana panadería húngara.

Mike sonrió agradecido. Eran las galletas favoritas de Mikey.

—Voy a darte el material que querías... —empezó.

De repente, un CRAC explosivo producido por una enorme piedra que pasó estrepitosamente por la ventana. Una lluvia de cristales rotos le cayó encima.

—¡Hijos de puta! —gritó Mike. Apartó a Mikey de la ventana y lo empujó hasta la esquina, fuera de la línea de la trayectoria—. ¿Estás bien? —preguntó.

Mikey miraba con la boca abierta la piedra, que no le había dado en la cabeza por algunos centímetros. Parpadeó reprimiendo las lagrimas y asintió con la cabeza para que su abuelo se enterara de que él no era un bebé miedoso. ¿Iba la piedra dirigida a él o al abuelo? En cualquier caso, aquello era la guerra; como en los libros que había leído sobre el salvaje Oeste. Los indios atacaban y los cowboys tenían que defenderse a sí mismos y sus casas.

Mike estaba en la misma longitud de onda. Con una severa mirada a Mikey que decía «No te muevas», corrió al armario situado en el recibidor y sacó el viejo bate de béisbol de Karchy. Lo agarró fuertemente con las dos manos, lo blandió sobre su cabeza y lanzó una triste sonrisa en dirección de Mikey y George.

George rodeaba con sus brazos a Mikey, que estaba temblando como un animal asustado. No era de extrañar: ¿qué sabía él de manifestaciones, piedras arrojadas y policías llevándose a la gente a rastras?

—Mantenga la calma —advirtió George a Mike.

Éste titubeó un momento, para luego acercarse a la ventana y mirar a los manifestantes. Su actitud había cambiado. Ahora, en lugar de desfilar tranquilamente arriba y abajo de la acera, se habían apiñado, hacían mucho ruido y parecían impacientes. Instaban a Mike a que saliese para hablar con ellos.

—¿Hablar? —murmuró él—. Les voy a enseñar cómo hablo yo. Les voy a hablar con un bate de béisbol sobre sus estúpidas cabezas.

Sostuvo el bate frente a él, balanceándolo despacio y sopesándolo. Casi estaba experimentando el placer de romper algunas cabezas... Sería defensa propia. Ellos habían arrojado la primera piedra. No hacía más que proteger su casa y su familia.

Mientras Mike vigilaba a los manifestantes, George lo observaba a él. No le gustaba lo que veía. Un timbre de alarma, que le advertía que habría problemas, sonaba en su cabeza. Mike debería mostrarse más juicioso, en lugar de blandir el bate enfrente de la ventana. Era así como empezaban los disturbios. Aquella gente que estaba fuera sólo quería armar jaleo. No quería *hacer daño* a nadie.

Había llegado el momento de pedir refuerzos. Ann debía enterarse de que fuera de la casa de su padre la cosa se estaba poniendo como en *O.K. Corral*. Asimismo también sería conveniente llamar a la Policía, sólo por si se producía algún enfrentamiento.

—¿Dónde está el teléfono? —preguntó.

—En la cocina —gruñó Mikey, sin apartar la mirada de los manifestantes.

George le indicó mediante un gesto que la acompañase, pero él negó resueltamente con la cabeza. Ni hablar. Si iba a haber acción, él quería estar en medio. Avanzó a gatas hasta situarse cerca de su abuelo, con la sensación de no estar a salvo más que a su lado.

En los once años de su vida, nada tan excitante le había sucedido jamás. No veía el momento de que llegase el día siguiente para contárselo a los compañeros del colegio. «Y entonces mi abuelo les dio caña. Estuvo fenómeno.» Quizás hasta saldrían sus fotografías en los periódicos o en la televisión. Volvió a mirar, en la esperanza de localizar a algún cámara.

Parecía como si el grupo de manifestantes se hubiese agrandado y se estuviese acercando inexorablemente. Quienes habían permanecido allí toda la tarde tenían frío y estaban cansados. A los más militantes de entre ellos les empezaba a desagradar seguir el plan original de manifestarse pacíficamente. Laszlo, el asesino nazi, estaba allí, a menos de treinta metros de distancia, atrincherado y calentito en su casa. ¡Al cuerno la demostración pacífica. ¿Por qué no enfrentarse a él para ver cómo se avergonzaba intentando negar la evidencia?

Alguien creyó haber visto un resplandor de metal a través de la ventana. Al instante empezó a circular un rumor entre el grupo: Tiene un arma. ¡Un par de armas! Ese tipo es un experto tirador. Disparó personalmente contra miles de judíos. ¡Los abatió a tiros a sangre fría! Enseñémosle a ese bastardo que no puede amenazarnos. ¡Va a pagar por sus crímenes!

El sol estaba empezando a ponerse, proyectando largas y siniestras sombras en el jardincillo anterior. Los vecinos que regresaban del trabajo lanzaban miradas preocupadas a los manifestantes y se apresuraban a entrar en sus casas. La mayoría de las personas que vivía en aquella manzana sentía compasión por Kike, pero nadie quería problemas; y la muchedumbre tenía un aspecto hostil e ingobernable.

Los más osados de entre los manifestantes se habían atrevido a invadir el jardín de Mike, acercándose tanto que éste podía ver sus rasgos. Unos rostros anónimos, convertidos ahora en máscaras de odio y rencor, lo miraban airados en la cada vez más tenue luz. La mayoría era joven, chicos de edad universitaria. Algunos levantaban los puños e indicaban mediante gestos a los que estaban detrás: ¡Adelante! Pero nadie parecía dispuesto a aceptar el desafío. Mike seguía aferrado al bate y los maldecía amargamente entre dientes.

De pronto, procedente de la parte posterior de la casa, llegó un ruido sordo, seguido por un estrépito ensordecedor —metal contra metal.

—¡Oh, mierda! —exclamó George. Corrió hacia la ventana de la cocina, con Mike y Mikey a sólo unos pasos detrás de ella.

—Abuelo... —dijo Mikey, mientras miraba con una fascinación horrorizada a la furibunda muchedumbre que descargaba su frustración destrozando el buen y viejo «Chevrolet» de Mike.

Algunos de los manifestantes golpeaban las ventanillas del coche con las pancartas de madera, y gritaban triunfantes cuando lograban hacer añicos las ventanillas o los parabrisas. Otros habían llegado equipados con martillos y gatos, que dejaban caer con desenfreno sobre el techo y los lados del vehículo. Otros, hacían su trabajo con piedras que habían encontrado en la calle para dejar constancia de su presencia.

—Abuelo, ¿qué están haciendo? —dijo Mikey en un susurro, y su voz era un asustado sollozo.

—¿Lo tiene asegurado? —preguntó George.

Mike asintió en silencio, asqueado por aquella destrucción gratuita.

—Entonces va a sacar algo de dinero —dijo ella secamente, con su humorismo peculiar.

Mike tenía la sensación de estar viendo una película que trataba de unos adultos que habían enloquecido y perdido el control y empezaban a hacer cosas que normalmente eran inaceptables. Si hubiese sido una película, probablemente habría disfrutado viendo cómo aquella gente destrozaba el coche, como si fuese un viejo pedazo de chatarra sin dueño.

Sin embargo, el «Chevrolet» tenía un dueño, que era su abuelo. Y Mikey había dado más paseos en aquel coche de lo que era capaz de recordar. De hecho, sin duda era más justo decir que había pasado los mejores momentos de su vida en el asiento delantero del «Chevrolet». Por consiguiente, mientras aquéllos —*hooligans*, los había llamado el abuelo— seguían haciendo pedazos el «Chevrolet», era como si estuviesen haciendo pedazos sus propios brazos y piernas.

Mientras los veía destrozar salvajemente una pieza muy importante y especial de su infancia, Mikey sintió que un fuego mortífero ardía en su alma. Ansiaba con todo su ser repartir golpes a diestro y siniestro entre aquellas personas espantosas, hacerles daño con la virulencia con la cual ellas estaban lastimándolo a él y, lo que era peor, a su abuelo. No le hacía falta levantar la mirada hacia el rostro de su abuelo para sentir su sufrimiento. En aquel momento estaban tan conectados como dos gemelos siameses compartiendo un solo corazón.

En su confusión, buscó a tientas en su vocabulario mental a fin de encontrar las palabras adecuadas susceptibles de aportar un poco de consuelo a su abuelo. Pero nada en su corta vida, ni siquiera el dolor por el divorcio de sus padres, lo había preparado para una ocasión semejante. Por ello permaneció allí de pie, haciendo esfuerzos para no dejar salir unas lágrimas que eran una pequeña pero potente bomba de relojería a la espera de explotar.

Todo lo que faltaba era la cerilla para encender la mecha, y ello llegó un segundo después con el sonido inconfundible de nuevos cristales rotos de la ventana de la sala de estar. Mikey se encogió de miedo. Luego, como si quisiera compensar el haber mostrado temor, giró en redondo y corrió hacia la puerta principal.

—¡Mikey! —gritó Mike, y se apresuró a seguirlo.

Pero Mikey tenía la juventud a su favor. Había dado la vuelta a la llave y abierto la puerta antes de que Mike tuviese la oportunidad de detenerlo.

—¡Dejadlo tranquilo! —gritó Mikey.

La adrenalina le bombeaba litros de valor a través de las venas. De pronto ya no estaba ni mínimamente asustado. Era David, enfrentándose a Goliat, armado sólo con su honda. Era Daniel en la guarida del león. Habría podido matar al dragón, habría podido conquistar sin ayuda un ejército entero —todo ello porque sabía que su causa era buena y justa.

—¡Dejadlo tranquilo! ¡No hizo nada! ¡Dejadlo tranquilo! —siguió gritando, y su voz aguda atravesó el aire de primera hora de la tarde, postrando al gentío hasta el silencio.

Los manifestantes estiraron el cuello para ver mejor al muchacho, que estaba de pie como un centinela leal en el porche de Mike Laszlo, defendiendo el honor del anciano. Era inevitable que su convicción impresionase, que su intención, desgraciadamente equivocada, conmoviese. Algunos de los manifestantes dejaron caer las bolas de nieve que tenían preparadas para lanzar contra la ventana. El chico les había arrebatado la diversión de su improvisado ejercicio de puntería.

De hecho, a partir de ese momento, posiblemente la manifestación habría podido empezar a dispersarse. Era casi oscuro, e incluso los más duros de entre los manifestantes sentían el azote del viento contra sus mejillas. Habían cumplido su misión. A partir de ahí, Laszlo comprendería que era un hombre marcado, de la misma forma que él antaño había acosado y marcado a sus víctimas. Podía irse a casa, a calentarse y cenar. Sacar al nazi de sus mentes... por lo menos hasta el día siguiente.

Estaban a punto de romper filas —los que estaban más cerca de la calzada ya se habían vuelto para marcharse—, cuando volvió a abrirse la puerta. En esta ocasión surgió el propio monstruo, con un bate de béisbol en la mano. La amenaza implícita de un arma, en lugar de asustar a los manifestantes, les revolvió la sangre e infundió nuevo vigor a sus sentidos.

¡Nada de marcharse a casa! Mike fue saludado con un rugido frenético. Él rodeó de forma protectora a Mike con su brazo y levantó el bate hacia el cielo, como si desafiase a los manifestantes a que avanzasen un paso más.

Más provocación, demasiado tentadora para ser ignorada por los fanáticos del grupo, que gritaron su indignación y lanzaron una lluvia de piedras directamente contra Mike. Se apuntó mal el aluvión —algunas de la piedras llegaron cerca del porche—, pero Mike no estaba para hacer distinciones entre precisión e intento. Estaba harto de aquellos gusanos que habían invadido su propiedad privada y estaban amenazando a su nieto.

—¡Fuera de aquí! —chilló—. ¡Marcharos de aquí, maldita sea!

Para su desgracia, le contestaron con otra lluvia de piedras y guijarros, que aterrizaron cerca de donde se encontraban; algunos pasaron volando por encima de Mikey, que buscó el cobijo de los brazos de su abuelo y empezó a llorar. Súbitamente se sintió harto de ser el soldadito valiente. Tenía frío y estaba asustado. Sólo quería que los manifestantes desapareciesen y dejasen a su abuelo tranquilo. Pero sobre todo, quería estar con su madre.

Como por arte de magia, en respuesta a los ruegos de Mikey, el «Volvo» de Ann se detuvo delante de la casa. No tardó ni un instante en salir del coche y correr hacia la casa, aguijoneada por la patética escena del porche: Su padre blandiendo un bate de béisbol sobre la cabeza, como Moisés con las tablas de los Diez Mandamientos; Mikey, sin chaqueta y sollozando aferrado a su abuelo.

Sin preocuparse por los pies que pudiese pisar, Ann se abrió camino a través del gentío, mientras gritaba:

—¡Mikey, Mikey! ¡Estoy aquí, amor, no te preocupes!

Momentos después estaba de rodillas, abrazándolo fuertemente y mezclando sus lágrimas con las suyas. Había estado angustiadísima desde que había recibido el mensaje de George: Hay unos manifestantes delante de la casa de tu padre. La gente parece furiosa.

Alguien —probablemente algún vecino— debió de haber llamado a la Policía, pues de pronto calle abajo chirriaron unos coches patrulla, con sirenas y luces que giraban. Con megáfonos y las porras preparadas, los policías bajaron rápidamente de los coches y ordenaron a la muchedumbre que se dispersase. Se armó un gran revuelo. Se suponía que aquello era una manifestación *pacífica* y nadie quería líos con la bofia de Chicago.

Mikey, por encima del hombro de su madre, contemplaba cómo la Policía instaba a los manifestantes a que saliesen del jardín de su abuelo y se alejasen de la casa.

—Tranquilo, Mikey. Ahora ya ha pasado todo —no dejaba de decirle su madre.

Deseaba desesperadamente creerla. Pero cuando levantó la vista hacia la terrible mirada en el rostro de su abuelo, comprendió que su madre se equivocaba. Ni las cosas estaba bien, ni se había acabado, y todo por culpa de aquella horrible y asquerosa gente que no solamente había insultado al abuelo sino también a la familia entera de Mikey.

Sorprendiendo a Ann con su fuerza, de repente se desasió del abrazo y salió disparado hacia el último peldaño de la escalera del porche.

—¡Los odio! ¡Los odio! —gritó—. ¡Judíos! ¡Sucios judíos!

Un segundo después, Ann había llegado a su altura y le pegaba una fuerte bofetada en el rostro. Mikey levantó la vista hacia ella con la mirada salvaje del perro fiero dispuesto a revolverse contra su amo. Volvió a pegarlo con toda la fuerza de su palma, dejando detrás una marca rojopálida en su mejilla.

Mudo de estupor (hacía años que su madre no le había pegado, y había sido como mucho un azote en las nalgas), Mikey prorrumpió en lágrimas y se precipitó dentro de la casa. Ann no tenía la energía suficiente para seguirlo. Con las lágrimas rodando libres por sus mejillas, se apoyó pesadamente en la barandilla del porche y se miró la mano, que todavía le hormigueaba a causa del impacto del golpe.

Pensó: *Tenía que hacerlo. Estaba histérico. Pero no tenías que pegarle dos veces*, indicó una acusadora voz interior. *Esto ha sido tu histeria.*

Para entonces habían llegado otros coches patrulla. Parecía haber casi tantos agentes uniformados como manifestantes. Las porras levantadas se destacaban contra el cielo. La gente se dispersaba en todas direcciones, en un intento de salvar el pellejo.

De una punta a otra de la calle, las casas estaban iluminadas como fuegos fatuos. Los vecinos se apiñaban en las ventanas o en las puertas abiertas, y se preguntaban qué era todo aquel jaleo. ¿Un incendio? ¿Una disputa familiar? Un robo, tal vez. No, llegó el mensaje, telegrafiado arriba y abajo de la calle por la gente que vivía más cerca de Mike. Son esos malditos y piojosos comunistas, que van a por Laszlo. Pero no os preocupéis. La Policía lo tiene todo bajo control.

Ann miró atónita la confusión que se había producido, principalmente en el jardincillo anterior de su padre. Gracias a Dios era invierno y por lo menos no habían sido pisoteadas sus preciosas flores. Luego, advirtiendo lo absurdo de aquel pensamiento cuando estaba en juego mucho más que unas flores, entró en la casa para ver cómo estaba su padre y hacer las paces con su hijo.

Los manifestantes habían dejado su huella. El suelo de la sala de estar estaba llena de fragmentos de cristales y el viento introducía en la casa copos de nieve a través de los dos vidrios rotos. George estaba junto a la ventana, con los brazos cruzados sobre el pecho para darse calor. ¡Digno de un libro!, pensó. Los blancos volviéndose contra otros blancos! ¡Imagínate!

Pero aquel jaleo era algo más que un interesante fenómeno sociológico. Porque aquellas personas blancas en particular, a quien George apreciaba profundamente, sentían un dolor considerable en aquel momento. Mikey estaba acurrucado contra la pared más alejada, sacudido por los sollozos. Como ella había presentido que necesitaba a su madre, había desistido de consolarlo. También Mike parecía estar al borde de las lágrimas. Verlos le desgarraba el corazón, lo mismo con respecto a Ann, que parecía igualmente turbada cuando entró en la habitación.

George saludó a su amiga sacudiendo tristemente la cabeza, cubierta con turbante, y con un abrazo. Jamás había visto a Ann tan pálida y afligida, como si la sangre la hubiese abandonado.

Mike fue el primero que rompió el silencio.

—¿Por qué me hacen esto? —susurró, con voz ronca—. ¡No fui yo! ¡Sabéis que no fui yo!

—¡*Ellos* no lo saben! —le recordó Ann, alterada por su ingenuidad.

Se acercó a Mikey y le apartó las manos de la cara. Pobre muchacho, parecía un animal apaleado lamiéndose las heridas en un rincón. Lo que él quería —esperaba— de ella eran unos besos de olvido y una disculpa. Tal vez no hubiese debido pegarle. No era así como solía ejercer de madre, y ambos lo sabían.

Pero bajo ninguna circunstancia podía tolerar el veneno que había sido vertido por su boca. Por ello dijo:

—Nunca vuelvas a decir una cosa así, ¿me oyes?

El labio superior de Mikey temblaba de forma tan patética que ella estuvo a punto de ablandarse. Pero él tenía que comprender que insultar no resolvía nada. El odio y los prejuicios sólo engendraban fanatismo. ¿Cómo no había podido transmitírselo? ¿Acaso ella no había aprendido la lección en su propia carne?

Le cogió la mano, sudorosa y mojada de lágrimas, y repitió:

—¿Me has oído?

Mike vio lo que ella estaba haciendo y acudió en su ayuda.

—Tu madre tiene razón, Mikey —dijo, sombríamente—. Esta gente, piensa que yo soy malo. Tiran piedras al hombre que no es. Pero tienen razón al arrojarlas.

Se arrodilló frente al muchacho y prosiguió:

—No son malas personas, Mikey. Es buena gente. ¿Comprendes, Mikey?

Ann se preguntó si su padre creía realmente lo que estaba diciendo. Ella misma no estaba segura de estar de acuerdo con él sobre que los manifestantes tenían razón al arrojar piedras. ¿Una manifestación pacífica? Sí, con toda certeza podía estar de acuerdo con ello. Había sido una de las primeras personas en aplaudir y defender el derecho de su padre para manifestarse contra la compañía de baile.

Sin embargo, la violencia era un asunto completamente distinto. No podía imaginarse levantando la mano para pegar a otro ser humano... Salvo a Mikey. El sonido de su mano golpeando contra su mejilla resonaba en su mente. Al fin y al cabo, tal vez su forma de pensar no era tan diferente de la que tenía su padre. Quizás él era simplemente menos hipócrita.

Mikey asentía gravemente con la cabeza, mientras su abuelo le daba las explicaciones.

—Cuando nosotros llegamos a este país, todo el mundo nos decía cosas. Advenedizos..., sucios advenedizos. Gente asquerosa. Nosotros no somos asquerosos, Mikey. Los judíos tampoco. Como nosotros.

—Lo siento, abuelo —dijo Mikey, completamente avergonzado por haber reaccionado tan mal. Él no pensaba *realmente* que los judíos fuesen asquerosos. Ni siquiera sabía por qué había dicho lo que había dicho. Pero sin saber cómo, las palabras habían salido volando de su boca, y entonces era demasiado tarde para reprimirlas. Ahora su madre estaba furiosa con él, y probablemente el abuelo y George pensaban que era un estúpido.

¿Qué pasaría si los manifestantes le contaban al juez que el nieto de Mike Laszlo los había llamado sucios judíos? ¿Qué pasaría si lo utilizaban como una prueba más de que el abuelo era nazi? ¿Había metido al abuelo en más problemas de los que ya tenía?

No se había sentido tan desgraciado desde el día en que sus padres le habían comunicado que iban a separarse: por su culpa, estaba seguro. Si siempre se hubiese portado bien, hubiese hecho los deberes, se hubiese ido a la cama a la hora y ordenado su habitación, quizá no se habrían peleado tanto. Y habrían podido seguir casados. Al final su madre lo había convencido de que el divorcio no tenía nada que ver con él. Pero en esta ocasión, si el abuelo era expulsado de los Estados Unidos, él sería en parte culpable.

Ann vio el gesto airado y revelador en el rostro de su hijo y alargó los brazos para estrecharle en ellos. Pobre niño. Siempre lo delataba la cara.

Satisfecho por la tregua negociada entre madre e hijo, Mike se alejó para reunirse con George junto a la ventana. Unos pocos rezagados empedernidos estaban todavía en su terreno. Estaban rodeados por un cordón de policías que los sacaban de la propiedad de Mike hasta conducirlos a la parte más alejada de la acera. Su canto, apagado pero audible, entraba a través de la ventana rota.

«¡Nazi! ¡Asesino! ¡Nazi! ¡Asesino! ¡Nazi! ¡Asesino!»

Mike miró a Ann, que estaba intentando tranquilizar a Mikey mientras le secaba las lágrimas de las rojas mejillas.

—Es mi culpa —dijo él, en voz baja, como pensando en voz alta—. No habría debido traerlo.

Ann sacudió la cabeza. No era su culpa ni la de nadie. Además, todos ellos habían aprendido algunas dolorosas pero importantes lecciones aquella tarde. Sospechó que iban a aprender muchas más antes de ser confrontados con el pasado.

—Me alegro de que lo hayas traído —le dijo a Mike, a la vez que intentaba esbozar una sonrisa—. En resumidas cuentas, has hecho bien.

Pero Mike no dio señal alguna de haberla oído. Suspiró profundamente y se puso a mirar al vacío, con un rostro impenetrable como una roca. Y fuera, seguía el canto: «¡Nazi! ¡Asesino! ¡Nazi! ¡Asesino!»

CAPÍTULO VIII

Harry Talbot se negaba a pensar que el chófer de su limusina «Mercedes» era un lujo o una afectación innecesaria. Era un hombre extremadamente ocupado: Asistía a numerosos consejos de administración, tanto municipales como de compañías privadas, tenía una gran cartera de clientes y todavía tomaba muchas decisiones administrativas en la empresa: no era una proeza pequeña para un hombre bien entrado en los setenta (aunque no le gustaba presumir mucho de años).

El tiempo era dinero. Dado que carecía de lo primero y tenía mucho de lo segundo, era completamente lógico dejarse llevar y traer del trabajo cada día. Que otros echasen pestes y se consumiesen en los atascos durante horas. Harry leía los periódicos, revisaba casos y hacía llamadas desde su teléfono celular. El «BMW» era estrictamente para pasearse los fines de semana, cuando iba al club a jugar a golf o llevaba a su familia a cenar o al cine.

El chófer vivía en un apartamento situado encima del garaje. Hacía años que estaba con los Talbot. Teddy formaba parte de la familia y a veces hacía otros trabajos, como cocinar cuando la cocinera tenía el día libre. Preparaba una carne asada tierna y jugosa y su pavo era excelente.

David le había explicado esto a Ann poco después de su primera cita, cuando estaban ocupados en conocerse y enamorarse. Años después, Ann no recordaba lo que había pensado sobre salir, y mucho menos hacer el amor, con alguien que consideraba que tener un chófer era una cosa corriente. Quizás esto habría debido servirle de advertencia: que bajo el aspecto de estudiante radical que intentaba aparentar, David se sentía más cómodo vestido con trajes a rayas, tirantes y zapatos en punta, la vestimenta estándar de los abogados de empresas.

A lo largo de los años, Ann había viajado a menudo en el espacioso asiento trasero de la limusina, pero nunca llegó a acostumbrarse a dar órdenes al atildado conductor uniformado. Todavía se sentía más violenta ahora que Teddy tenía casi setenta años y algunos días apenas podía ponerse recto a causa de su reumatismo.

Sin embargo, nadie le había consultado, recordó mientras estaba de pie junto al bordillo viendo cómo el «Mercedes» se deslizaba en el espacio reservado frente al edificio de Harry. Le dio pena ver cómo Teddy hacía una mueca de dolor al bajar del coche, para luego abrir la portezuela posterior y dar una mano a Harry a fin de ayudarlo a bajar. ¿Le gustaba su trabajo? Confió en que fuese esto, y no el dinero o una lealtad mal entendida, lo que explicase el hecho de que todavía no se hubiese retirado.

Harry pareció alegrarse de verla esperándolo. Le entregó un ejemplar del *Tribune*, abierto en la primera página, y dijo, con una amplia sonrisa:

—Debes de estar contenta esta mañana.

Contenta no era exactamente la palabra. Pensó que con el estómago revuelto era más apropiado, y echó una mirada a la fotografía de su padre, que ocupaba dos columnas y donde aparecía blandiendo el bate sobre la cabeza y con un brazo alrededor de Mikey, encarándose a la muchedumbre. ACUSADO NAZI DEFIENDE A SU FAMILIA, anunciaba el titular sobre la fotografía.

Claro. Habría tenido que suponer que los periódicos sacarían partido a la manifestación. Pero entre ocuparse de Mikey y hacer con Karchy los arreglos necesarios para que fuesen repuestos los cristales de su padre y el coche remolcado al taller, había estado demasiado ocupada para pensar en la cobertura periodística. Ni siquiera se había molestado en encender la televisión la noche anterior. ¿También las noticias locales habían contado la historia?

Mientras recorrían el vestíbulo de techo de mármol en dirección a los ascensores, Harry se iba riendo entre dientes. El bueno de Mishka. Debió de haber montado un buen número la noche anterior.

—Un anciano con la gorra de los Bears y un brazo alrededor de su nieto, amenazado por una turba vociferante. Tu jurado estará encantado, aunque supongo que tendrá un miedo de muerte por tener que hacerse cargo de Mike.

—¿Qué jurado? —preguntó Ann, mientras apretaba el botón para llamar un ascensor.

Le molestaba la reacción de Harry ante la cobertura periodística. Las fotografías que aparecían en aquella página eran la familia de ella —el nieto de *él*. Lo que evidentemente para él era una broma pesada, para ella era un grave trastorno. Los Laszlo no habían pedido convertirse en celebridades, y no le gustaba la publicidad que acompañaba su nuevo estatus.

—No voy a tener jurado —le recordó ella.

Se abrió la puerta de uno de los ascensores y ellos entraron. Harry apretó el botón de su planta, esperó a que el cubículo se pusiese en movimiento y dijo:

—Claro que lo tendrás. No tendrás ningún miembro de un jurado, pero el mundo será tu jurado. Incluso los dechados de virtud como Sam Silver son seres humanos. He hecho alguna averiguación sobre tu fiscal.

Momentáneamente sorprendida por su inesperado cambio de tema, ella habló de forma más brusca que de costumbre.

—No te he pedido que lo hagas.

Harry fue insensible a su tono. Uno de los secretos de su éxito era que no esperaba que le pidiesen. Siempre que era posible, tomaba la iniciativa, seguía sus instintos, y tomaba el camino que parecía verde y prometedor

Ann era su ex nuera, pero Mikey seguía siendo su nieto y llevaba el nombre de los Talbot. Harry no estaba dispuesto a permitir que ciento cincuenta años de herencia familiar norteamericana se fuesen al traste porque Ann era demasiado orgullosa para pedir ayuda. Jamás había conocido un abogado que fuese demasiado bueno como para no necesitar que de vez en cuando le diesen un empujoncito en la dirección adecuada.

Por lo tanto prefirió ignorar el comentario de Ann y prosiguió como si no hubiese sido interrumpido.

—Fue fiscal federal en Filadelfia... Era bueno. Nunca perdió un proceso. Hace cuatro años se marchó a California. Se dedicó a la defensa de oficio, imagínate. Hace nueve meses, se presentó en el Ministerio de Justicia de Washington y se ofreció para Investigaciones Especiales. Puedo hacer algunas llamadas a Filadelfia para saber lo que pasó allí.

—Puedo llevar sola mis casos, Harry —replicó ella, con brusquedad, furiosa con él por interferir—. No necesito ayuda alguna.

Por ser una chica inteligente, lo estaba llevando de forma muy tonta. La reacción de Ann era más equivocada; era sencillamente muy peligrosa.

—Por lo que he oído —le informó—, en este caso en particular vas a necesitar toda la ayuda que puedas obtener.

Ella lo miró, dividida entre la curiosidad y la ira.

—¿Qué quieres decir? ¿Qué dicen?

Justo en aquel momento el ascensor llegó a su planta y la puerta se abrió deslizándose. Siempre un caballero, Harry se puso a un lado para dejar pasar a Ann, luego la siguió hasta la zona de recepción de la compañía.

—Quiénes —dijo él—. Quiénes dicen. Cielos, yo pensaba que dominabas el idioma.

Lo que no sabía ella era cuántas otras desgarradoras descripciones de horrores nazis podría soportar. Claro que no tenía mucha elección. De haber alguna pista, había que encontrarla, nadie iba a dársela en forma de papel legal pulcramente mecanografiado y encuadernado. Era ella quien tenía que excavar, indagar en los affidávits y los libros legales como un científico en busca de una cura para una enfermedad mortal.

Se pasó el día encerrada en su despacho, con la puerta cerrada para desalentar a los posibles visitantes, leyendo y tomando notas. Una corta interrupción para comer —un bocadillo y café en el despacho— y siguió trabajando, sólo deteniéndose para saber cómo estaba Mikey y decirle a su padre que no preparase cena para ella. Sí, había comido. Es decir, había pedido un bocadillo.

A última hora de la tarde, ya había hecho una relación de los relatos de los testigos oculares y se puso a estudiar los libros de jurisprudencia, en la esperanza de encontrar una guía en precedentes legales. Por regla general, este tipo de búsqueda concienzuda era de la competencia de jóvenes y prometedores abogados. Sin embargo, en aquella ocasión, dado que el futuro de Mike pendía de un hilo, no se había atrevido a confiar este trabajo de rastreo a otra persona, exceptuando a George.

Aquella mujer era única entre un millón. Ann había apreciado su amistad desde el día que se conocieron. George era inteligente, tenaz, incansable; un robusto hombro sobre el que llorar, un increíble ejemplo en su papel de madre soltera. Para George el color de piel de una persona carecía de importancia; una vez se demostraba para su satisfacción que no era un ser humano decente y bondadoso, allí estaba incondicionalmente, sin hacer preguntas. Ann no podía imaginar cómo se las habría arreglado sin ella.

Alguien tenía que ir a husmear en los oscuros rincones de la vida de Mike. Alguien tenía que hablar con sus amigos, seguir la pista de sus enemigos, poner sus hábitos de manifiesto. Ann no tenía ni el tiempo, ni la inclinación, ni la experiencia que George aportaría al cometido.

Gran parte de lo que George hacía rutinariamente era trabajo sucio: formular preguntas sugerentes, dejar caer pistas, perseguir rumores que por regla general era preferible no repetir. Algunos investigadores tenían la desgracia de no salir nunca limpios de la inmundicia. George era capaz de sacudir la porquería de sus manos y alejarse oliendo a rosas.

A diferencia de muchos de sus colegas, y aunque se movía entre lo más bajo de la vida, no disfrutaba descubriendo ningún secreto sucio de nadie. Solía entrar canturreando, arrojar su informe sobre la mesa y anunciar feliz: Está limpio. Puro como la nieve. El deseo más ferviente de Ann era que George canturrease cuando se tratase del informe de Mike.

Algunas horas más tarde, estaba ella derrumbada sobre un libro de leyes, agotada y sobrecargada de café, cuando apareció George. Llegó llevando algún regalo —un montón de libros que Sandy Lehman había recomendado para Ann, y que dejó caer sin ceremonia sobre el escritorio. Mientras se desabrochaba el abrigo, tomó nota mental de las arrugadas y grasientas bolsas de papel (comida y cena), del montón de tazas de café, de las latas de soda sin calorías, de los frascos de aspirina y «Maalox». No era bonito panorama, no, señora. Ann iba a caer enferma con aquel caso si no se cuidaba; ¿y entonces qué sería de todos ellos?

—¿No tienes un chico en casa de quien tienes que ocuparte? —preguntó, señalándola con un dedo acusador.

George sabía perfectamente bien que el muchacho estaba a las mil maravillas con su abuelo. Pero si Ann no se preocupaba por su propia salud, quizá se marcharía a casa en consideración a Mikey.

—He encontrado un caso para ganar —dijo Ann, alzando una voz llena de excitación—. Escucha, George. Ya ha ocurrido antes, en Detroit. Llevaron a un hombre a juicio, prepararon su elaborado proceso, presentaron un montón de testigos. Un hombre llamado Narik, acusado de crímenes de guerra en Lituania. ¡*y se habían equivocado de hombre*! Todos los testigos se equivocaron. Sencillamente no era aquel hombre. El juez lo declaró inocente. —Sonrió cansada y se apartó el pelo del rostro—. Esto. Háblame de mi padre, George.

George se sentó y sacó su cuaderno de notas del bolso, aunque no había mucho sobre lo cual informar. Gracias a Dios el hombre era transparente como el agua.

—Va a la iglesia, al cementerio, al bar de la esquina, a los bolos. Compra *strudel* en la panadería. Juega al ajedrez en el parque, y nunca pierde, según me han dicho.

Ann se maravilló del conmovedor carácter ordinario de la vida de su padre.

—Yo tampoco he podido ganarle nunca —admitió.

—Apuesta de vez en cuando en los partidos de los Clubs y los Bears —prosiguió George, después de mirar sus notas.

—¡Espera que se lo cuente a Karchy! —se rió Ann—. Siempre se está metiendo con Karchy porque apuesta.

Se levantó e inclinó la cabeza de un lado a otro, intentando estirar los cansados músculos de la nuca. Las horas interminables de concentración habían causado su efecto: le dolía la espalda y tenía un violento dolor de cabeza. Pero el caso Narik había despertado su esperanza y hasta el momento no parecía que George hubiese tropezado con ninguna prueba irrecusable.

George pasó a la siguiente página y preguntó:

—¿Conoces a una tal Irma Kiss?

—¿Quién?

El nombre le resultaba vagamente familiar, pero Ann no lograba adjudicarle rostro alguno.

—Irma Kiss. La señora Irma Kiss. Es viuda, vive a tres manzanas de él...

—La señora Kis*h* —la corriguió Ann—. En húngaro es Kish. Sí, conozco a la señora Kish. Hace buñuelos en la iglesia.

—Bien, esto no es todo lo que hace —dijo George, con una sonrisa satisfecha—. Tal vez sea Kish, pero él le da *besos**.

—¡Qué! —exclamó Ann, y miró a su amiga atónita, con la boca abierta, como si le acabase de decir que Santa Claus y su equipo de renos habían aterrizado en el tejado.

—De vez en cuando, desde hace unos diez años —confirmó George—. Tres o cuatro veces al mes.

—¡No puedo creerlo! —exclamó Ann, mientras hacía un esfuerzo para imaginar a su padre con... ¡la señora Kish! ¡Qué personaje! Era una señora rechoncha, de pelo canoso, que a menudo aparecía en la puerta de su padre con una fuente de salchichas o col rellena y que parecía como si nunca se sacase el delantal. ¿También se la llevaba a la cama? Pero si debía de tener por lo menos cincuenta y cinco años, tal vez más... Quizás era incluso tan mayor como su padre... Se detuvo en seco al pasar por su cabeza la idea de que, si su madre todavía viviese, tendría un aspecto muy parecido al de la señora Kish.

¡Vaya demonio pillín su padre! Y Ann lanzó una risita tonta. Jamás había siquiera insinuado nada.

—¡Oh, Dios mío, no puedo creerlo! —exclamó, convirtiéndose las risitas en una verdadera carcajada ante la inverosímil idea de su padre en plena pasión con la prominente cocinera de buñuelos la Santa Elisabeth.

¡*La señora Kish*! Cada vez que se acordaba de George diciendo «Esto no es todo lo que hace», le daba un nuevo ataque de hilaridad que no habría podido contener aunque lo hubiese intentado. Aquel regocijo salía desbordado en forma de un gran estruendo de carcajadas que tenían más que ver con la tensión acumulada

* Kiss, juego de palabras: kiss: beso.

de los últimos días que con el hecho de que su padre se acostase con... ¡la señora Kish! Hizo un gesto de impotencia. *Lo siento,* y se dejó caer en la silla mientras se secaba las lágrimas de los ojos.

Entretanto, George miraba tranquila a Ann, con la objetividad de un psiquiatra observando clínicamente a un paciente con un ligero trastorno mental. Ella no conocía a aquella dama en cuestión, pero Mike siempre le había parecido un hombre normal y sano, con normales y sanos apetitos masculinos que necesitaban ser satisfechos. A George no le sorprendía en absoluto que él tomase algún dulce como postre. Era bueno para él.

Se preguntó dónde estaba la gracia. Y si bien estaba contenta de ver que Ann se reía no le cabía en la cabeza. El Señor sabía que la muchacha necesitaba desfogarse un poco. Sin embargo, decidió finalmente que ya estaba bien.

—¿Vas a escucharme, o vas a seguir riéndote como una adolescente? —preguntó.

Ann luchaba en aquellos momentos por recuperar el aliento. Sí, asintió con la cabeza, la escucharía.

—No gasta mucho dinero, pero aparte de su cuenta de ahorro no tiene nada para gastar —le informó George—. Ni siquiera tiene tarjetas de crédito. No les tiene confianza.

—Me gustaría que a mí me ocurriese lo mismo —interrumpió Ann—. ¡La señora Kish!

George ignoró la interrupción.

—Hace un par de años, durante un tiempo, gastó un poco más, pero luego aprendió a limitarse a apuestas de diez dólares. ¿Quién es Tibor Zoldan?

Ann se encogió de hombros y miró la pila de libros que le había llevado George. El que estaba arriba de todo se titulaba *The Holocaust in Hungary.* Lo dejó a un lado y miró el siguiente: *Scroll of Agony.* El de debajo se llamaba *The Final Solution.*

—No lo sé. Probablemente uno de sus amigos de Hungría —dijo, mientras seguía clasificando los libros. Los títulos, cargados de sentido y amedrentadores, acaparaban su atención.

—Hace tres años, Mike hizo a Zoldan un cheque de dos mil dólares —explicó George—. Es el cheque de mayor importe que jamás ha extendido. Y ese grupo al que pertenece, ¿el Círculo Atila? Es sólo un puñado de vejetes que saca las pancartas cuando algún diplomático comunista imbécil comete el error de aparecer por aquí. Sin embargo, últimamente no lo hacen mucho, porque se están volviendo todos demasiado viejos para sostener las pancartas en alto.

Las dos mujeres sonrieron. Sin noticias, buenas noticias. Cuanto menos pudiese George encontrar sobre Mike —y Ann estaba convencida de que había buscado por todos los rincones—, más fácil sería entrar en la sala del tribunal y ganar el proceso.

—De verdad, querida, aquí no hay gran cosa que investigar —dijo George, con una risita.

Ann hizo un círculo con el pulgar y el índice. Muy bien, muchacha. Daba gusto con ella. Decidió que podía dejar de trabajar por aquella noche y se puso a hojear distraídamente otro de los libros, una colección de poemas y dibujos realizados por niños en los campos de exterminio nazis. Muchos de los dibujos eran de casas frente a las cuales diminutos niños, figuritas tiesas, jugaban a la pelota o a la comba. Otros representaban flores y prados, árboles con pájaros posados sobre frondosas ramas. Una joven artista había escrito debajo de su dibujo: No he vuelto a ver una mariposa.

Había fotografías de algunos de los niños, la mayoría de los cuales no había sobrevivido a los campos. Alguien, quizás el fotógrafo, debió de haberles dicho que sonriesen. Sus labios estaban tensamente estirados en una valiente imitación de felicidad. Sus rostros, chupados y de ojos tristes, tenían una expresión sabia, más allá de sus años, como si el sufrimiento y el horror de que eran testigos hubiese destruido su inocencia. Miraban con ansia hacia un futuro que nunca sería suyo, rogando en silencio no ser olvidados.

Se destacaba de entre el resto un niño pequeño de miembros escuálidos, porque su sonrisa no parecía una parodia del condenado a muerte, sino que era genuina y espontánea. Parecía tan lleno de malicia y alegría que se podía casi pensar que aquella foto había sido incluida por error entre las otras.

Ann apartó a duras penas la mirada de la fotografía. Leyó la inscripción: Shmulik Bernshtayn, once años. Muerto el 4 de febrero de 1944.

Sentenciado a muerte incluso antes de haber tenido la oportunidad de explorar el mundo más allá de las alambradas del campo de concentración. ¿Y por qué? Porque Hitler y sus exaltados partidarios habían necesitado un chivo expiatorio para llevar el peso de su locura. Habían encontrado seis millones de chivos expiatorios entre los judíos, incluyendo a Shmulik Bernshtayn, en virtud de haber nacido judío, en el país equivocado, en la década equivocada.

Once años. Exactamente la misma edad que Mikey.

Una luminosa mancha de sol sobre su almohada y el aroma seductor del café y tostadas sacaron a Ann de su sueño a la mañana siguiente. Permaneció tumbada un momento, orientándose, para luego recordar que era sábado. Ello explicaba el apagado murmullo que le llegaba de la cocina. Su padre y Mikey debían de haberse levantado temprano para hacer el desayuno antes de que Mikey se fuese con David.

Mientras iba tomando conciencia, miró al radiodespertador situado sobre la mesilla de noche. ¡Las diez! Ello hizo que saltase de la cama sin titubear. ¿Cómo podía haber dormido hasta tan tarde? ¿Por qué nadie había llamado a su puerta? Hacía horas que debía de haber estado levantada. Ya casi se había ido medio día y David llegaría de un momento a otro a buscar a Mikey.

Se puso una bata, se echó agua sobre la cara, se pasó los dedos por el pelo y corrió a ver a Mikey antes de que se marchase. Apenas habían tenido ocasión para hablar desde la otra noche y aquella mañana daba la impresión de que era especialmente importante darle un abrazo y un beso de despedida. El recuerdo de aquel otro niño muerto había turbado su sueño y atormentado sus sueños. Para ahuyentar la depresión que la había acompañado a casa desde el despacho, necesitaba el contacto físico con su hijo.

Poco faltó para que no pudiese verlo. Mikey ya se había puesto el anorak y se disponía a encaminarse hacia la puerta cuando Ann entró corriendo en la cocina.

—Adiós, abuelo —dijo, sin advertir la presencia de su madre.

Mike, con uno de los delantales de Ann, estaba recogiendo los platos sucios, manchados de almíbar y mermelada. Como era habitual cuando Mike se hacía cargo de la cocina, los mostradores estaban cubiertos de boles utilizados para las mezclas y restos de ingredientes, y el fregadero rebosaba de platos sucios.

—Ten cuidado, ¿de acuerdo? Diviértete —le dijo el abuelo al chico. Le subió la cremallera del anorak y le dio un abrazo, luego le hizo girarse en dirección de Ann.

—Adiós, mamá —murmuró Mike, sumisamente, deseoso de escaparse antes de que ella empezase a hacerle preguntas sobre los deberes y los exámenes.

Ella ya no tenía nunca tiempo para preguntarle sobre las cosas *importantes,* como las pruebas de baloncesto. Sólo quería saber cosas del colegio. ¡Jo!

Afortunadamente, el abuelo estaba en su casa cuando Mikey había llegado corriendo con la noticia de que había sido escogido para formar parte del equipo. Ahora no veía el momento de contárselo a su padre y al abuelo Harry. En cuanto a mamá..., mejor olvidarlo. Todavía no le había pedido perdón por haberlo pegado.

Ann lo dejó llegar hasta la puerta de entrada, donde le recordó con voz tranquila:

—No me has dado un beso.

Pero aparentemente aquel día iba a tener que pasarse sin él, pues Mikey no dio señal de haberla oído. Sólo tenía ojos para el «Mercedes» de Harry, aparcado junto al bordillo, con Teddy esperando pacientemente para ayudarlo a subir a la parte posterior. Ella suspiró mientras miraba cómo el coche se alejaba. Le había sugerido una y otra vez a David que utilizase su coche, no la limusina, para sus salidas de fin de semana con Mikey. Era sólo una de las muchas cosas relacionadas con la educación de su hijo sobre las que estaban en desacuerdo.

Resuelta a sacudirse la tristeza, se dirigió a la cocina para servirse una taza de café. Luego fue al encuentro de Mike en la sala de estar, donde él estaba mirando desconsoladamente la pantalla de televisión sin encender.

—¿Qué demonios voy a hacer ahora? —preguntó él, como un niño que está mohíno porque su mejor amigo se ha marchado de la ciudad—. Los sábados, Mikey y yo miramos los dibujos animados. Pues yo voy a mirar de todas formas los dibujos animados —dijo, y apretó el botón de puesta en marcha del mando a distancia y recorrió los canales hasta que encontró lo que estaba buscando: *Correcaminos*.

Ella se sentó en el brazo del sofá y empezó a beber despacio el café, mientras saboreaba aquel momento de tranquilidad.

—No sabía que hacías apuestas —dijo.

Mike siguió mirando *Correcaminos* que, haciendo honor a su nombre, corría de un lado al otro de la pantalla. Un momento después, miró a Ann y sonrió tímidamente.

—Pero no se lo digas a Karchy.

Ella se rió, le gustaba la idea de ser su cómplice.

—Este fin de semana vamos a trabajar un poco.

—Yo no quiero trabajar —dijo él, gruñó—. Yo quiero ver los dibujos animados.

Ella pensó exasperada que a veces se comportaba como un niño malcriado. Jolín, por supuesto que preferiría tumbarse con los pies en alto y relajarse en lugar de pasarse el día haciéndole preguntas. Poniéndose de mal humor, se preguntó si él pensaba que estaba invirtiendo todo aquel tiempo ridículo por el bien de ella. Era *su* nacionalidad sin hacer mención de *su* pellejo, lo que estaban intentando salvar.

Pero arremeter contra él no iba a solucionar nada, además, ¿no había recibido suficientes injurias últimamente? De pronto se avergonzó de sí misma por no ser más paciente y comprensiva, respiró profundamente y contó hasta diez. Funcionó. Al instante se sintió más calmada.

—¿Dónde he metido mi magnetófono? —se preguntó en voz alta, y fue en busca de su maletín.

Mike expresó su irritación con un gruñido y subió el volumen, en la esperanza de que Ann captase la insinuación y lo dejase en paz.

—Oye, papá —dijo ella desde el pasillo—, ¿quién es Tibor Zoldan?

Mike hizo una mueca y estaba hundido en las profundiades del sofá cuando Ann volvió a entrar en la sala.

—Zoldan era un amigo del campo de refugiados —dijo él por fin—. Luego volvió al país. Y desde allí vino aquí. Le di algún dinero, para que empezase. Después murió, en un accidente de coche. Y no volví a ver el dinero.

Así que aquel dinero no había sido destinado para pagar deudas de juego. Ella se sintió sorprendida y emocionada por la revelación. Su padre se había pasado la vida ahorrando y negándose muchas cosas. Sin embargo, en un acto de amistad, había prestado dinero a un hombre, y para su padre dos mil dólares era mucho *dinero*. Luego el hombre se murió y él no recuperó su dinero, pero jamás dijo una sola palabra sobre esta pérdida.

¿Se lo había confiado a Karchy? Probablemente no, pues Karchy habría ido a contarle la historia. Razón suficiente para que su padre se lo hubiese guardado para él. Los tres tenían la costumbre de dar por sentada la intimidad mutua. Y los duros golpes le habían enseñado a ella a guardar sus secretos. Era evidente que su padre hacía lo mismo.

Bien, a trabajar.

Colocó el magnetófono sobre la mesa de café, justo enfrente de su padre.

—¿Estás preparado?

—Anni, no quiero hacer esto, Anni —rogó él—. Me he pasado la vida intentando olvidar lo que vi. ¿Ahora tengo que recordar?

—Tenemos que hacerlo, papá —dijo ella, mientras maniobraba con el aparato a fin de evitar encontrarse con los ojos de él.

Lo sentía en el alma por él, pero excusarlo en aquellos momentos habría sido una compasión fuera de lugar. El fiscal del Gobierno no dudaría en formular incluso las preguntas más personales. Ella no podría adelantarse a ellas si no conocía todas las respuestas.

¿Pero por dónde empezar? Decidió que lo mejor era entrar de lleno. Sacarse primero de encima lo peor.

—¿Qué me dices de la señora Kish? —le espetó.

—¿Quién?

Ella carraspeó nerviosa, en la esperanza de mantener la compostura y no echarse a reír.

—La señora Kish, papá. Irma.

—¿Irma? —preguntó él, vehementemente. Con las mejillas rojas como una amapola, se inclinó hacia delante y apagó el magnetófono—. ¡Cristo, Anni! ¡Malditos abogados, se enteran de todo! —dijo indignado.

Ann se clavó las uñas en las manos, se mordió la parte interior de las mejillas, pensó en cosas tristes... cualquier cosa que la ayudase a no reír. *No tiene gracia*, se reprendió. Era comprensible que su padre estuviese mortificado ante la idea de hablarle sobre lo que hacía en la cama. Pero entonces cometió el gran error de lanzar una mirada a Mike, cuya expresión avergonzada era la confirmación que necesitaba sobre la señora Kish, y se echó a reír.

Mike sonrió de mala gana, para hacerle saber que también él era capaz de ver la parte cómica de la situación; luego no pudo resistir su risa contagiosa.

—¿Por qué no te has casado con ella, papá? —quiso saber Ann, cuando ambos se hubieron calmado y recuperado el aliento.

—Después de tu madre, no podía volverme a casar —dijo simplemente.

Ella le dio una palmadita cariñosa con la mano, y su lealtad le infundió un gran amor hacia él; a continuación volvió a poner en marcha el magnetófono.

—¿Y tú, Anni? —preguntó él.

Ella ladeó la cabeza, sin comprender.

—¿Yo, qué, papá?

—¿No has salido con nadie desde que te divorciaste?

Otra vez el magnetófono apagado. Su pregunta directa la cogió desprevenida. No estaba acostumbrada a que él se entrometiese en su vida social. Pero toda la conversación era muy inverosímil. Ella normalmente no le preguntaba por sus mujeres; claro, que jamás se le había ocurrido que él tuviese relaciones sexuales con ninguna.

—Por supuesto que he salido con algunos hombres, papá.

—¿Pero has tenido con ellos una relación como la que yo tengo con la señora Kish?

—No —admitió ella.

—¿Cómo es eso?

—No me has educado así, papá —replicó ella.

Naturalmente, la verdad era mucho más complicada, pero era un terreno en el que no quería entrar con su padre. Su falta de vida sexual era una herida dolorosa.

Había intentado convencerse de que no debía de haber encontrado al hombre adecuado, pues ninguno de ellos le había gustado. Pero últimamente había empezado a pensar que tal vez el problema era *suyo*. Sin duda trabajaba demasiado, y teniendo que atender a Mikey, sin mencionar a Mike y Karchy... Cuando todo aquello hubiese terminado, es posible que se comprase ropa nueva y se hiciese un corte de pelo diferente, más joven.

—Quizás he hecho mal, ¿no? —dijo Mike, bromeando incómodo.

—No —dijo ella, en voz baja—. No, has hecho muy bien, papá.

En aquel instante, ella no deseaba otra cosa que decirle a su padre lo mucho que lo quería. Deseaba poderle decir en voz alta lo mucho que significaba su felicidad para ella. Pero no le resultaba fácil hacer este tipo de declaraciones, sobre todo a su padre; ni siquiera en aquellos momentos en que sentía que el amor de él llegaba hasta ella.

Los pensamientos de Ann retrocedieron hasta su infancia, hasta todos los maravillosos momentos que habían compartido. Su padre nunca la había decepcionado cuando lo había necesitado. La había hecho reír, había contestado a sus preguntas, le había tendido la mano de forma que ella siempre se había sentido segura. Rogó tener la posibilidad de poder pagárselo.

—¿Me vas a hacer esas preguntas? —le recordó él, sonriendo con timidez mientras volvía a poner en marcha el magnetófono.

—Sí —dijo ella. Será mejor que nos pongamos con ello—. Papá, ¿cómo es que te hiciste gendarme?

Mike hizo un gesto de asentimiento con la cabeza.

—Vivíamos en un pueblo. Éramos pobres, muy pobres. Yo no fui a la escuela. Me gustaban los *csendor*, pagaban bien, llevaban un bonito uniforme, una pluma en el sombrero.

Ann se balanceaba hacia atrás y hacia delante en el sillón, mientras escuchaba con atención. Sonrió para alentarlo. Sí. Sí, esto era exactamente lo que quería oír.

CAPÍTULO IX

Ann se pasó horas interrogando a Mike sobre su pasado familiar, trabajos, amigos, asociaciones políticas y religiosas, aficiones, gustos y aversiones; cuéntamelo, pedía ella. Al llegar a la última sesión, su cabeza estaba abarrotada de información. Estaba segura de que no había quedado ningún aspecto de su vida sin explorar; ningún rincón o grieta sin investigar.

Si existían agujeros o eslabones flojos en la historia de él, era a ella a quien correspondía encontrarlos para evitar que lo hiciese el abogado de la acusación. Se obligó a tratarlo de forma tan dura e implacable como habría hecho con cualquier testigo hostil y a hacérselo pasar tan mal como ella nunca lo había pasado en ninguna clase de religión con los catequistas. Y una y otra vez, Mike salía airoso.

Como no hay mal que por bien no venga, empezó a conocerlo como pocas hijas llegan jamás a conocer a sus padres. Aunque pareciese irónico y aunque ciertamente las circunstancias no las había escogido ella, se sintió agradecida por aquella oportunidad.

Y entonces decidió que había llegado el momento de jugar duro. Por muchos rumores que hubiese oído Harry Talbot de sus amigos de las altas esferas (y sin duda tenía muchos), no compartía ninguno de los detalles. Su único consejo era que fuese a por la yugular. Lo tomó en serio y planeó su jugada con el aplomo de un táctico militar. El primer paso consistía en convocar una conferencia de Prensa el día antes del juicio. Cuando le confesó a David sus temores de que no iba a aparecer nadie, aquél se rió y dijo que éste era el menor de los problemas que ella tenía.

La predicción de David de que no cabría un alfiler entre el público, se cumplió. Acudieron en pleno todos los medios de comunicación, tanto locales como nacionales. Todos los jefes de las agencias de la ciudad —desde el *New York Times* al *Usa Today* y el *National Enquirer*— enviaron un representante. *Los Estados Unidos contra Laszlo* era el tipo de caso sensacionalista que vendía periódicos y quedaba bien en televisión. Tenía todos los ingredientes: nazis, víctimas del Holocausto, hijo obrero, hija *yuppie*. Sin contar la cantidad de aspectos «demasiado buenos para ser verdad»: ¿Laszlo iba a ser defendido por su hija? ¿La que había estado casada con el hijo del viejo Talbot? ¡Fabuloso! ¿Y ahora ella está trabajando en la oficina de Talbot en lugar de hacerlo en su bufete, donde suele ocuparse de los desamparados? Interesante..., muy interesante.

Sin embargo, no era ni con mucho tan interesante como la razón por la cual Ann los había convocado en la sala de conferencias de los Talbot aquella mañana triste. Consciente de lo que había comentado Harry, que el mundo la estaría observando y juzgando, se había vestido para la ocasión con su vestido a la vez más seductor y recatado, uno de rayas rosas y negras. Estaba preparada para hablar dulcemente y sonreír a las cámaras, pero la historia real se centraba en los sobres pulcramente apilados sobre la mesa de conferencias, larga y de nogal, situada delante de ella.

Los sobres, en su mayoría simplemente dirigidos a Michael Laszlo, Chicago, Estados Unidos, habían empezado a llegar un par de días después de que el caso hubiese sido aireado por la Prensa. Fue Mike quien sugirió la forma de disponer de ellos, una decisión que Harry aplaudió como un brillante gesto de relaciones públicas. Ann se había estremecido ante su cinismo. Ahora, mientras miraba la masa de periodistas y fotógrafos sedientos de primicias, se dio cuenta de la sabiduría de su perspectiva.

También apreció el apoyo que tanto él como David le estaban mostrando al acudir a la conferencia de Prensa. Su presencia, en particular la de Harry, enviaba una señal que sólo un reportero muy novato podía ignorar. En Chicago, Harry Talbot era uno de los ciudadanos más conocidos y respetables. Era prácticamente un tesoro oficial de la ciudad. Si él estaba detrás de Mike Laszlo y su hija, uno tenía que pensar dos veces quién estaba diciendo allí la verdad. Demasiado fácil señalar con el dedo a un tipo con acento extranjero.

Cuando Ann tomó asiento en la cabecera de la mesa, los nervios se fueron apoderando de ella. A pesar de que se había enfrentado con muchos jueces duros y jurados, aquel día el resultado de su actuación la intimidaba en extremo. Y, mientras pedía silencio con unas palmadas, recordó para sus adentros que aquello no era más que el primer acto.

Pasaron unos minutos antes de que el murmullo de conversaciones se apagase. Por último, una vez finalizados los chismes profesionales, los reporteros sacaron sus lápices y blocs de notas. Las cámaras de televisión estaban dirigidas hacia ella, listas para rodar. Satisfecha de haber conseguido la atención general, Ann levantó un puñado de sobres, mostrando los sellos: Austria, Hungría, Uruguay, Argentina, Australia...

—Proceden de todo el mundo —declaró—. La mayoría de ellas son procazmente antinazis. Hasta el momento, hemos recibido 26.432 dólares en calidad de contribuciones, la mayoría han llegado en pequeñas donaciones. —Alentada por las expresiones de consternación a lo largo y ancho de la sala, se detuvo para que la cifra fuese digerida—. Mi padre ha decidido donar este dinero, y cualquiera que recibamos, a la Fundación Simón Weisenthal para la identificación y captura de criminales de guerra.

En esto consistía el resumen total de su anuncio —corto y simple, exactamente como lo había planeado. En el momentáneo silencio que siguió, mientras los reporteros anotaban sus declaraciones, ella sonrió con donaire a las cámaras y esperó nerviosamente las preguntas inevitables.

Sin embargo, lo que recibió fue una salva de aplausos entusiastas que hicieron brotar lágrimas de alivio de sus ojos. Si era capaz de ganar en aquella sala repleta de cínicos, ella y su padre tenían buenas probabilidades de ganar en la sala del tribunal.

El siguiente paso consistió en establecer contacto con el enemigo. Llamó a Jack Burke y lo invitó a cenar con ella. Como era de esperar, él se mostró cauto, aunque curioso.

—No tengo nada bajo la manga —bromeó ella. Y, si se lo hubiese creído, ella le habría ofrecido acciones del puente de Brooklyn.

Él titubeó pero finalmente aceptó. Pero puso el grito en el cielo ante la elección del restaurante. ¿El «Rendezvous», húngaro? Debía de estar de broma. En absoluto, protestó ella. El «Rendezvous» tenía el mejor pato asado de la ciudad, las dulces *palascintas* eran sublimes, el servicio era más que respetable y no había que gritar para ser oído por encima del ruido.

Sí, cierto, ella no estaba siendo completamente honesta. El «Rendezvous» era terreno propio, el escenario de todas las celebraciones de los Laszlo desde que Ann tuvo edad suficiente para sentarse a una mesa y comer sola. El propietario y el personal, casi todos emparentados entre ellos, adoraban a Ann y la trataban como si fuese de la familia. Sin lugar a dudas tenía allí la ventaja de jugar en casa, pero la comida era realmente estupenda. Por otra parte, a Ann le divertía la idea de que Burke fuese al juicio al día siguiente con una tripa llena de sustanciosa y picante cocina húngara. Nadie había dicho nunca que la vida fuese justa.

Por segunda vez en el mismo día, escogió con atención su vestuario, cambiándose el vestido a rayas rosas por uno rojo de lana que ponía su figura de relieve y rayaba en lo seductor. Dedicó más tiempo de lo habitual al pelo, lo cepilló hasta que las ondas suaves y brillantes cayeron sobre su rostro; se aplicó más rápidos brochazos de colorete y rojo de labios que de costumbre. En el último minuto, se puso el largo collar de perlas, un regalo de compromiso de David.

Mientras esperaba que Burke llegase al restaurante, se estudió en el espejo situado sobre el bar. Casi le sorprendió descubrir que le devolvía la mirada un rostro muy bonito y de aspecto familiar; y se maravilló de lo que unas luces tenues y unos minutos de atención en el momento de arreglarse podían hacer por una mujer. Levantó el vaso de vino, bebió a la salud de su imagen en el espejo y pensó que había perdido mucho contacto con aquella parte de sí misma.

Sin saber exactamente cómo, se había convertido en una mujer que no daba importancia a su aspecto o a su forma de vestir, que no tenía tiempo para pensar en sentirse delicada y sexy. Su excusa habitual era que había demasiadas cosas, mucho más importantes, que hacer. Pero resultaba difícil sentirse o pensar de forma sexy cuando hacía meses que no había tenido una cita con un hombre. Los únicos hombres con los que salía a cenar eran sus socios o, de vez en cuando, David. Imaginaba su reacción si se presentase toda peripuesta, muy pintada y con perlas.

Por regla general, una se acicalaba porque un hombre le daba un cierto... vuelco en el corazón. Y aunque una despreciase básicamente a este hombre, que, por sus razones particulares, estaba inclinado a mantenerse lejos de la vida de una, existía la necesidad de ponerle de manifiesto lo que habría podido ser, si se le hubiese conocido, como se suele decir, en otras circunstancias.

Sin embargo, las circunstancias existentes entre ella y Jack Burke no podían haber sido más desafortunadas. Qué pena. Era realmente atractivo, y suspiró, a la vez que lo veía en la entrada.

—¡Hola! —exclamó ella para llamar su atención.

Poco le faltó a Jack para no reconocer a aquella mujer que lo saludaba desde el bar. Él había esperado encontrar a una Ann Talbot tiesa, enfadada, con los labios fruncidos. Aquella noche tenía un aspecto totalmente *radiante*. Era cierto que aquella mañana se había anotado algunos puntos con el espectacular anuncio relativo a la Fundación Weisenthal. Sin duda ello explicaba el brillo de sus mejillas y la sonrisa de bienvenida.

Cuando se estrecharon la mano, él advirtió que ella *hasta olía* bien. ¿Qué estaba pasando?

—Me va a asestar un puñetazo, ¿es así como lo dijo? —comentó él, sólo medio en broma.

—Escuche, lo siento —se disculpó Ann. No lo culpaba por estar receloso—. Pero siempre he tenido una relación profesional con la parte contraria.

—Por ello, la noche antes de ir a juicio decide trabajar en su relación profesional —dijo él, a la vez que movía la cabeza—. No lo creo ni por un instante. ¿Qué quiere realmente?

—El pollo al páprika —dijo ella, sonriendo.

Esto le arrancó una sonrisa. Era rápida y divertida. Le gustaban las mujeres divertidas. No era fácil encontrarlas. Pero ésta llevaba cierto bagaje con ella: un padre cuya idea de pasar un buen rato era violar muchachas judías. Y llegaría el día siguiente, debiendo pelearse en el tribunal. Sin embargo, eso sería al día siguiente y, en el intervalo, bien tenía que cenar. Además, tal vez había juzgado mal a Ann Talbot. De acuerdo, le daría una segunda oportunidad. No tenía nada que perder.

Gabor, el *maître*, besó a Ann en la mano y estuvo charlando con ella en húngaro mientras los conducía a su mesa. Aquel idioma era impenetrable; no tenía nada que ver con ningún idioma que a Jack le resultase familiar. No sabía de qué se reían, pero confió en no ser él el blanco de la broma.

Por lo menos, Ann Talbot tenía buen gusto en cuanto a restaurantes. Las mesas estaban lo bastante apartadas como para no sentirse agobiado aunque el lugar estuviese lleno. Una banda de violinistas, con camisas de vivos colores y pañuelos anudados alrededor de la cabeza, tocaba animadas melodías cíngaras en un tono que no descartaba la conversación. Jack estudió la carta y la lista de vinos, que ofrecía sobre todo marcas húngaras de las cuales no había oído hablar. Finalmente decidió que, siendo evidente que Ann era allí una habitual, la dejaría que hiciese alguna sugerencia.

La luz vacilante de la vela se movía suavemente por su rostro mientras le indicaba al camarero lo que habían decidido cenar: puchero húngaro con bolas de masa hervida para dos, luego pollo al páprika para ella, pato asado para él. De repente, él tuvo la sensación de que aquella cena iba a ser mucho más agradable y productiva que sus dos encuentros anteriores.

Pensándolo bien, él había sido bastante brusco con ella aquella noche en el «Pewter Mug». No era de extrañar que hubiese intentado darle un puñetazo. ¿Y cómo no había advertido antes lo guapa que era?

Charlaron un poco —sobre el clima de Chicago en invierno y los Bears— hasta que llegó la sopa. Ann estaba hambrienta y comió con apetito, ante la sorpresa de Jack. Nunca habría imaginado que tuviese tan buen apetito. Para cuando el camarero les llevó los segundos platos, junto con unos boles de patatas asadas y ensalada de pepino, él estaba sobre todo predispuesto a descubrir quién era Ann Talbot, además de ser la hija de un asesino nazi.

Aparentemente, ella sentía lo mismo con respecto a él.

—Hábleme de usted —dijo, mientras pinchaba un trozo de patata—. ¿Cómo ha acabado trabajando para el Gobierno?

Una pregunta lógica pero aburrida, que había contestado tantas veces que era capaz de resumir la respuesta en un par de rápidas frases.

—Mi padre era policía, pero yo no quería ser un poli —explicó—. Obtuve el título, fui a trabajar para el condado como ayudante del fiscal del distrito y al cabo de un tiempo fue a buscarme el tío Sugar.

Hubo un momento de violento silencio, durante el cual cada uno tomaba conciencia de la realidad que les había juntado en aquella mesa. Jack cambió rápidamente de tema:

—¿Y cómo es que una Laszlo se casó con un Talbot? —preguntó.

Ann se encogió de hombros, momentáneamente cogida de sorpresa por aquella directa y personal pregunta. No se podía culpar a Burke de timidez. Sin embargo, imaginaba que su matrimonio era algo fuera de lo normal. Mucha gente no tenía el valor —¿o era ingenuidad?— de dar semejante salto cultural.

—Nos conocimos en la Facultad. Algunas diferencias no son importantes en las excursiones y los guateques —dijo ella, como sin darle importancia.

Debió de haberlo sorprendido.

—¿Usted en un guateque? —dijo, levantando una ceja escépticamente—. No la imagino en un guateque.

—Pues fui a muchas fiestas —le dijo ella, intentando que no pareciese que estaba a la defensiva. ¿Por quién la tomaba? ¿Por una estúpida remilgada y estirada que sólo sabía pasearse por las bibliotecas?—. También iba mucho de excursión.

—¿Y qué pasó? —dijo él, bromeando. No le había pasado por alto la ligera irritación en la voz de ella, y comprendió que había tocado un punto débil.

—¿Quiere decir en las fiestas y en las excursiones?

—Sí —dijo él, e hizo una pausa, pues se había dado cuenta de que había cruzado un límite que era preferible no atravesar, e hizo marcha atrás de mala gana—. No.

—No lo sé —se apresuró a decir ella, a la vez molesta y halagada por su interés. Sin embargo, unos timbres de alarma sonaban en su cabeza,. Estaba pisando un terreno peligroso. El hecho de llegar al punto de tener la tentación de hablar de su matrimonio fracasado con Jack Burke era una prueba positiva de que había ido demasiado lejos en la ficción de un encuentro amistoso antes del juicio. Él era su enemigo. No podía permitirse el lujo de olvidarlo, ni siquiera por un momento.

Jack apreció el vino tinto de aspecto caro, tomó otro largo sorbo y paladeó la intensidad de su sabor con mucho cuerpo.

—Apostaría que sí lo sabe —la desafió, y se preguntó *¿Estoy borracho?*

¿Qué otra cosa podía llevarlo a empujarla a que le abriese su corazón, a lanzarle dardos a su vida personal en la esperanza de dar en el blanco? Porque era divertido verla ponerse nerviosa. Era evidente que no le gustaba hablar de ella más de lo que le gustaba a él. Pues él sabía de secretos, de sentimientos que uno mantiene bien enterrados porque no se puede enfrentar a ellos. ¿Pero qué secretos podía esconder ella detrás de aquellos grandes ojos castaños que lo miraban con tanta intensidad?

A Ann no le sorprendió su respuesta. Aunque rara vez revelaba mucho sobre sí misma, había descubierto hacía tiempo que la gente a menudo suponía que la conocía mejor de lo que era en realidad. La verdad era que su persona pública era una máscara que se ponía para crear una rápida y fácil conexión entre ella y los demás. Daba la *impresión* de estar muy cerca de ellos, sin embargo daba bien poco. David era una de las pocas personas que había logrado atravesar su reserva. Pero David era diferente. David era un Talbot.

Mientras recordaba con un agudo dolor lo bien que habían estado juntos durante una época, descansó la mejilla en el dorso de las manos cruzadas y fijó la mirada en el vacío, como si las respuestas se encontrasen allí.

—Quizá quería volverme demasiado norteamericana —murmuró—, y luego me di cuenta de que estaba intentando volverme demasiado norteamericana. Tal vez el hombre con el que me casé no era el mismo que se convirtió en mi marido.

Ambos cerraron los ojos, y maldita sea si él no tenía ganas de alargar un brazo y coger la mano de ella. *Debía de* estar borracho. O loco. O las sirenas le daban clases de seducción a Ann Talbot. Porque, al igual que los navegantes de antaño, él estaba peligrosamente cerca de ser arrastrado como señuelo hacia las aguas rocosas por el sonido de su voz. Algo extraño y completamente inesperado le estaba sucediendo aquella noche, algo espantoso —y excitante.

Ann sólo era a medias consciente del efecto que estaba produciendo en Jack. Sus pensamientos habían estado dirigiéndose hacia el David que había conocido años atrás, territorio que había visitado a menudo y al que seguía regresando a pesar de la aridez del terreno. Estas excursiones solían ser infructuosas, no le proporcionaban mucha perspectiva o información nuevas. Por consiguiente, dejó de pensar melancólicamente en el pasado y en lo que podía haber sido y regresó de golpe al presente.

—Escuche —dijo, en tono frívolo, después de haber roto el hechizo—. Ya le he dicho que no lo sé.

Jack suspiró, no estaba seguro si con alivio o pesar. Vació su vaso de vino y volvió a llenar ambos vasos.

—¿Qué es esto? —preguntó, decidido a mantener la conversación en un plano superficial—. Es bueno.

—Es «Sangre de Toro». Se mete dentro de ti sin que te des cuenta. Luego te tumba. Es una característica húngara.

Él sonrió y levantó el vaso a modo de brindis.

Ann respiró profundamente, en un intento de reunir el valor para la bomba que estaba a punto de lanzarle a Burke. Al igual que un jugador de póquer con una buena mano, supo desde el momento en que la información llegó a su mesa —felicitaciones a George— que habría sido estúpida de no jugar sus cartas. Y, si había tenido alguna duda, Harry Talbot se las había ahuyentado en términos bien claros. Cuando fue a ver a Mack en busca de una segunda opinión, por una vez aquél estuvo de acuerdo con Harry. Pero el voto unánime no había hecho que el siguiente paso fuese más fácil, sobre todo ahora que había roto el hielo con el enemigo y encontrado un ser humano decente bajo la piel de lobo. No obstante, cuando mañana él entrase en la sala del tribunal, no dudaría en atacar con todas las armas de su arsenal. Había llegado el momento de mostrarle a Jack Burke que ella también iba armada y era peligrosa.

Se inclinó hacia delante y dijo, en voz muy baja:

—Siento lo de aquel caso.

Había hablado tan bajo que él pensó que no la había oído bien. ¿*Aquel caso*? Perplejo por el súbito giro que había tomado la conversación, movió la cabeza.

—¿Qué caso?

Los ojos de Ann no se apartaban de su rostro. Su voz era de terciopelo pero con cantos de acero.

—Aquel caso de chantaje en Filadelfia que usted decidió no procesar. Aquella Caja de Pensiones.

A medida que las palabras surtían efecto y él se daba cuenta del golpe que ella le estaba asestando, se fue poniendo visiblemente pálido. Jamás habría creído que ella tuviese aquello bajo... lo que demostraba lo sucio que estaba todavía después de muchos años de darle vueltas al asunto y recibir más patadas de las que se merecía. ¡*Maldita sea*!

—Es usted el colmo, ¿sabe? —dijo él en tono áspero—. Digna hija de su padre.

Las manos de Ann temblaban bajo la mesa, pero su cara perfectamente tranquila no traicionaba emoción alguna. ¿Despiadada? ¡Pues claro que era despiadada! Estaba luchando por la vida de Mike, y eso no era cualquier cosa. Por ello había hecho saber a Jack Burke que no se detendría ante nada para dejar limpio el nombre de su padre.

—He oído decir que le presionaron desde arriba —prosiguió ella en el mismo tono tranquilo—. He oído decir que no podía vivir en paz después de haberles dejado hacerle esto. Ha debido de sentirse muy culpable. Sin duda tenía sus principios.

Él la fulminó con la mirada, demasiado furioso para hablar. ¿Le parecía divertido? ¿Había ensayado su discurso ante un público compuesto por papá Mike y sus amigos nazis para que éstos le indicasen la forma de exprimirlo hasta la última gota de sangre? ¿O estaba en su naturaleza aquella forma enfermiza de maniobrar?

Bien, tal vez él era la persona más estúpida con la que ella se había sentado a una mesa. Pero ella había demostrado más allá de toda sombra de duda que la manzana podrida no había caído muy lejos del árbol.

—No era mi intención ofenderlo —dijo ella, amablemente.

—Claro, pero lo ha hecho —dijo él. Se levantó y arrojó cuarenta dólares sobre la mesa para pagar su parte. Era una mujer a la que no quería deber ni un centavo—. Encuentra carne blanda y retuerce el cuchillo. ¿No es así el juego? Se empuja al otro hasta que pierde el equilibrio.

Ella tenía ganas de gritar que no había tenido elección, ¿no lo comprendía? Tenía que salvar la vida de su padre, ¿qué le importaba en caso contrario la suya propia? En cuanto a jugar, ella era una principiante, pero que aprendía rápido. Y todavía no había terminado con él.

Se obligó a retener el sollozo que le estaba subiendo por el estómago y le dio el toque de gracia.

—¿La defensa de oficio no tranquilizó su conciencia? ¿Tampoco perseguir a criminales de guerra? ¿Qué va a hacer, Jack? ¿Volver a nacer? ¿Encontrar a Jesús?

Su rencoroso sarcasmo fue como un cubo de agua fría y así se reflejó en el rostro de él, pero le hizo reaccionar para contestar:

—¿Cree realmente que uno necesita encontrar un motivo para perseguir a criminales de guerra? —le espetó—. ¿Qué me dice de lo que hicieron? ¿No es suficiente razón para usted?

Cuando él se volvió y se alejó a grandes zancadas de la mesa, deseoso de poner distancia entre ellos, la sonrisa de Ann se desvaneció. Se reclinó contra la silla, temblando a causa del esfuerzo de los últimos minutos.

Habría resultado fácil odiarse por lo que acababa de hacer. Pero era más fácil odiar lo que Jack Burke estaba intentando hacer. Ella por lo menos tenía la excusa de la defensa propia, porque al defender a su padre sólo estaba defendiéndose a sí misma. ¿Qué excusa tenía Burke para intentar expiar sus propios pecados difamando a un hombre inocente?

El día empezó mal. Ann se sentía cansada e indispuesta, sin duda a causa de la confrontación de la noche anterior con Burke. Mike, normalmente Don Nervios de Acero, estaba tan pálido y tembloroso que Ann pensó si conseguiría llegar a la sala del tribunal. Para colmo, Mikey no dejaba de quejarse por tener que ir al colegio como si fuese un día completamente normal.

«¿El abuelo no lo necesitaba en el tribunal?», gimoteó mientras se tomaba los «Cheerios». Le recordó a su madre que se trataba también de su familia, por si ella lo había olvidado. ¿Y cómo esperaba que se concentrase en la anticuada y aburrida aritmética y los estudios sociales cuando estaría todo el día preocupado pensando en el juicio? ¿Acaso no pensaba ella que un niño podía aprender algo de la auténtica experiencia de la vida real?

Después del tercer, «¡No, no vas a ir y no hablemos más del asunto!», Ann levantó las manos y salió con paso firme para ir a vestirse a su habitación. David se había ofrecido a ocuparse de Mikey aquella semana para que ella pudiese dedicar todo su tiempo al juicio. En aquellos momentos, mientras sacaba su traje sastre más conservador del armario, deseó haberle dicho que sí.

Le temblaban tanto los dedos que apenas podía abrocharse los botones de la blusa de seda color marfil. Era demasiado para ella sola. Tenía que echar un último vistazo a sus notas antes de que empezase el juicio, intentar que su padre no se desmoronase, más habérselas con Mikey, que se había vuelto un niño caprichoso de cinco años. En lugar de contestarle como si fuese un ser humano sensato, lo que habría debido hacer era darle en el trasero y mandarlo a su habitación hasta que llegase el autocar del colegio.

Cogió el cepillo y empezó a ahuecarse el pelo para darle forma, pero se paró en seco ante la fría voz de la razón que proclamaba: *No es más que un niño*. De acuerdo, quizá no estaba siendo justa. Estaba creciendo tanto que en ocasiones se olvidaba de que sólo tenía once años. Se estaba abriendo el infierno ante él y ella ni siquiera tenía tiempo para ayudarlo a comprender lo que estaba pasando.

Y ahora podía añadir *mala madre* a la lista de todos los otros fallos.

El espejo de cuerpo entero que había en la parte interior de la puerta de su armario le dijo que era la viva imagen de una abogada defensora seria y sosegada. Los pendientes de perlas eran un toque bonito, pero hacía falta algo más. Rebuscó en el joyero. ¿El largo collar de perlas? Demasiado elegante. ¿Una simple cadena de oro? Demasiado visto. Sus dedos se cerraron alrededor de la cruz, un regalo de su padre cuando cumplió los dieciocho años.

Se trataba de una bonita pieza de oro forjado, una de las pocas cosas que su madre se había llevado con ella de Hungría. Ann le tenía cariño por su valor sentimental, pero se sentía demasiado incómoda con aquel simbolismo para ponérselo con frecuencia. Colocó la cruz sobre la blusa para ver el efecto y pensó: *Parezco una monja*: Veía los titulares: Supuesto asesino nazi defendido por una monja. La cruz volvió al joyero.

Estaba recogiendo sus papeles cuando sonó el timbre de la puerta. ¿Ahora qué? ¿Un periodista en busca de un ángulo personal de la historia? ¿O tal vez la señora Kish, que acudía a darle a su padre un beso de buena suerte? ¿O quizás era Jack Burke, que se había dejado caer por allí para decirle que había cometido un terrible error, que si podían dejar correr todo el asunto? Se apresuró a ir a abrir la puerta antes de que lo hiciese Mikey y se revistió de acero para saludar a quienquiera que estuviese al acecho en el otro lado con un *Márchese, no queremos nada.*

Pero su ceño, lo bastante severo como para desalentar al propio Cascarrabias, se transformó inmediatamente en una sonrisa cálida y cordial ante la vista de George, que estaba golpeando el suelo con los pies para limpiarse la nieve de las botas. Declaró con una sonrisa endiablada que se moría por una taza de café. Y que como estaba por aquel barrio, había pensado dejarse caer por allí.

Claro que, desde el momento que George vivía al otro lado de la ciudad, ambas sabían que aquello era una tontería. Pero qué típico era de ella adivinar cuándo Ann daría por bien venido el apoyo moral, aunque fuese demasiado orgullosa para pedirlo. También era típico de ella rechazar las gracias de Ann con un encogimiento de hombros y una mirada que decía: venga ya, ¿para qué están los amigos? A continuación pasó revista al aspecto de Ann, asintió de forma aprobadora y se encaminó a la cocina a por aquella taza de café.

Un segundo después el autocar del colegio doblaba la esquina y Mikey dejó de quejarse el tiempo suficiente para darle un abrazo a Ann antes de salir a toda carrera. Y había llegado el momento de ponerse en camino hacia el Palacio de Justicia. George insistió en conducir, así que Ann se sentó junto a ella y Mike se acurrucó en el asiento trasero.

Estaba demasiado nervioso para decir más de un par de palabras durante todo el camino hasta la ciudad. Hasta aquella mañana, la ira lo había aguantado. Ahora, con el espectro del trago del tribunal flotando sobre él, se sentía ahogado por una manta de terror que no parecía poderse sacar de encima. La esperanza lo había abandonado. Con los hombros encorvados, se puso a mirar ciegamente por la ventanilla, ajeno a los esfuerzos de Ann y George por animarlo.

—Sonríe, papá. Quiero que te vean sonreír —le incitó Ann cuando se acercaban al Federal Court Building. Ella sabía que por dentro debía de estar muriéndose, pero no podía dejarlo salir del coche con el aspecto de un prisionero camino de la horca.

—¿Cómo quieres que sonría? —protestó Mike, lastimeramente—. Temo que me voy a mear en los pantalones.

Ella tenía el corazón desgarrado por él. Pero sabía que si él bajaba del coche ante el resplandor de las cámaras que esperaban con el aspecto de un conejo asustado, lo declararían culpable antes de haber podido pisar la sala del tribunal. Tenía que dejar de pensar en él como en su padre y empezar a tratarlo como si fuese un cliente cualquiera. Por ello, en lugar de ofrecerle simpatía, empezó a lanzar rápidas instrucciones.

—Habla mucho con George. Sonríe mucho a George. Quiero que vean que eres muy amable con George.

—Yo no soy judía —declaró George bromeando, mientras se detenía delante del Palacio de Justicia.

—Eres la siguiente que sirve —dijo Ann, bruscamente, a la vez que se desabrochaba el cinturón de seguridad.

George le lanzó una mirada de fingida indignación, luego se paró en seco.

—¡Oh, Dios mío! —murmuró.

Ann se hizo eco silenciosamente de su shock. Estaba preparada para esperar una densa asistencia de Prensa, pero lo que los aguardaba era ni más ni menos que un circo de medios de comunicación en toda regla. Daba la impresión de que todos los reporteros de la ciudad —y como mínimo un número igual de fuera de la ciudad— hubiesen decidido cubrir la historia. ¿Acaso el juicio de su padre era el único acontecimiento de interés periodístico del día?

Como una jauría de sabuesos hambrientos, los reporteros cayeron sobre ellos lanzando preguntas y acercando micrófonos a sus narices. Los flashes relampagueaban locamente y sólo una ágil maniobra de la Policía, que también estaba en pleno, los salvó de quedar completamente rodeados por la aglomeración de periodistas.

En un silencioso acuerdo, las dos mujeres se colocaron una a cada lado de Mike y se abrieron paso a través del estrecho camino que los policías les habían dejado libre. Mike se iba quejando y bajó instintivamente la cabeza cuando pasaron por delante de los dos campos opuestos de manifestantes que también se habían reunido para saludarlo.

El ambiente se llenó de tensión cuando los manifestantes, separados por hileras de policías de la división antidisturbios, empezaron a gritar y a lucir sus pancartas. «¡Asesino nazi!», «¡Nunca olvidaremos!», «¡Venganza para las víctimas del Holocausto!», decían las inscripciones de uno de los lados de la plaza. A unos treinta metros de distancia, una muchedumbre todavía más numerosa se había reunido sosteniendo pancartas que decían: ¡Mike Laszlo es inocente! ¡Justicia para todos los americanos! ¡Basta de conspiración comunista!

Cuando las dos facciones vieron a Mike, el clamor del gentío los golpeó como un muro de sonido. Una ola de piquetes anti-Laszlo avanzó agitada. Un joven, con los ojos brillantes de odio, lanzó un salivazo que casi lo alcanzó. Algunos otros empezaron a debatirse con los policías para poder llegar a Mike. «¡Dádnoslo! ¡Es un asesino!», gritaban mientras eran llevados a rastras con las esposas puestas.

Se formó un cordón de policías que se apresuraron a escoltar a Mike y a las mujeres escaleras arriba. Caminaban tan de prisa que cuando Mike cruzó la puerta tropezó y estuvo a punto de caerse de bruces. Sus maldiciones se perdieron entre el estruendo ensordecedor que surgió cuando desaparecieron dentro del palacio de justicia.

Dentro, la barahúnda sólo era ligeramente menos abrumadora. El vestíbulo normalmente medio vacío estaba aquel día repleto de gente que acechaba a Ann y a su padre. La seguridad era rigurosa. Además de más policías de lo habitual, junto al detector de metales había unos guardias que comprobaban bolsas y bolsos antes de permitir la entrada a nadie en la sala del tribunal.

Otro contingente de periodistas, que se identificaban por sus tarjetas de plástico, se zarandeaban en busca de un espacio en la repleta sala. Algunos estaban posando para sus cámaras, actuando en directo en español, francés y alemán. Cuando Mike pasó junto a ellos, las cámaras se apresuraron a tomar una panorámica de su trayectoria.

Como si hubiese estado preparado, él levantó la cabeza en su dirección. Ann contuvo la respiración, luego suspiró aliviada. Vio que el miedo que había experimentado previamente había desaparecido, y que ahora estaba preparado para ofrecer a aquella gente el espectáculo por el que estaba suspirando.

Si pensaban encontrarse con un cobarde que no tenía las agallas para mirar a sus acusadores a los ojos y proclamar su inocencia, lo habían subestimado. Él era un luchador, y no tenía nada de qué avergonzarse, nada que esconder. Y estaba a punto de hacérselo saber al mundo entero.

Mirad bien, ordenó ella silenciosamente a la audiencia. *¿Es ésta la cara de un asesino?*

CAPÍTULO X

Karchy ya había llegado y se paseaba nervioso por la parte anterior de la sala del tribunal, mirando la zona reservada a los espectadores. Cuánta gente... ¿Por qué le interesaba a tanta gente el proceso de su padre? ¿No tenían nada mejor que hacer con su tiempo que pasarse el día mirándolo y escuchando las argumentaciones de los abogados?

Quizá sólo sentían curiosidad por ver un juicio, como le había ocurrido a él antes de ir a ver cómo Annie defendía un caso. Este tribunal era mucho mayor y más impresionante que aquél donde había estado él. Construir todo aquel acero y cristal debía de haber costado mucho dinero. Tal vez parte del acero procedía de su fábrica.

Pasó la mano por la brillante superficie de la madera de la mesa que había delante de él y pensó: *Alguien cuida, y bien, estos muebles. Mantienen el lugar brillante y con buen aspecto.* Así tenía que ser. Era la sala del tribunal del Gobierno de los Estados Unidos. Propiedad del Gobierno de los Estados Unidos. En la pared de delante había una bandera norteamericana, cerca de donde se sentaría el juez. El juez Silver. Un buen juez, y justo, según palabras de Annie, aunque fuese judío.

Karchy vio entrar a su familia y la saludó con la mano para llamar su atención. Ann le lanzó una mirada y pensó que habría tenido que darle instrucciones sobre la forma de vestir. Como de costumbre, Karchy iba vestido informalmente: tejanos, zapatos deportivos, cazadora. ¿Por qué no se le había ocurrido ponerse corbata? ¿Y era necesario que tuviese aquel aspecto tan desaliñado, como si acabase de saltar de la cama?

Mientras él se apresuraba a reunirse con ellos a la mesa de la defensa, ella suspiró exasperada. Pero se mordió la lengua a fin de no hacer ninguna observación sobre su ropa. Últimamente Karchy había estado lanzando insinuaciones sobre que se sentía dejado de lado, que papá estaría sentado junto a ella y todo eso. Por ello, no supo si él estaba o no bromeando cuando dijo:

—Oye, papá, ¿puedo sentarme aquí?

Luego guiñó un ojo para mostrar que sólo estaba bromeando, intentando que Mike se relajase.

—¡Papá! —dijo Ann en un susurro, mientras le daba a Mike un codazo en las costillas—. Papá, dale un abrazo a Karchy.

—¿Para qué demonios? —preguntó él.

Ann retiró un invisible trozo de hilo de su chaqueta y esbozó una sonrisa fingida.

—Dale un abrazo, papá. Sonríe.

¿No lo comprendía? Para las cámaras. Para toda la gente que estaba mirando a Mike Laszlo con su familia y juzgando todos y cada uno de sus movimientos.

Por fin Mike lo captó. Envolvió a Karchy en un sincero y gran abrazo e iluminó su rostro con una sonrisa merecedora del Academy Award por la actuación más convincente.

Miró a Ann, que le dedicó un ligero gesto de aprobación y murmuró:

—Habla con George, papá.

Karchy miraba a su hermana. ¿Qué se había creído, tratar a su padre como a un mono de circo que tenía que hacer monerías para el público? ¿Qué tendría que hacer después, subirse hasta la punta del asta de la bandera y dar palmadas para que le diesen cacahuetes? El tono de voz de Ann hizo que se lo pensase dos veces antes de discutir con ella. Pero no podía comprender por qué su padre no se atrevía a hablar, en lugar de encogerse de hombros, indefenso.

—Hay mucha gente aquí, gitana —dijo Mike finalmente.

Esta frase sonó estúpida, incluso para Ann, pero George ya había jugado a menudo a este juego en la sala del tribunal. Tranquilizar al acusado. Hacer que pareciese como si no tuviese ninguna preocupación en el mundo porque era el Señor Inocente en persona. Como era el caso de Mike, por lo menos hasta donde ella sabía. Y no solía equivocarse. Por ello, sonrió y dijo:

—Escucha esto, Mike, ¿crees que los Bears tienen alguna oportunidad este año?

—Demonios, no —replicó Mike tristemente, acalorándose con su tema favorito.

Ann, entretanto, había mandado a Karchy a su asiento, detrás, y estaba ahora echando una rápida ojeada a la sala. Tanto Harry como David estaban allí; debían de haber llegado temprano pues estaban delante de todo. Mack y Sandy estaban un par de filas detrás de ellos. Se preguntó quién estaría llevando el negocio, pero agradeció que ambos hubiesen dejado sus agendas en blanco para estar con ella aquel día. No reconoció a nadie más —salvo, por supuesto, en la mesa de la acusación justo al otro lado del pasillo, a Joe Dinofrio y, junto a él, a Jack Burke, con cara de circunstancias.

Estaba a punto de cruzar el pasillo para hablar con Dinofrio cuando el alguacil apareció en la parte frontal de la sala y declaró:

—Los Estados Unidos de América contra Michael J. Laszlo, preside el honorable Samuel T. Silver.

Ann respiró profundamente. A pesar de los muchos juicios que tenía en su historial, siempre experimentaba el mismo ligero parpadeo de tensión cuando el alguacil anunciaba que se abría la sesión. Al igual que un estudiante aterrorizado momentos antes de un importante examen, de pronto le asaltaban las dudas: ¿Iba lo suficientemente bien preparada? ¿Era bastante bueno su discurso de apertura? ¿Tenía todos los hechos en orden? ¿No se había olvidado nada?

El pánico desaparecía invariablemente apenas el juez o la jueza daba comienzo a sus observaciones de apertura. En una ocasión le había preguntado a Mack si él había experimentado alguna vez aquellos ataques de ansiedad. Él le aseguró que no debía preocuparse. Los superaría. Pero todavía no lo había conseguido y aquel día la ansiedad estaba agravada por la palpable tensión de su padre cuando el juez Silver hizo su aparición en la sala.

Hombre solemne y de pelo gris, del juez Silver emanaba sin lugar a dudas una autoridad judicial. Aunque había sido elegido para el Tribunal Federal por una administración republicana, Silver tenía muchos amigos íntimos entre los líderes del partido demócrata. Más importante todavía, tenía fama de no dejar entrar la política en el tribunal y en general era considerado duro pero imparcial. Ann se preguntó si también cuando procesaba a nazis.

El juez tomó asiento y advirtió la cantidad de gente que estaba de pie.

—No permitiré salidas de tono, alborotos o interrupciones —declaró en un tono que establecía su control sobre los reunidos en la sala. Se hizo un silencio inmediato entre la multitud—. Si alguien tiene problemas con los audífonos, rogamos se dirija al alguacil —añadió, y, una vez liquidado este asunto, habló para los fiscales—: Pueden dar comienzo a su discurso de apertura.

Jack había dormido mal después de la desagradable escena con Ann Talbot en el restaurante. Finalmente, a las cinco de la madrugada, se había rendido al insomnio y se había levantado cansado de la cama para repasar sus notas y repetir las observaciones. Ahora estaba fluyendo la adrenalina y una oleada de energía lo atravesó como un rayo.

¡Después de todas aquellas semanas y meses de minuciosa y dolorosa investigación que habían llevado a aquel día de ajuste de cuentas! Nunca había dejado de analizar qué es lo que había encendido su pasión para desenmascarar a Michael Laszlo. Tal vez la abogada de la parte contraria había adivinado, correctamente, que estaba haciendo penitencia por haberse dado por vencido en el caso de la Caja de Pensiones. ¿Pero a quién le importaban los motivos si la causa era indudablemente justa?

Ahora estaba a punto de empezar el acto final y él estaba deseando levantar el telón para poner en evidencia la horrible farsa de Laszlo como ciudadano honrado y padre entregado. Lástima por su hija, pero ella habría debido reflexionar antes de enfrentarse a él. Cuando papá Laszlo le estaba limpiando la nariz y leyéndole cuentos de hadas, él ya estaba armando jaleo con los gamberros del barrio. Podía enseñarle un par de cosas sobre jugar sucio.

La primera medida era ignorarla, fingir que ni siquiera estaba en aquella sala. No se dignó ni mirarla cuando se acercó al tribunal y se puso de lado para poder dirigirse tanto al juez como a los espectadores. Apretó las manos detrás de la espalda en una postura que había copiado del conocido ministro, y dijo:

—Gracias, Señoría, —y empezó a hablar lenta y firmemente—. Este caso es muy simple. Los hechos demostrarán que Michael J. Laszlo mintió al pedir la nacionalidad norteamericana y que le fue concedida la ciudadanía bajo falsos supuestos. Por consiguiente, le debe ser retirada esta ciudadanía.

Cuando se lanzó al meollo de su argumento, Jack percibió que la audiencia en la silenciosa sala estaba pendiente de sus palabras.

—Michael J. Laszlo mintió para ocultar el hecho de que, en los últimos meses de 1944 y en los primeros meses de 1945, fue miembro de un escuadrón de la muerte húngaro creado por la SS, la Cruz Flechada, llamado Sección Especial, una unidad de los gendarmes húngaros. Cometió crímenes tan atroces que la mente apenas alcanza a imaginárselos.

Dio un par de pasos hacia la mesa de la defensa y señaló a Mike, que tenía una cara rígida y pétrea como una estatua.

—No estamos hablando aquí de una maldad trivial, de un anónimo burócrata sentado en una oficina dando órdenes, o de un gendarme ejecutando órdenes. Estamos hablando de un hombre que ha cometido estos atroces crímenes con sus propias manos. Estamos hablando de la *maldad encarnada*.

Jack inclinó la cabeza un momento, como conmocionado por la contemplación de aquel horror, luego dio fin a su declaración:

—Gracias, Señoría.

Sabía, sin necesidad de que se lo dijesen, que acababa de ofrecer uno de los argumentos más sobresalientes de su carrera, nacido de la creencia, absoluta e inquebrantable, de la justicia de su causa. El silencio que lo siguió hasta la mesa de la acusación era tan elocuente como una clamorosa ovación.

—Señora Talbot —invitó el juez Silver.

Ann apretó la mano de Mike debajo de la mesa; y George, sentada a su izquierda, levantó discretamente el pulgar para animarla al triunfo. Sus anteriores dudas se desvanecieron apenas se puso en pie y se zambulló en las frías y turbias profundidades del caso.

—Su Señoría, aquí no se trata de si mi padre mintió cuando solicitó la nacionalidad norteamericana. Esto fue una cortina de humo. Sí —declaró con firmeza—, mi padre *mintió.*

Un coro de asombrados gritos sofocados siguió a su afirmación. A continuación estalló un estruendo en la sala y las siguientes palabras de Ann se perdieron en el coro de silbidos y exclamaciones. Karchy dio un respingo, y protestó en voz alta. ¿Estaba loca? ¿Qué se creía, llamar a su padre mentiroso? ¿Qué demonios...? Sólo el brazo moderador de Harry evitó que saltase de su asiento.

Algunos reporteros corrieron hacia las salidas, mientras el juez Silver miraba por encima de sus gafas bifocales y golpeaba su martillo. El orden quedó restaurado en sólo unos segundos y Ann pudo seguir con el hilo de su argumento.

—Mi padre mintió —anunció, hablando despacio para dar énfasis a cada una de las palabras—, porque no quería ser repatriado por el Gobierno comunista, que ejecutaba o enviaba a quienes se oponían a él a los campos de trabajo de Siberia. Mi padre jamás ha dejado de oponerse a los comunistas. Sí, fue gendarme. —Hizo una pausa, como si desafiase al público a reaccionar de nuevo—. Pero no perteneció a la Sección Especial. Trabajó de oficinista. Solicitó este destino poniendo en peligro su vida porque no podía tolerar las brutalidades que cometían sus compañeros gendarmes y de las que él era testigo. Mi padre no es más que un hombre inocente, injustamente acusado.

Una ligera sonrisa iluminó su rostro cuando se volvió hacia Mike, animando a todos los presentes a verlo como ella lo veía.

—Hace casi cuarenta años que vive en los Estados Unidos, es un ciudadano modelo que ha educado a dos hijos sin ayuda alguna y ha trabajado en la fábrica de acero. Es un hombre que está siendo castigado por poderes, por un Gobierno comunista a causa de un acto que cometió contra los representantes de este Gobierno hace cinco años. Vean este acto.

Había dispuesto previamente que se llevase un magnetoscopio a la sala. Ahora, ante su señal, se apagaron casi todas las luces y empezó a verse la cinta del vídeo, que Ann fue explicando.

—En una actuación que tuvo lugar aquí del Ballet Nacional Húngaro, un grupo financiado y organizado por el Gobierno comunista húngaro, mi padre arrojó a los bailarines cuatro bolsas de excrementos humanos. Se paró la representación. Se canceló la gira. Mi padre fue detenido: finalmente le fueron retirados los cargos.

Protegido por la oscuridad, Mike sonrió satisfecho ante la vista de sí mismo cinco años más joven y con unos kilos de menos. Él y sus amigos habían hecho un buen trabajo aquel día. Jamás se había arrepentido de ello, ni por un momento, ni siquiera cuando la Policía los metió en la cárcel por alterar la paz. Sus hijos no pararon de recriminarle después de haberlo liberado. Pero a él no le importó. Hizo lo que tenía que hacer y al cuerno con ello.

Había otras personas en la sala que ya conocían el incidente. Algunos de los espectadores, que habían participado en él, sonrieron con una satisfacción llena de suficiencia. Mack hizo un gesto de aprobación con la cabeza: Bien por la muchacha; plantar en la mente del juez Silver la imagen de Mike como un luchador audaz contra los comunistas.

—Su acción provocó un furor internacional —continuó Ann—. El Gobierno comunista húngaro presentó una protesta oficial ante el Ministerio de Asuntos Exteriores quejándose tanto de su acción como de que se hubiesen retirado las acusaciones. Su acto fue una protesta contra la política represiva del Gobierno comunista húngaro, política que desembocó en 15.000 personas muertas durante la revolución húngara de 1956. Desde entonces, mi padre ha sido un firme activista anticomunista.

La cinta terminaba con una instantánea de Mike entre un grupo de manifestantes enfrente del Consulado de Hungría, en el aniversario de aquel día de noviembre de 1956 cuando las tropas rusas entraron en Budapest. Su aspecto, mientras sostenía una pancarta que proclamaba «Hungría para los húngaros», era grave y decidido.

Ann parpadeó mientras sus ojos se adaptaban a la luz. Luego se volvió hacia el juez Silver y declaró, muy despacio:

—Mi padre no es un hombre malo. Mi padre es un hombre bueno, el tipo de hombre que está dispuesto a arriesgarse para luchar contra la injusticia. Yo lo sé. Y antes de que termine este juicio, también se lo demostraré a ustedes.

Un cuerno vas a demostrar, pensó Jack, a la vez que deseaba haber tenido conocimiento de la cinta de vídeo con anterioridad.

—Gracias, Señoría —concluyó Ann, y volvió a tomar asiento.

El juez miró a Jack.

—Puede usted llamar a su primer testigo, señor Burke.

Jack consultó su hoja, aunque no era realmente necesario porque hacía tiempo que había memorizado los nombres. Decidió que al demonio con la maldita cinta. Ann Talbot no tenía ninguna oportunidad ante la escena que estaba a punto de montar.

James Hathanson era el tipo de testigo que a los abogados les gustaba llamar a declarar, especialmente en un juicio con jurado, porque sus ademanes cálidos y cultos inspiraban de inmediato confianza en los oyentes. Hombre de rostro agradable, de unos sesenta y pico de años, Nathanson había prestado declaración en innumerables juicios y no era fácil confundirlo. Jack había decidido llamarlo a él en primer lugar, a fin de establecer inmediatamente la credibilidad del Gobierno.

Una vez hubo prestado juramento, Jack le sugirió que explicase el trabajo que realizaba al tribunal.

—Trabajo en el Departamento de Justicia de los Estados Unidos —contestó Nathan, mirando al juez—. En el Departamento de Inmigración y Naturalización, en el laboratorio de documentos forenses de Bethesda, Maryland. Me ocupo de examinar y peritar documentos.

—¿Aproximadamente cuántos documentos dudosos ha examinado usted, haciendo el correspondiente informe, señor Nathanson? —preguntó Jack, empezando a hacerle las preguntas de su cuidadosamente ensayado testimonio.

—Más de cien mil.

—Señoría —lo interrumpió Jack—, en este punto presento a James Nathanson como un testigo experto en el campo de documentos cuestionados.

—Puede prestar declaración en calidad de experto —aprobó el juez Silver.

Para entonces había sido desplegada una pantalla enfrente de la vacía tribuna del jurado y volvieron a apagarse las luces. Apareció en la pantalla una diapositiva de dos carnets separados. En cada carnet había una fotografía de la cara de un hombre, debajo del cuello aparecía una fecha y una firma. Las fotos eran notablemente similares —y notablemente familiares para cualquiera que conociese a Mike Laszlo.

—¿Qué fecha lleva el carnet de la Sección Especial? —preguntó Jack, utilizando un puntero de madera para indicar el carnet de la izquierda.

—Uno de noviembre de 1944 —contestó Nathanson, ajeno a los murmullos de asombro que recorrieron la sala.

Jack señaló el segundo carnet de la pantalla.

—¿Qué fecha lleva el carnet de inmigración expedido después de la llegada a los Estados Unidos, el llamado carnet verde?

—Doce de febrero de 1952.

—¿Cuál es su conclusión con respecto a los dos documentos?

—preguntó Jack, para luego apartarse de la pantalla a fin de no obstruir el campo de visión del juez.

—Mi conclusión es que las fotografías son del mismo hombre, y las firmas son del mismo hombre: Michael J. Laszlo.

Mike exhaló ruidosamente y murmuró algo entre dientes, pero Ann, concentrada en el testimonio de Nathanson, no lo oyó. Le indicó mediante un gesto que guardase silencio. Hasta allí, habría podido escribir el guión de Burke, pero necesitaba estar alerta en caso de que saliese con alguna sorpresa.

—¿Ha examinado usted la autenticidad de la prueba número uno de la acusación, el carnet de la Sección Especial? —continuó Jack.

Ann se puso de pie de un salto. Esto era precisamente lo que había estado esperando.

—¡Protesta, señoría! La prueba número uno de la acusación *no* es un carnet de la Sección Especial.

El juez levantó escépticamente una ceja. La abogada de la defensa estaba hilando muy fino, y ambos lo sabían. Pero también era cierto que técnicamente tenía razón y él no podía denegar la objeción en base a que ella era demasiado puntillosa con la elección que Burke hacía de las palabras. De acuerdo, asintió con la cabeza.

—Se acepta.

Jack, sin embargo, había preparado a Nathanson para esta contingencia.

—He llevado a cabo un minucioso examen de la fotocopia que se me ha suministrado a fin de determinar si había tenido lugar algún tipo de alteración —explicó, tranquila y comedidamente como era su costumbre.

—¿Qué método ha utilizado?

—He estudiado el documento bajo un microscopio estereoscópico de baja intensidad para determinar el tono de fondo. Además, he realizado un estudio fotográfico usando diferentes filtros, diferentes tipos de película, diferentes condiciones de luz, en busca de alteraciones.

—¿Y a qué conclusión ha llegado?

—No existe alteración de ningún tipo. El documento es auténtico.

Auténtico.

La experta conclusión de Nathanson resonó como un eco en la repleta sala.

Jack dio las gracias a su testigo con una sonrisa de aprobación. Mientras volvía a su sitio, se dirigió directamente a Ann por primera vez desde que habían entrado en la sala del tribunal.

—Su testigo.

—Señor Nathanson —empezó Ann, a la vez que se encaminaba

a la barra de los testigos—, cuando dice usted que ha hecho un estudio fotográfico... quiere decir que ha hecho un estudio fotográfico de una fotocopia, ¿no es así?

—Sí —admitió él.

Ella estaba ahora sobre terreno seguro, y lo conducía por un sendero complicado y tortuoso que requería una mente rápida y lógica para seguirla.

—¿El hecho de que la prueba número uno de la acusación sea una fotocopia de un documento, y no el propio documento, supone algún inconveniente para usted?

—No me sentí limitado por la fotocopia —dijo él, después de mover la cabeza negativamente.

—¿Habría tenido más confianza en sus conclusiones si hubiese trabajado con el propio carnet, en lugar de hacerlo con una fotocopia? —preguntó ella.

Mack y Sandy intercambiaron miradas de complicidad. Un viejo truco de Ann: Hacer una pregunta para subrayar muchas veces un argumento, no porque esperase realmente que el testigo admitiese que sí, que habría preferido trabajar con el original en lugar de hacerlo con la fotocopia.

—Tengo tanta confianza en mis conclusiones sin el documento para autentificar el propio documento. ¿Es posible considerar la *textura* del propio documento?

El público se estaba impacientando. Habían llegado esperando explosiones de cólera y grandes dramas, pero no un tedioso intercambio sobre la validez de documentos originales contra fotocopias.

—La fotocopia, examinada microscópicamente, mostraría cualquier alteración en el papel —afirmó Nathanson.

—¿Puede usted dar fe de la autenticidad del propio papel, del propio documento, sólo con una fotocopia? —preguntó ella, mientras miraba al juez por el rabillo del ojo.

Nathanson titubeó por primera vez desde que había subido a la tribuna de los testigos.

—Indirectamente, sí.

—Indirectamente.

—Sí —repitió ella, dando la impresión de que volvía a estar segura de sí misma—. Usando el equipo estereoscópico.

Ella se precipitó sobre la puerta que él le había abierto.

—Pero la única forma de autentificarlo directamente es tener el propio documento.

Otro titubeo.

—Sí —dijo él de mala gana.

—Señor Nathanson las conclusiones a las que ha llegado usted hoy no son concluyentes, ¿verdad? —le espetó Ann, apenas disfrazando el triunfo en su voz.

—No sé a qué se refiere usted —dijo Nathanson, y lanzó una mirada de disculpa a Jack y Dinofrio, ambos con aspecto de estar muy molestos.

—Una huella digital, por ejemplo se equipara con otra huella digital... ¿Las conclusiones a las que ha llegado como resultado de sus pruebas no están en el mismo nivel que las huellas digitales?

—En mi opinión, sí lo están —dijo él, finalmente desconcertado.

—En su *opinión* —repitió ella dando un énfasis poco grato.

Sandy se dio una palmada en la rodilla entusiasmado. La chica había hecho sus deberes, y muy bien. Escudriñó entre los espectadores, en un intento de ver la reacción de Harry Talbot ante la actuación de Ann, pero había demasiadas cabezas entre ellos. No tenía importancia, Annie *Roble* había cargado y abrillantado sus armas.

—Sí —exclamó él, muy molesto por haber sido superado por aquella joven.

Cuando ella regresó a la mesa de la defensa, él respiró con un suspiro de alivio casi audible. Tenía ganas de acabar con esto para volver al hotel y comer.

Sin embargo, su alivio era prematuro. Ella pareció haber recordado otra pregunta, porque se volvió de repente y le preguntó:

—¿Señor Nathanson, es usted judío?

George se rió para sus adentros ante aquella audacia. El resto de los espectadores, Mike incluido, no podía contener su perplejidad ante semejante pregunta, descarada y fuera de lugar. Ni siquiera la actitud severa del juez Silver pudo evitar el brote de excitación que reinaba en la sala.

David puso los ojos en blanco ante la egregia falta de buen gusto de Ann. Su padre por otra parte sonreía admirado mientras consideraba cuánto le costaría conseguirla para su equipo. Al ritmo que llevaba, cuando hubiese acabado con el juicio ella podría poner su precio. Y lo valdría.

Jack ya se había puesto de pie.

—¡Protesto, señoría! ¡La religión del señor Nathanson no es relevante en este caso! —protestó.

—Tiene que ver con la objetividad del testigo, señoría —replicó Ann a la misma velocidad—. ¡Acaba de decir que estaba dando su opinión!

—Nos ha proporcionado conclusiones basadas en treinta años de experiencia en el Departamento de Justicia, dirigiéndolo durante diez años y teniendo que examinar miles de documentos —contestó Jack con vehemencia, ultrajado por su antisemitismo ligeramente encubierto. Estaba asombrado de que ella hubiese podido caer tan bajo. Pero el juez Silver más que nadie comprendería que no eran más que racionalizaciones patéticas.

Ante su asombro, el juez contestó en favor de Ann.

—Denegada. Puede usted contestar la pregunta —indicó al testigo.

—Soy cuáquero, pero soy judío por parte de mi padre —admitió Nathanson a regañadientes, como si compartiese la opinión de Jack de que aquella información era irrelevante.

—No hay más preguntas, señoría —dijo Ann, con un brillo de triunfo en su mirada.

—Suspendemos la sesión hasta mañana por la mañana —anunció el juez con un fuerte golpe de martillo. Con la toga arrastrando detrás de él, desapareció rápidamente por la puerta lateral que daba a sus despachos privados.

Apenas hubo desaparecido, los reporteros se precipitaron hacia la puerta y corrieron para llamar a sus periódicos o emisoras. Los otros espectadores, menos propensos a marcharse con prisas, intercambiaban comentarios e impresiones mientras se reunían con sus conocidos. Los más curiosos estiraban el cuello para echar una ojeada a la abogada defensora con su padre. Quienes conocían a la familia o estaban familiarizados con el proceso reconocieron a Karchy que se precipitaba hacia la mesa de la defensa.

La opinión de los eruditos judiciales era que Ann Talbot había ganado fácilmente el primer asalto. Esta idea era confirmada por la triste expresión de Jack Burke que permanecía sentado a su mesa, hablando con su colega. El día que había empezado tan bien para ellos, había terminado con una amarga e inesperada nota. Jack todavía estaba resentido por la última salida de Ann.

—El primer testigo, y su pregunta clave es: ¿Es usted judío? —murmuró a Dinofrio, que se encogió filosóficamente de hombros. A veces se gana, a veces se pierde. Claro, para Dinofrio era fácil estar tranquilo. Él sólo estaba de comparsa.

Entretanto, al otro lado del pasillo, Ann y Mike sonreían como dos gatos que acababan de zamparse el proverbial plato de leche. A Jack le dolía el estómago a causa de la rabia —o quizás era indigestión de la sustanciosa cena de la noche anterior. Sea como fuere aquellos húngaros resultaban ser un gran dolor más de una parte de su anatomía.

Contrariamente a lo que hubiese podido esperar Jack, Ann no celebró nada después del tribunal. Ciertamente había salido airosa aquella tarde, había tenido un par de rachas de suerte, sobre todo cuando Silver había aceptado la pregunta de la religión, sin embargo mañana sería otro día, con otra ronda de testigos, y eran estos testigos quienes la preocupaban en su camino de regreso a Wilmette.

Nathanson había sido un hueso relativamente fácil de roer. Pero tenía que prestar atención al contrainterrogatorio de las personas que Burke había hecho venir desde Hungría. Eran supervivientes, eran ancianos, y algunos no estaban muy bien de salud. Podía imaginar lo muy conmovedor que sería verlos y escucharlos contar sus experiencias. Si intentaba atacarlos con el mismo cuchillo afilado que había usado con Nathanson, Burke podría ganar el caso en un abrir y cerrar de ojos.

Sumida en las diferentes opciones, Ann era ajena a la conversación que se desarrollaba en el coche. Daba la impresión de que era la única que todavía tenía la mente en el proceso. Mike, que se había aflojado la corbata apenas salieron de la sala del tribunal, estaba sentado junto a Karchy en el asiento posterior, y discutían sobre las elecciones de la fábrica siderúrgica. George, que tenía sus propias y arraigadas opiniones sobre el tema, participaba en la polémica y discutía exaltada. Estaban a sólo tres kilómetros de casa cuando se encendió una lucecita en la cabeza de Ann y se metió en la conversación.

—George —dijo en voz baja, interrumpiendo a su amiga en medio de una frase—, quiero que te enteres dónde se alojan los testigos de Hungría. Quiero saber a quién ven. Quiero saber de qué hablan.

George lanzó un bufido.

—¿Cómo voy a enterarme de todo eso?

Era el mejor investigador privado de la ciudad, pero no era en absoluto un psiquiatra.

—¿Acaso no tienes tus recursos, George? —dijo Ann en tono persuasivo, sin dudar ni por un segundo que George era capaz de llevar a cabo esta misión. Hasta lo podría hacer ella misma, si tuviese tiempo. Pero no lo tenía y George era la experta espía, incluso si de vez en cuando necesitaba ser halagada para realizar tareas particularmente sucias.

—Pero hablarán *hón-garo* —indicó George, pronunciando mal la palabra deliberadamente; un buen signo. Si George era capaz de bromear con respecto a un trabajo, significaba que ya estaba empezando a pensar en cómo y cuándo encontraría la información.

—Yo entiendo el húngaro —le recordó Ann con una astuta sonrisa.

George tenía todavía cierto recelo. Era un asunto realmente sucio aquel del que estaban hablando. Si se lo hubiese pedido otra persona habría reaccionado antes de que el otro hubiese podido abrir la boca. Pero Ann era de la familia y el futuro de su padre, su vida estaba en juego. Comprendía que realmente no tenía mucha elección.

Una vez resuelta esta cuestión, una maliciosa sonrisa se dibujó en sus labios cuando contempló la parte logística. Dificultad... desafíos... pero en ningún caso imposible. Hasta podía llegar a divertirse.

A Karchy también le divertía la idea de la pobre George intentando descifrar las llamadas telefónicas en húngaro. Su hermana era una chica lista, pensó admirado. Por un momento, durante el juicio, la había mandado al cuerno, pero era evidente que sabía lo que se hacía; estaba bien. Soltó una risita maliciosa al recordar cómo había triturado a Nathanson como si fuese una galleta.

—¿Karchy? —dijo Mike de pronto—. Mañana te pones un traje. Además te sientas a mi lado, como Anni. Los dos sois hijos míos.

—Está en la tintorería, papá —le informó Karchy, sorprendido de que su padre se interesase de pronto por su vestuario.

—Ve a recogerlo, Karchy —intervino Ann, contenta de que Mike hubiese sacado el tema.

Y ahora que lo había mencionado, su padre tenía razón con respecto a que Karchy se sentase con ellos. Pero no, se estremeció, si llevaba aquella horrible cazadora. Había escuchado a Harry felicitar a Mike por tener una hija tan inteligente y con clase. Harry había dicho que decía mucho en favor de él. Daba buena impresión al juez. Pero ella se preguntó qué impresión habría causado Karchy al juez, si el juez sabía que Mike tenía un hijo del que estaba orgulloso.

Karchy frunció el ceño. Exactamente como en los viejos tiempos, cuando su padre y Annie arremetían contra él, porque no iba a la escuela, para que dejase de beber... no paraban de regañarlo. Él siempre había estado dividido entre disfrutar de aquel interés y atención y molestarse por la interferencia de su hermana pequeña. Sin embargo, desde el momento que resultaba más fácil decir sí que discutir con ellos, gruñó:

—De acuerdo, iré a recogerlo.

Y se puso a mirar por la ventana la oscuridad que descendía rápidamente.

Unos minutos después habían llegado a casa y ahí estaba Mike encestando en el camino de entrada cubierto de nieve, con el anorak desabrochado ondeando al viento. Ann lo saludó con la mano mientras bajaba del coche, y pensó: *¿Qué tiene de raro esta escena?* Luego lo comprendió: A aquella hora, especialmente cuando ella no estaba en casa para supervisar, él estaba profundamente absorto en el vicioso juego de «Nintendo» con uno de sus amigos.

—Hola, abuelo. Hola, mamá —exclamó alegremente, mientras se acercaba corriendo a saludarlos—. Hola, George —añadió—. ¿Te quedas a cenar, tío Karchy?

Ann se inclinó para darle un beso.

—¡Dios mío! —exclamó, inclinándose para ver más de cerca su

rostro. El chico tenía el ojo izquierdo magullado e hinchado y estaba empezando a tener todos los colores del arco iris.

—No es nada —se apresuró a decir Mike, dando media vuelta. Su gran preocupación era que el abuelo pudiese pensar que él era un débil o un mariquita porque le habían dado un puñetazo. No había sido una pelea justa, dos contra uno. Pero él había logrado lanzar también un par de puñetazos y uno de los chicos se había marchado con la nariz ensangrentada—. No me duele, de verdad que no me duele —mintió valientemente.

—Ven, que te lo voy a curar —dijo Ann cariñosamente, pudiendo apenas contener las lágrimas.

—Sólo ha sido una pelea, mamá —le aseguró Mickey, siempre sensible a las emociones de su madre. Sólo tenía ganas de olvidar todo aquel asunto—. Oye, abuelo —dijo astutamente—, ¿quieres jugar al «Nintendo»?

Anna veía claramente que su padre no tenía ningún interés en jugar, ni al «Nintendo» ni a otra cosa. Tenía el ceño tan fruncido, a causa del dolor y de una rabia mortal, que ella presintió que sólo quería aplastar y destruir algunas cabezas. Ella sentía lo mismo en su propia piel, porque también ella experimentaba aquella rabia. ¿Cómo se habían atrevido a tocar a su hijo?

Cuando Mike descargó de pronto su furia y golpeó el coche con el puño fue como si estuviese reaccionando por ambos.

—¡Maldita sea! —explotó—. ¡Hijos de puta! ¡Que se pudran en el infierno!

Cenaron pizza, que comieron rápidamente y en silencio la mayor parte del tiempo. Mike, que normalmente se comía sin problemas tres o cuatro trozos, renunció después de dos y pidió permiso para retirarse a su habitación. A pesar de sus protestas, Ann sabía que le habían hecho daño; tenía el ojo el doble de lo normal y apenas lo podía abrir. Ella sufría por él, pero sabía que él sólo se sentiría peor si ella lo trataba como un niño. Por ello, le dio dos aspirinas, lo instaló en la cama con una bolsa de hielo y prometió volver para charlar al cabo de un rato. Karchy y George se marcharon poco después, y Mike, que no paraba de bostezar, se retiró para leer el periódico húngaro. A solas con los platos, Ann agradeció aquella soledad, tranquilizada por aquella tarea intrascendente de meter los platos en el lavavajillas. Tirar los restos, pasar los platos bajo el grifo e introducirlos, así de simple. No era necesario perder un momento pensando. Se conformaría con que una parte de la vida se redujese a estos rituales fundamentales.

Suspiró mientras ataba la bolsa de basura. Por regla general, Mike era responsable de sacar la basura, pero aquella noche se había ganado la dispensa. Encendió la luz del porche, abrió la puerta posterior y salió, para ser recibida por una ráfaga de helado viento nocturno. Metió la bolsa de basura en el cubo de metal, cerró la tapadera y se apresuró a volver a entrar.

La oscuridad era particularmente inhóspita aquella noche. Cuando era pequeña había sido alimentada con una constante dieta de cuentos populares donde aparecían demonios y brujas que de noche iban en busca de sus víctimas humanas. Entonces no había tenido miedo, pero aquella noche no veía el momento de volver a entrar, para estar a salvo de los espíritus malignos que parecían estar acechando en los arbustos.

Un momento después, una vez echado el cerrojo, se rió de sus temores. De continuar así acabaría viendo fantasmas y llevando una pata de conejo para darle buena suerte. Recordó que, sin embargo, fuera había gente, gente de carne y hueso, no demonios o espíritus, que creía realmente que su padre era malo y debía ser castigado. Mike había recibido el primer golpe. Estaba decidida a que fuese el último que recibiese su familia.

Después de apagar las luces, subió a ver a su hijo. Éste estaba tumbado en la cama con la mirada fija en el vacío y la bolsa de hielo sobre su ojo.

—¿Cómo va? —preguntó ella, para sentarse después junto a él en la cama.

Él se encogió de hombros.

—Bastante bien —y abordó inmediatamente un tema que le interesaba mucho más.

—¿Puedo ir al juicio? —quiso saber, en un intento de obtener la aprobación de su madre.

Ann le acarició la cabeza. Su bebé.

—Tienes que ir al colegio...

—De todas formas, lo sé todo —interrumpió él, adivinando correctamente que dejar de ir al colegio no era el punto principal—. El abuelo me lo ha contado todo.

Extraño. Mike nunca le había dicho una palabra sobre el Holocausto y, hasta donde ella sabía, tampoco a Karchy.

—¿Qué te ha contado? —preguntó ella, curiosa por saber lo que él le había dicho a Mikey.

Éste se mordió nerviosamente el labio.

—Es un secreto, entre él y yo.

—¿A mí no me lo puedes contar? —le instó ella, sonriendo para sus adentros. Aquel par compartía más secretos que la CIA.

Él titubeó, mientras decidía si podía confiar en su madre. Su abuelo le había hecho jurar que no diría nada, pero aquella mano fría acariciando su palpitante frente lo convenció.

—Me dijo que todo fue una gran exageración... El Holocausto y todo eso. Que todo es un invento.

Estas palabras, que habían surgido de una forma tan inocente y despreocupada, la dejaron de piedra. Buscó desesperadamente una explicación. Tal vez Mikey no había entendido muy bien a su padre... por el acento. En ocasiones incluso ella tenía dificultad para comprenderlo.

—¿Te dijo esto? —preguntó, en la esperanza de que Mikey no advirtiese el temblor de su voz.

Mikey supo inmediatamente que había cometido un gran error. Se incorporó en la cama y se aferró al brazo de ella.

—¿No dirás nada, verdad?

Parecía tan desamparado que ella estuvo a punto de decirle que no se preocupase, que por supuesto no diría nada. Pero luego decidió que no, que el chico ya había escuchado demasiadas mentiras. No podía agravar el pecado de su padre contándole otra. Por ello guardó silencio, le dio un beso en la cabeza y fue en busca de su padre que ya estaba en su habitación, haciendo sus flexiones. Mientras doblaba los codos y bajaba el pecho hasta el suelo, respiraba pesadamente y contaba en voz alta.

—¿Cómo has podido decirle una cosa así? —le preguntó furiosa, en voz alta y chillona.

Él levantó la mirada hacia ella, luego dejó caer su cuerpo al suelo.

—¿Qué he dicho? —preguntó.

—A Mikey, sobre el Holocausto —dijo ella, escupiendo las palabras.

—Yo no le he dicho nada —replicó él, mientras se levantaba despacio y se frotaba las manos para quitarse el polvo.

Ella tenía los ojos llenos de lágrimas y el corazón le latía tan salvajemente que pensó iba a caerse desmayada.

—¡Papá, no me mientas!

—No te miento. No he dicho nada —dijo él, a la vez que hacía gestos airados con las manos como si estuviese ahuyentando su acusación.

—Sí, me mientes —insistió ella con los dientes apretados—. ¡Él me lo ha dicho!

Se miraron uno al otro, ella, pálida y temblorosa; él, con la cara roja por el esfuerzo de controlar el genio y la lengua.

—¡No ha sido él, mamá! —llegó la voz de Mikey—. Fue el abuelo Talbot.

Estaba en la puerta, y su ojo izquierdo hinchado era una insignia de valor. Sofocando un sollozo, lanzó una rápida mirada a su abuelo, luego volvió a mirar a su madre para ver si lo había creído. Por favor, le imploraba. No lo estropees todo entre el abuelo y yo.

—Vete a la cama, Mikey —fue todo lo que ella dijo.

—Has dicho que no dirías nada —le reprochó él con los ojos llenos de lágrimas. Y si el abuelo deja de quererme, será casi tan malo como cuando tú y papá os divorciasteis.

Luego se volvió y salió corriendo de la habitación, la viva imagen del niño traicionado y desamparado aferrado a su bolsa de hielo.

—¿Crees que te miento, pequeña? —dijo Mike, con voz ronca de emoción.

Ella no sabía qué pensar. Quería desesperadamente creerlo, quería creer a Mikey. Salvo que, entonces, tendría también que creer que fue Harry quien había proporcionado aquella terrible información a Mikey. ¿Y por qué demonios le había contado a Mikey semejantes historias? A menos que pensase que eran ciertas... lo que era imposible. ¿Cómo podía él pensar así?

De pronto fue inundada por una ola de vergüenza tan densa que pensó iba a ahogarse en ella. ¿Qué tipo de hija horrible era para acusar tan de prisa a su padre, cuando el culpable era su ex suegro? ¿Por qué uno era más creíble que el otro? ¿Un armario lleno de trajes caros? ¿Una limusina? ¿Un nombre que abría instantáneamente todas las puertas? ¿O, sin saberlo, se estaba poniendo de parte del Gobierno?

—¿Crees que te miento, Annie? —repitió Mike, consciente de que el resto de su vida dependía de su respuesta.

—No, papá —dijo ella, acercándose para ser rodeada por los brazos de él—. Lo siento, papá. Lo siento.

[illegible] momento que se abrió [illegible]

[illegible] tuvo que e[illegible]

[illegible] seguía en [illegible]

[illegible] acuerdo [illegible]

CAPÍTULO XI

El escenario en la sala del tribunal el segundo día del juicio era bastante similar, a excepción de la presencia de Karchy junto a Mike en la mesa de la defensa. Jack lo vio e inmediatamente lo reconoció por las fotografías que había visto de los Laszlo; también observó cómo se agitaba incómodo dentro de su traje. Así que había sacado a la familia en pleno, en consideración al juez Silver. Faltaba el nieto. Probablemente tenían al chico en reserva, por si se sentían lo bastante desesperados para una chiquillada.

Jack sonrió satisfecho cuando el alguacil anunció que se abría la sesión y el juez tomó asiento. Aquella mañana había sido magnífica y había tenido una buena sorpresa; y no veía el momento de hacérselo saber a la abogada de la defensa.

No tuvo que esperar mucho rato. Al juez Silver le gustaba entrar en seguida en materia.

—Puede usted llamar a su siguiente testigo, señor Burke —dijo él.

Jack se puso de pie.

—¿Podemos vernos en su despacho, señoría?

El juez pareció momentáneamente sorprendido, luego asintió con la cabeza.

—De acuerdo.

Mike tiró de la manga de Ann.

—¿Qué está pasando, Anni? —murmuró, nerviosamente.

—No lo sé —le dijo ella, intentando ocultar su preocupación. Con un gesto, indicó a Karchy y a George que tranquilizasen a Mike, a continuación se apresuró a seguir a Jack y al juez Silver a las oficinas de este último situadas detrás de la sala del tribunal.

—Tengo buenas noticias, señoría —anunció Jack apenas se hubieron sentado—. El Gobierno húngaro ha proporcionado el original del carnet de la Sección Especial a los peritos del Departamento de Justicia de Washington.

Lanzó una mirada a Ann. Para su satisfacción, ella parecía estar tan asombrada como él había esperado.

—Muy bien, tal vez esto lo aclare todo —observó el juez Silver—. ¿Tiene usted alguna objeción con esto, señora Talbot?

—No, Señoría —empezó ella, furiosa de que este giro de los acontecimientos la hubiese cogido con las manos vacías. Qué bien le iba a Burke... demasiado bien. Y qué bien para él que Silver lo hubiese aceptado sin dificultad. Bien, pues vamos a aclararlo. Estas «buenas noticias» olían a podrido como pescado de la semana anterior, y ella no iba a pretender que no le molestaba el hedor—. Sí, Señoría, tengo una objeción —indicó ella, volviéndose para dirigirse directamente a Jack—. Por lo que he sabido de uno de sus testigos, se han traído algo en la maleta desde Budapest. ¿Quién está llevando el caso, usted o ellos?

—Qué cosas tiene —dijo él con desprecio y disfrutando de su evidente angustia. La trampa estaba puesta y él no veía el momento de activarla—. Hace meses que trabajamos con las embajadas para conseguir el carnet original. Ha estado tan preocupada por la fotocopia que ahora debería saltar de alegría.

¡Hecho! Él se reclinó en el asiento y se puso a observar los esfuerzos de ella para salir del apuro. Eran infructuosos y ella lo sabía.

—Primero haré que lo examine su experto en documentos forenses —decidió el juez—. ¿Bastará una semana?

Ella se rindió elegantemente. No tenía otra opción.

—Gracias, Señoría.

El juez miró a Jack.

—No tengo ninguna opción —dijo Jack alegremente, con la sensación de que acababa de desquitarse del Sangre de Toro. Y esto era sólo el principio del final del caso de Ann.

Volvieron a la sala del tribunal y continuaron donde lo habían dejado.

—Llamamos a Istvan Boday, Señoría —anunció Jack.

Boday era un anciano de aspecto frágil susceptible de caer ante la mínima ráfaga de viento. Llevaba un traje dos tallas mayor; podía haber sido prestado, o tal vez le había sentado bien en otro tiempo, mucho tiempo atrás, cuando era más joven y más gordo. Inclinado sobre su bastón se detenía para descansar cada dos o tres pasos mientras recorría arrastrando los pies el pasillo, sin mirar ni a la izquierda ni a la derecha.

Ann observó la mirada de su padre cuando Boday pasó por delante de la mesa de la defensa. No pudo detectar ni siquiera un destello de reconocimiento en la expresión de Mike.

Por fin Boday llegó a la tribuna de los testigos y el alguacil se adelantó.

—¿Jura usted ante Dios decir la verdad, toda la verdad y nada más que la verdad? —recitó este último, mientras sostenía una Biblia para que Boday prestase el juramento.

—Sí, lo juro —replicó Boday con una voz apenas audible y colocando una mano temblorosa sobre la Biblia.

El juez Silver se inclinó hacia delante y preguntó:

—Señor Boday, ¿habla usted inglés?

—Un poco.

—Si usted prefiere hablar húngaro, podemos utilizar los auriculares —ofreció el juez amablemente.

—Intentaré inglés —dijo Boday, moviendo la cabeza.

Jack se acercó bastante a la barra de los testigos a fin de que Boday no tuviese dificultad para oírlo. Había llegado a admirar a aquel hombre en el corto tiempo que habían pasado juntos repasando el testimonio de Boday. Aunque era físicamente frágil y débil, tenía una fuerza interior forjada en los fuegos del infierno. Y había estado esperando aquel momento durante más de la mitad de su vida.

—¿Dónde reside usted, señor Boday? —dijo Jack, sonriendo de forma alentadora.

—*Budapesht*, Hungría —replicó Boday, dando al nombre de la capital su pronunciación húngara.

Jack entró rápidamente en el meollo del testimonio.

—¿Dónde vivía usted en diciembre de 1944, señor Boday?

—En gueto, *Budapesht* —dijo Boday, a la vez que fijaba sus azules ojos acuosos en algún punto invisible de la sala—. Nuestra familia... tener que ir a gueto. Era una orden.

—Señor Boday, ¿puede usted describirnos los acontecimientos que tuvieron lugar el 14 de diciembre de 1944? —preguntó Jack amablemente.

Boday asintió con la cabeza, pero cuando abrió la boca, nada salió de ella. Se aclaró la garganta y empezó a hablar muy despacio.

—Era noche. Siete horas. Todos en una habitación. Mi madre, padre, mi hermano. Mi esposa, Clara. Mi hijo.

—¿Cuántos años tenía su hijo?

—Siete años —dijo Boday, y a continuación cambió de postura en un intento de estar más cómodo—. Llegaron...

—¿Quién llegó, señor Boday?

—La Sección Especial. Entraron, ametralladora, uniformes. Negros. Todos negros —titubeó un momento, a continuación respiró profundamente y reanudó su historia—. En brazo, ¿cómo decir? Insignia. Cruz. Cruz Flechada.

—¿Tenía usted conocimiento de la Sección Especial? —prosiguió Jack rebuscando en la memoria de Boday de forma tan delicada como si de un retoño de cerebro se tratase.

—Sí. Nosotros ver. En gueto no poder entrar soldados, pero Sección Especial entrar en todas partes.

—¿Cuántos eran, señor Boday?

—Cuatro. Dos líder. Uno tener cicatriz en cara, otro, gran jefe. Mishka.

—¿Su nombre era Mishka? —dijo Jack, alzando el tono de voz. Quería estar seguro de que todos los presentes pudiesen oírlo.

—Sí —dijo Boday, asintiendo con la cabeza—. Lo llamaban Mishka.

—¿Qué significa Mishka en húngaro? —preguntó Jack, a la vez que daba unos pasos hacia la mesa de la defensa.

—Mike. Nombre para Mike.

—¿Qué hicieron, señor Boday?

—Mishka —dijo Boday, cuya voz temblaba ligeramente—, hablar mucho. Dijo: «Vosotros tenéis joyas, diamantes. Todos los judíos tenéis oro. Dádmelo.» Mi padre decir: «No tenemos nada.»

—¿Qué pasó entonces, señor Boday? —preguntó Jack muy amablemente.

El anciano se estremeció al recordar.

—Mishka... coger a mi mujer, a mi Clara. Dijo: «Abre la boca, cerda.» Ella gritó, lloró. Él cogerle la boca, abrirle la boca con mano. Miró dientes. Se rió. Dijo: «Llena de oro.»

Una corriente de conmoción recorrió la sala.

—¿Qué quería decir? —puntualizó Jack.

—Ellos llevarse, robar, todo. Joyas, cuadros, muebles, dientes. Todo —añadió Boday a su relato.

—¿Qué pasó entonces?

—Nos sacaron del gueto. Mucho frío. Nieve. Caminamos por la calle. Mi madre cayó. Uno de ellos, no Mishka, la pegó en cabeza con rifle. Seguimos caminando. No volvimos a ver a mamá. Se quedó en la calle.

—¿Dónde los condujeron a ustedes?

—Nos llevaron al Duna, al embarcadero, Danubio. Junto al puente Lanchid. A la orilla. Allí mucha gente. Judíos. Mishka reírse, nosotros caminar. Él dijo: «Todos vosotros os vais a dar un baño. El agua fría mata las pulgas.»

—¿Qué pasó en la orilla del Danubio, señor Boday?

—Dijeron ponernos muy cerca, uno frente a otro. Tres y dos. Mi padre, yo, mi hijo. Mi hermano, mi Clara —replicó Boday, todavía mirando en la distancia, como si estuviese viendo la escena de nuevo representada frente a él—. Nos apretamos. Ellos coger alambre, ellos rodearnos con alambre, dos grupos. Muy apretado. No poder movernos.

El silencio en la sala era absoluto. Nadie se movía o parecía siquiera respirar. Con dedos temblorosos Boday cogió el vaso que tenía delante y bebió unos sorbos de agua, derramando algunas gotas en la barandilla de madera de la tribuna de los testigos.

—Nos empujaron hasta el borde del embarcadero del río. Mishka decir: «Lo siento, no tenemos suficientes balas.»

Se interrumpió de nuevo y respiró profundamente. Después de otro trago de agua continuó:

—Él sacar pistola. Ponerse detrás de mi Clara. Decir: «Una para ti, cerda.» Disparó. Ponerse detrás de nosotros. Poner pistola en cabeza de mi padre. Disparar. Luego empujarnos al Duna.

Alguien entre el público suspiró ruidosamente. Otros sollozaban y buscaban en sus bolsillos y bolsos pañuelos de papel para ocultar su llanto.

—¿Disparó a su padre en la cabeza y los arrojó a los tres al río?

—Sí —dijo Boday débilmente, volviendo la mirada hacia Jack—. Empujó desde borde. Estábamos atados juntos. No poder movernos. Duna muy frío. Ellos pensar que todos morir.

—¿Cómo consiguió usted sobrevivir, señor Boday?

Boday se encogió de hombros con desaliento.

—No lo sé. Me sentí muerto. No poder moverme. Ser arrastrados al muelle. Logré liberar una mano, sacar alambre. Padre muerto. Hijo muerto. Yo no ver Clara ni hermano. Ellos también muertos.

—Señor Boday. ¿Es éste el hombre que disparó contra su padre y esposa y los arrojó al río? —preguntó Jack.

Señaló la fotografía de Mike de su carnet de la Sección Especial, que aparecía en la pantalla a la izquierda de Boday.

Boday volvió despacio la cabeza y miró la foto.

—Sí, éste es Mishka —afirmó sin un momento de titubeo.

—¿Alberga usted alguna duda de que sea el mismo hombre, señor Boday? —lo instó Jack, mientras rezaba para que Boday repitiese la contestación que había dado en su declaración jurada.

El anciano se irguió en la silla y habló con absoluta seguridad.

—Lo veo hace cuarenta y cuatro años, cada noche que cierro los ojos. Es *Mishka.*

Jack le dio las gracias con una inclinación de la cabeza. Un trabajo bien hecho.

—No hay más preguntas, Señoría. Su testigo.

Ann se levantó despacio para dar comienzo al contrainterrogatorio. Aunque ya había leído el testimonio de Boday, tres o cuatro veces, había sido doloroso en extremo oírselo contar en persona. Y había motivo para ello, se dijo para sus adentros, mientras se acercaba a la barra de los testigos. Era una historia horripilante, y ella no tenía intención de sembrar dudas sobre su autenticidad. Por otra parte, no podía permitir que Boday se marchase sin poner en duda su memoria con respecto al hombre que había matado a su familia.

La mano de Mike, cuando ella se la apretó para darle ánimos, estaba fría y húmeda de sudor. Asimismo, perlas de sudor punteaban su frente. Ella había intentado advertirlo sobre lo que iba a escuchar en el tribunal. Había intentado que leyese alguna de las historias, incluida la de Boday. Y esto era sólo el principio.

Cuando llegó a la altura de la barra de los testigos, casi se le rompió el corazón. Boday era tan viejo y frágil, como una rara figura de porcelana que debía ser tratada con el mayor de los cuidados. Según su propio relato, ya había pasado por las más atroces de las torturas. ¿Cómo podía aumentar este dolor? ¿En qué tipo de persona la convertía?

Jugó nerviosamente con su anillo de ópalo, su piedra natalicia, que había empezado a ponerse de nuevo después del divorcio. Otro regalo de su padre —y de Karchy— cuando fue la segunda de su clase en el Instituto. Lo había elegido su padre. Estaba muy orgulloso de ella.

¿Qué clase de persona era? Del tipo que haría cualquier cosa que estuviese en su mano para salvar la vida de su padre.

Este pensamiento la impulsó a enfrentarse a Istvan Boday.

—¿Quiere usted hacer una pequeña pausa antes de que empecemos, señor Boday? —ofreció amablemente, más por ella que por él.

Él movió la cabeza, no, y la escudriñó como si estuviese intentando encontrar en su rostro un parecido con el hombre a quien le habían pedido que identificase en la fotografía de la Sección Especial.

—Señor Boday —empezó ella, sin dejar de dar vueltas al anillo—, ¿cómo ha identificado a mi padre como al hombre que hizo todo aquello a su familia?

—Fueron a verme hace seis meses, enseñarme fotografía —contestó él, de forma terminante, a la vez que intentaba que no se notase el desprecio que sentía por la hija de su verdugo.

Ella hizo un esfuerzo para ahogar su excitación.

—¿Le llevaron su fotografía y usted dijo que era el hombre?

Jack comprendió inmediatamente adónde quería llegar ella y se puso de pie de un salto.

—¡Protesto, Señoría! El testigo no se ha expresado bien —afirmó, decidido a que Ann no se saliese con la suya.

—¡Está instruyendo al testigo, Señoría! —replicó Ann, igualmente resuelta a ganar aquel punto.

—Señor Burke, su protesta queda denegada —anunció el juez

Silver—. Pero quiero pedirle, señora Talbot, que en el futuro formule sus preguntas con más cuidado. Por favor, continúe, señor Boday.

—Me enseñaron muchas fotografías, de mucha gente —dijo Boday, malhumorado, molesto por el odioso intercambio entre los dos abogados.

—¿Quién le enseñó las fotografías, señor Boday? —preguntó Ann, escogiendo minuciosamente las palabras.

—Fueron cuatro —contestó él, e hizo una pausa para recordar—. Señor Burke, hombre de embajada americana, hombre de Ministerio del Interior húngaro, e intérprete.

—¿Qué le dijeron? —dijo ella, en voz baja.

Boday frunció los labios pensativamente, mientras recordaba cómo los hombres habían entrado en tropel en su diminuto apartamento de una habitación para hablar con él. Ni siquiera había sitio para que todos estuviesen sentados.

—Señor Burke, decir él investigar criminal de guerra. Encontrar en las Naciones Unidas mi declaración jurada de lo que pasó. Dijo pensar tenían hombre.

—¿Y entonces le enseñaron algunas fotografías?

—Sí —dijo Boday, asintiendo con la cabeza. Así era exactamente como había sucedido.

—¿Cuántas fotografías había, señor Boday? —quiso saber Ann.

—Muchas —replicó él, a la vez que se preguntaba qué importancia tenía aquello, por qué ella se preocupaba por la cantidad. Lo que era importante eran los hechos... Su padre era un asesino. Aquel hombre... sentado justo frente a él. Incluso sin mirarlo, Boday tenía la impresión de que Mishka lo observaba como si fuese un fantasma que había ido a turbar sus sueños. Y así era... pues habiendo asesinado a su familia, Mishka también lo había despojado a él de la vida. Todos aquellos años había llevado una existencia gris, llena de oscuros recuerdos de lo que podía haber sido. De no haber sido por aquel hombre...

—¿Señor Boday? —repitió Ann—. ¿Cuántas? ¿Diez, veinte, cien?

Irritado por su insistencia, él le lanzó números.

—Doce... quince.

—¿Cuántas? ¿Doce o quince? —persistió ella.

—¡Protesto, Señoría! —replicó Jack—. Está acosando al testigo.

El juez Silver no necesitó pensarlo dos veces para contestar:

—Se aprueba —declaró, y miró preocupado al testigo.

Pero Boday era más fuerte de lo que parecía, y había ido preparado para lo peor.

—No recuerdo —informó resueltamente a Ann.

—No lo recuerda —repitió ella, para luego cruzar los brazos y sumirse aparentemente en profundas reflexiones. A continuación preguntó—: Señor Boday, ¿cómo le exhibieron las fotografías?

Él ladeó la cabeza, confundido ante aquella palabra desconocida para él.

—¿*Exhibieron?* No comprendo.

—Cómo se las enseñaron, señor Boday —explicó Ann.

Por un momento le había recordado a su padre, cuyo dominio del idioma era imprevisible. ¿Cuántas miles de veces había tenido que traducirle palabras y expresiones?

—Ellos poner sobre la mesa —le dijo Boday.

—Y de estas doce o quince fotografías sobre la mesa, ¿dónde estaba la fotografía de mi padre?

—No recuerdo exactamente.

Lo que recordaba era que habían extendido las fotografías sobre la mesa, a la que sólo podían sentarse dos personas. La bombilla que había encima se había fundido aquella mañana, y alguien —¿el intérprete?— había acercado la lámpara del rincón.

Ellos permanecieron inmóviles detrás de él, mirando por encima de sus hombros, y, cuando él señaló inmediatamente la fotografía de Mishka, insistieron que no debía precipitarse. Le dijeron que se tomase tiempo, para estar seguro. Estaba seguro. Jamás podría olvidar aquel rostro. ¿Pero dónde estaba la fotografía del padre de ella entre todas las fotografías? Vaya pregunta. Decidió que debía de estar loca, como su padre.

—¿Tampoco recuerda esto? —insistió Ann, no carente de amabilidad—. Dígame, ¿estaba entre las otras? ¿Estaba separada? ¿Estaba encima? —añadió, y su tono sugería que estaba intentando ser lo más colaboradora posible.

—No, entre las demás. Una de muchas —dijo él, desdeñosamente.

—¿Eran todas las fotografías del mismo tamaño, señor Boday?

—Sí.

—¿Tenían los hombres de las fotografías que le enseñaron la misma edad? —preguntó, y por el rabillo del ojo, miró a Harry, que irradiaba aprobación.

—Sí —contestó él—. Todos jóvenes... como Mishka.

Jack sonrió. Laszlo le había arrancado el corazón, pero estaba claro que no había matado el espíritu de aquel tipo. Bien. No se podía pedir más a un testigo.

Ann se acercó a la barra de los testigos, lo suficiente para ver el brillo de odio en los ojos del hombre.

—¿Cuánto tardó usted en reconocer la fotografía, señor Boday?

Él se encogió de hombros. Suponía que podría recordarlo si hacía un gran esfuerzo, pero era una pregunta estúpida, no merecía que gastase energía.

—Ha dicho usted que ha soñado con él todas las noches durante cuarenta y cuatro años. Ha dicho usted que no podría olvidar —lo presionó Ann—. Entonces, *dígame cuánto tardó.*

Hija de un asesino, pensó él. Hubo un tiempo en que él y Clara habían soñado que su hijo fuese abogado. Difícil, si no imposible, para un judío en Hungría. Hasta que los nazis habían subido al poder. Los nazis y Mishka habían imposibilitado que su hijo llegase a ser nunca nada, aparte de un recuerdo doloroso y querido.

—No recuerdo exactamente —contestó, articulando cada palabra como si estuviese hablando con una persona sorda.

—¿Tampoco recuerda usted esto? —repitió Ann, con un tono de voz lleno de incredulidad—. ¿Puede usted decírnoslo aproximadamente, señor Boday?

—Unos cinco segundos —dijo él, en un tono áspero, y apretó tan fuerte el bastón con los puños que los nudillos se le pusieron blancos.

Ella tuvo la sensación de haber caído en una emboscada. Los espectadores también lo presintieron. Contestaron con apagados aplausos o abucheos, según el lado en el que se encontraban. El juez Silver golpeó su martillo, llamando al orden, y el murmullo se desvaneció. No ocurrió lo mismo con la rabia de Ann —tanto consigo mismo como con Boday—, lo que hizo que contraatacase rápidamente, de forma irreflexiva.

—¿Es usted miembro del partido comunista húngaro, señor Boday? —preguntó, segura de haber dado con el talón de Aquiles.

Jack no dudó un momento en ponerse de pie.

—¡Protesto, Señoría! ¡Irrelevante e insustancial!

—¡Afecta a su credibilidad como testigo objetivo! —replicó Ann, con vehemencia—. Señoría...

Boday no esperó que el juez decidiese quién tenía razón. Había hecho un largo viaje desde Hungría y las dos últimas noches pasadas en el hotel no había dormido bien. La cama era demasiado dura, en la habitación hacía demasiado calor, de las calles de la ciudad llegaba un ruido espantoso de bocinas estridentes y sirenas.

Era un hombre viejo y ya estaba harto de que aquella joven, que hablaba con tanta dulzura que uno casi olvidaba la daga de su mano, lo estuviese hostigando. Aunque fingía no saberlo, ella sabía que su padre era un bastardo asesino nazi, que no se merecía otra cosa que ser puesto contra el paredón y ser fusilado. En aquellos momentos sólo quería estar muy lejos de ella, de Mishka y de todas aquellas preguntas estúpidas, como que si era miembro de partido.

—No —dijo, con una voz llena de desdén—. No gustarme comunistas. Ellos saben a mí no gustan. ¿Qué me pueden hacer? Soy viejo, no tengo familia. *Nadie* puede hacerme más daño.

Se miraron uno al otro como si estuviesen solos en la sala. Por la mente de Ann empezó a vislumbrarse una idea, pero desapareció antes de tomar forma. Quería preguntarle otra cosa... Pero no pasaría, por ello se limitó a decir:

—No hay más preguntas.

—Haremos una pausa de una hora para comer —anunció el juez Silver. Había sido un testimonio largo y difícil para todos los involucrados. Lo que necesitaba ahora era comer algo y una hora a solas con un concierto de Mozart como música de fondo.

Sin embargo, había como mínimo una persona en la sala contenta con el resultado de la mañana. Con gran satisfacción, Jack contemplaba la escena de una obviamente preocupada Ann intentando tranquilizar a sus desalentados padre y hermano.

—Ésta ha dado un buen resbalón —le dijo a Dinofrio, y se adelantó para ayudar a Boday a salir de la sala.

—Georgine Wheeler, por favor —dijo Ann, con el auricular en una mano y un lápiz en la otra. Sentada en la esquina de la mesa, golpeaba impaciente el suelo con el pie mientras la persona al otro lado de la línea iba en busca de George. Mientras esperaba, escribió unas rápidas y casi indescifrables notas para sí misma, preguntas para George, preguntas para papá, instrucciones para la canguro de Mikey sobre la cena.

La taza de café que se había llevado se enfriaba delante de ella y el aire estaba lleno de olor a ajo —encurtido de ajo y salami picante al ajo, la idea de Karchy sobre una comida bien equilibrada y fortalecedora. Era el único de los tres que tenía apetito aquella tarde. Ella estaba demasiado tensa para pensar en comida y Mike yacía derrumbado en la silla, mirando al vacío.

Pero Karchy, fiel a su filosofía, «Hay que comer, a pesar de todo», estaba devorando su salami con pan de centeno con gran gusto.

—Es un buen salami —anunció, a nadie en particular—. Eh, papá —dijo, mientras levantaba un paquete envuelto en papel encerado—, ¿quieres un bocadillo de salami? Yo me tomo otro.

Mike miró sombríamente a su hijo, sacudió la cabeza y volvió a retirarse detrás del muro de silencio.

—Hola, Mishka —dijo Harry, entrando en la habitación y extendiendo la mano—. ¿Cómo lo llevas?

—Bien, Harry —dijo Mike, que había intentado sonreír pero se había estremecido ante el «Mishka». Hacía años que Harry utilizaba esta versión de su nombre, pero de repente le hirió los oídos.

Ann saludó a Harry con un gesto de la mano, pero su cabeza estaba en otra parte. Aquella mañana le había dejado un mal sabor de boca y el testigo de la tarde probablemente ofrecería el mismo tipo de testimonio desgarrador. ¿Cómo iban a ganar con aquellas historias? ¿Hasta dónde podría escuchar el juez Silver sin resolverse contra su padre?

—Venga, George —murmuró con urgencia en el auricular, arrenpentida de no haber quedado previamente con ella. ¿Dónde estaba con la información que Ann necesitaba? No podría soportar otra sesión como la que acababa de pasar.

A través de la línea llegó una voz apagada que hablaba con alguien.

—¡Georgine Wheeler! —dijo Ann, en un tono brusco, a fin de llamar la atención de la persona que estaba hablando. ¿No había nadie allí?

Karchy se había contagiado de la tensión de Ann y ahora estaba empezando a dejar escapar su amargura por lo que se había visto obligado a escuchar.

—No comprendo qué demonios está pasando aquí —se lamentó a Harry en voz alta—. ¡Quiero decir, Jesús, preparan a un viejo de ideas anticuadas, lo sacan de su casa de retiro, y él cuenta toda esa *mierda*...! ¡Por los clavos de Cristo! A ese tipo ni siquiera le darían el permiso de conducir en esta país. ¡No, mierda, ni siquiera le darían un maldito permiso de conducir!

Sintiéndose mejor después de haber dado su opinión, recordó los buenos modales y dijo:

—Eh, Harry, ¿quieres un bocadillo de salami?

—¿Estás de broma? —dijo Harry, y las patricias ventanas de su nariz fulminaron. Karchy debería saber que comer aquello era envenenarse. El salami era para gente demasiado ignorante o arrogante para comprender que el colesterol era mortal. Harry atribuía su longevidad y su salud a una dieta sana y sin grasas, un tema sobre el que podía extenderse durante horas.

Sin embargo, la educación de Karchy podía esperar un momento más oportuno. Había asuntos mucho más apremiantes que tratar en aquellos momentos: en primerísimo lugar, el evidente desaliento de Mike.

—El problema es que —opinó con fuerza, lanzándose en otro de sus temas favoritos—, esos patanes de Washington están ahora completamente llenos de mierda, ávidos de cristal y no paran de construir «Hiltons»... ¡Esto jamás habría llegado a los tribunales en los años cincuenta!

Mike asintió con la cabeza de forma automática, y dejó a Harry preguntándose si había oído una sola palabra de lo que acababa de decir. De cierto no era propio de Mishka estar ahí inmóvil y silencioso como un muñeco, en lugar de replicar con uno de sus maravillosos comentarios antiliberales (en el peor de los casos, como partidario de la American Civil Liberties Union). ¿Pero quién podía culparlo cuando acababa de ser sometido a aquella dura prueba?

Pero Ann no se sentía tan retraída. Tenía una espina clavada en el corazón y así se lo quería hacer saber. Cubrió el auricular con una mano y le espetó:

—¿Cómo pudiste decirle aquello a Mikey?

—¿Qué le he dicho? —preguntó Harry, cogido por sorpresa.

—Sobre el Holocausto —dijo ella.

—No sé de *qué* estás hablando —replicó Harry, todo inocencia—. Mikey y yo no hablamos de política.

Ann dirigió una mirada insegura de Harry a su padre. Uno de ellos debía de estar mintiendo, pero...

Su especulación fue interrumpida al irrumpir George en la habitación, resplandeciente de entusiasmo.

—Te he estado buscando —dijo Ann rápidamente, a la vez que la llevaba a un rincón en busca de tranquilidad. La mirada del rostro de George le dijo lo que necesitaba saber, pero quería los fríos y duros hechos, que George llevaba en la mano en forma de una hoja de tamaño legal con nombres y números. Se pusieron muy juntas, para revisar la información y establecer una estrategia.

Harry las miraba, mientras se tocaba los fruncidos labios con un deseo, pensativamente. Había caminos para seguir... personas que podían ser consultadas... Se dijo precavidamente que era preferible esperar. Ver cómo se desarrollaban los acontecimientos. No entrometerse hasta que se lo pidiesen.

—Adoro el salami —observó Karchy, para luego dar un gran mordisco a su segundo bocadillo—. ¿Te gusta el salami, Harry? —preguntó, rompiendo el hilo de los pensamientos de este último—. Anda, ven, yo no me voy a comer todo esto. ¡Coge!

Con la mirada suficiente del hombre que está a punto de iniciar a un amigo en los placeres de la carne, metió a la fuerza el bocadillo en la mano de Harry. Éste cogió el presente con la punta de los dedos, mostrando el mismo entusiasmo que si acabasen de ponerle entre las manos un ardiente excremento de perro. No resultaba difícil leer la curva de sus labios; parecía estar pensando: *Qué gente. Realmente es de otra raza.*

Judit Hollo era una mujer diminuta y encorvada de unos setenta años, e iba vestida de negro de los pies a la cabeza —un vestido negro que le llegaba casi hasta los tobillos, un jersey negro abrochado hasta el cuello, calcetines negros y zapatos con cordones. Hasta la *babushka* que llevaba atada bajo la barbilla para cubrir su pelo gris era negra.

Cuando Ann la vio, su primer pensamiento fue para Baba Yaga, la bruja que tan a menudo aparecía en los cuentos de hadas eslavos de su infancia. Pero, si bien Baba Yaga era normalmente una criatura temible que se comía a los seres humanos, Judit Hollo no sólo parecía inofensiva, sino que podía ser catalogada como una especie de abuelita entrañable. De hecho, no estaba muy lejos de la abuela de fantasía que Ann se había creado cuando tenía tres o cuatro años y comprendió por primera vez que no solamente era huérfana de madre, sino también de abuelos.

Mientras la dama se instalaba en la tribuna de los testigos y se ponía los auriculares que le habían proporcionado, sus ojos color marrón uva no dejaron de brillar en el arrugado y envejecido rostro.

El juez Silver, a quien la dama parecía haber conmovido (Ann pensó que tal vez él tampoco había tenido nunca una abuela), sonrió al inclinarse para hablar con ella.

—Le serán traducidas las preguntas, señora, y sus respuestas nos serán traducidas a nosotros —explicó—. ¿Me están traduciendo ahora?

La risa de ella se convirtió en una sonrisa, y asintió con un gesto de la cabeza.

—Bien —dijo el juez. Se colocó los audífonos e indicó a Jack que empezase.

—¿Dónde vive, señora Hollo? —preguntó Jack.

—En Budapest, Hungría —contestó ella, con voz alta y trémula.

—Señora Hollo —prosiguió Jack, sin perder un segundo—, ¿dónde estaba usted la tarde del 11 de enero de 1945?

—Fui a trabajar. Trabajaba en una tintorería. Aquel día me fui pronto del trabajo porque los bombardeos eran especialmente fuertes. Mi casa estaba a sólo medio kilómetro de mi casa, más o menos. Pasé por la plaza Calvino. Muchas casas estaban en llamas. Había humo por todas partes. Sonaban las sirenas de los ataques aéreos. Fue en la plaza Calvino donde los vi.

Sus palabras simples lograban dar un convincente sentido de tiempo y lugar que incluso la traducción transmitía. Ann, que la escuchaba sin ayuda de los audífonos, estaba hipnotizada por el drama de su relato.

—¿A quién vio? —preguntó Jack, que, a pesar de haber oído ya la historia, daba la sensación de estar tan ansioso como los demás oyentes.

—Había tres hombres con uniformes negros —dijo ella, a la vez que levantaba tres dedos hinchados en los nudillos—. Yo sabía que eran de la Sección Especial, la Cruz Flechada. Estaban hablando con una mujer y un niño, de unos diez años, y miraban sus documentos. Gritaban. Yo estaba asustada. Me escondí en un portal.

—¿A qué distancia estaba usted de ellos?

—A unos cuatro portales.

—¿Qué pasó entonces, señora Hollo?

—Uno de ellos le dijo a ella —prosiguió la dama, bajando en este punto los ojos como si le diese vergüenza decir las palabras en voz alta—: «Eh, puta gitana, ¿qué estás haciendo aquí?»

—¿Qué dijo la mujer?

—Ella dijo: «No, no soy gitana.» La pegaron. Dijeron: «Entonces eres judía.» Ella dijo que no. Luego, el que llevaba el peso de la conversación dijo: «¿No eres judía? En ese caso dile a tu hijo que recite el Padrenuestro...»

La señora Hollo señaló el vaso de agua que tenía frente a ella, como pidiendo permiso para beber. Jack asintió, por supuesto, y esperó a que hubiese saciado su sed. La señora Hollo le dio las gracias con una sonrisa. Era un hombre agradable; le hablaba cortésmente y le preguntaba. Le gustaba Jack Burke. Le gustaba que quisiera meter a Mishka en prisión, donde tenía que estar.

—¿Qué pasó después? —preguntó él, con calma.

—Ella empezó a llorar —contestó la señora Hollo, con visibles lágrimas en sus ojos—. Él le gritaba al chico: «¡Di el Padrenuestro.» Entonces el niño también empezó a llorar.

—¿Qué pasó después? —repitió Jack, y aquella simple pregunta de tres palabras resonó en la sala como el triste tañido de una campana.

La señora Hollo jugueteaba nerviosamente con el nudo de su *babushka*.

—El que llevaba el peso de la conversación le dijo a la mujer: «Desnúdate.» Ella empezó a llorar todavía más. Los otros se reían. Ella no podía hablar. Lloraba desconsoladamente.

La señora Hollo tragó saliva y miró a su alrededor, como si rogase a los espectadores que la creyesen. Éstos no sólo daban la impresión de creerla, sino que además lloraban con ella.

—Él... sacó un revólver —continuó, con voz temblorosa—, y se lo puso en la cabeza.

El día anterior había nevado, pero el día era claro y el sol brillaba luminosamente haciendo centellear el metal del revólver. Un día precioso, de haber podido sentirse a salvo para disfrutar de él.

—¿Qué pasó luego? —preguntó Jack, casi en un susurro.

—Le disparó en la cabeza. El chico..., el chico se arrojó sobre ella. Él disparó al muchacho en la cabeza —dijo ella. A continuación lanzó una mirada a la mesa de la defensa e hizo un gesto desafiante con la cabeza—. Uno de ellos dijo: «Vamos, Mishka, vámonos de aquí.» Y se fueron.

Jack carraspeó ruidosamente antes de proseguir.

—Señora Hollo, ¿es éste el hombre que les pegó un tiro al niño y a su madre el 11 de enero de 1945?

Señaló la pantalla que mostraba la foto de Mike en el carnet de la Sección Especial. Ella sólo tardó un par de segundos en contestar con un firme asentimiento de cabeza.

—Éste es el hombre —declaró, de forma inequívoca.

—¿Está usted segura? —preguntó Jack, a la vez que se apartaba de la barra de los testigos, como para no ponerse en su campo de visión.

Ella pareció casi insultada por la pregunta.

—Pasó junto a mí cuando se marcharon. Estaba muy cerca, habría podido alargar el brazo y tocarlo —dijo ella, y miró de nuevo a la mesa de la defensa; en esta ocasión, antes de apartar la vista, la mirada se detuvo en Mike durante un par de segundos.

Jack hizo una inclinación de cabeza a modo de gracia para luego dirigirse a Ann:

—Su testigo.

Y vamos a ver hasta dónde llegas con esta dama, se dijo para sus adentros. Veía cómo Laszlo estaba cayendo y cayendo en sus manos; casi podía oír al juez Silver declarando: *Culpable.*

Ann había escuchado el testimonio de la señora Hollo con toda atención; su historia la había conmovido. Pero de hecho todo ello carecía de importancia para el tipo de interrogatorio al que estaba a punto de dar comienzo; y mientras se acercaba para contrainterrogar a la mujer se sentía increíblemente tranquila.

Apoyó un codo en la barra de los testigos y dijo, como si estuviese hablando con una amiga:

—Señora Hollo, ¿llamó usted por teléfono a Budapest ayer noche?

Atónita, la anciana se volvió hacia Jack en busca de ayuda, pero éste ya estaba de pie para gritar:

—¡Protesto, Señoría! Esto es irrelevante y superfluo. ¡Aquí no se está juzgando a esta mujer!

La señora Hollo asintió enérgicamente con la cabeza cuando le llegó la traducción a través de los audífonos.

—Tiene relación con su estado mental, Señoría —se defendió rápidamente Ann.

—¡Su estado mental no tiene nada que ver aquí! —apeló Jack a su vez al juez.

El juez Silver miró a Ann, en un intento de apreciar sus motivos. Su pregunta era de lo más inusual, pero claro, aquella situación era de lo más inusual. Hasta entonces, la señora Talbot le había impresionado por su seriedad y profesionalidad. No lo atacaba como aquellos abogados que hacían perder frívolamente el tiempo al tribunal con vueltas y más vueltas. Decidió que muy bien.

—Voy a permitir la pregunta, pero será mejor que me demuestre cuanto antes en qué se relaciona.

Jack hizo un gran esfuerzo para ocultar su decepción cuando

el juez indicó a la señora Hollo que contestase a la pregunta. Ann Talbot era taimada. ¿Qué iba a conseguir de todas formas? ¿Qué demonios importaba a quién llamó la dulce viejecita en Budapest? Lo que les importaba en el tribunal era lo que ella había *visto* hacía cuarenta y cuatro años.

—Llamé a mi hijo —contestó la señora Hollo.

Todavía no había salido de su asombro ante la facilidad con que había conectado con Attila desde el teléfono de la habitación del hotel. La conexión fue inmediata. ¡Si fuese tan fácil llamar desde Budapest a su hermana en Kaposvar!

—¿A qué se dedica su hijo en Hungría, señora Hollo? —preguntó Ann, con un rostro impenetrable.

Jack volvió a levantarse, furioso de que Ann hubiese llegado tan lejos.

—¡Protesto, Señoría! La vida privada de su hijo no viene al caso.

El juez Silver no compartía su opinión.

—Denegada —declaró en términos claros.

Jack se quedó haciéndose preguntas sobre los jueces judíos que hacían condescendencias para demostrar se objetividad.

Ann suspiró silenciosamente, aliviada de que el juez le diese tanta libertad, y repitió la pregunta:

—¿A qué se dedica su hijo en Hungría, señora Hollo?

Ésta estaba contenta de poder hablar a la joven de su hijo.

—Es subsecretario del ayudante del ministro de Agricultura —dijo con orgullo. Sólo deseaba que todas las madres tuviesen un hijo como el suyo que se ocupase de ellas.

A Ann, el tono de voz de la mujer le recordó a ella misma cuando anduvo presumiendo de que Mikey había sido elegido vicepresidente de su clase. ¿Sentían todas las madres lo mismo con respecto a sus hijos?

—Hábleme de su hijo. ¿Es oficial comunista?

—¡Esto es una trampa, Señoría! —protestó Jack.

Aquella mujer estaba *obsesionada* con el comunismo, como lo estaba su padre. O probablemente se imaginaba, sin duda alguna con la ayuda de Mishka, que gritar «¡Comunista!» era una magnífica táctica de diversión.

—Señoría —dijo Ann, a la vez que se cogía recatadamente las manos como una monja—, esta mujer está aquí en base a que es un testigo objetivo. Yo debo tener la libertad de formularle preguntas relativas a sus motivos.

—¿Cómo demonios sabía usted que había llamado a alguien? —le gritó Jack, consciente de pronto de que la señora Hollo había sido espiada.

El juez Silver miró a Jack. ¡Nada de maldiciones en la sala del tribunal! Por otra parte, la acusación acababa de plantear una pregunta muy buena —que él quería resolver a su satisfacción antes de seguir adelante.

—¿Quieren acercarse los dos, por favor? —rogó a los dos abogados, que se pusieron delante de él.

Un verdadero estudio de contrastes. Ann, fría y tranquila junto a Jack, que tenía la cara roja de rabia a causa de la incursión de su adversaria.

—¿Cómo sabía que había llamado a alguien? —le preguntó a Ann el juez Silver severamente.

—No lo sabía. Estaba dando palos de ciego —explicó ella.

Convencido de que ella estaba mintiendo descaradamente, Jack perdió los nervios.

—¿Qué demonios hizo? ¿Espiar su habitación? —preguntó.

Ann se puso rígida.

—Si el señor Burke me está acusando de un acto ilegal, Señoría, debe hacerlo formalmente.

—¡Claro! —explotó Jack—. ¡Y dejar que convierta esto en un circo de tres pistas!

El juez le indicó mediante un gesto que guardase silencio, a continuación se volvió hacia Ann.

—Voy a permitir que continúe su interrogatorio en esta línea, pero no lo permitiré por mucho rato si no llega usted a la conclusión que quiere llegar.

—Que mi protesta conste en acta —anunció Jack, malhumorado.

—Su protesta queda denegada para el acta —le informó el juez Silver; luego lo hizo oficial diciéndoselo al alguacil—: La protesta queda denegada.

Ann volvió junto a la señora Hollo y tomó el hilo donde lo había dejado.

—¿Su hijo es un oficial comunista?

—Es un oficial del Gobierno —corrigió la señora Hollo.

—¿Es miembro del partido comunista? —insistió Ann.

La señora Hollo se encogió de hombros. Así lo suponía.

—Los oficiales del Gobierno son miembros del partido comunista.

—Después de haber identificado la fotografía de mi padre en Budapest, ¿habló de ello con su hijo? —prosiguió Ann.

—Sí.

—¿Qué le dijo él?

—Me dijo que debía decir la verdad sobre lo que había visto.

—¿Y no le dijo que mi padre había sido detenido en una ocasión por desbaratar la gira norteamericana del Ballet Nacional Húngaro? —preguntó Ann, con una voz que retumbó en toda la sala.

—¡Protesto! —exclamó Jack, sin preocuparse en esta ocasión de levantarse.

—Denegada —le contestó el juez, sumido en el tira y afloja entre las dos mujeres.

—No me lo dijo —dijo la señora Hollo, con indignación—. Yo no sabía que era el hombre que había identificado hasta que los periódicos de Budapest lo publicaron la semana pasada.

Jack gruñó en voz baja y se reclinó en la silla. Dinofrio, junto a él, parecía igualmente preocupado.

—Ya veo. Pero ahora lo sabe —observó Ann.

—Sí. Pero no tiene nada que ver con mi testimonio —argumentó la señora Hollo, a la vez que blandía, enfadada, un dedo ante la hija de Mishka, como diciendo, *qué lástima, qué lástima.*

—¿Usted cree? —dijo Ann fríamente—. No hay más preguntas, Señoría.

—Puede usted bajar, señora —le dijo el juez a la señora Hollo, cuyos ojos seguían a Ann en su camino hacia la mesa de la defensa. Abrió la boca como si tuviese algo más que decir, luego cambió de opinión y bajó obedientemente de la tribuna de los testigos.

Cuando el juez miró el reloj, Jack contuvo la respiración. Nada de pausas o recesos ahora, por favor. Su siguiente testigo barrería de las mentes de todos —en particular del juez Silver— las vergonzosas ofuscaciones de Ann Talbot. Sería un placer para él, una vez hubiese terminado el juicio, decirle un par de cosas sobre motivos y sobre tranquilizar la conciencia. Al paso que iba, tendría suerte si Jack no informaba de su comportamiento al Colegio de Abogados de Chicago.

Luego, para su alivio, el juez Silver dijo:

—Puede llamar a su siguiente testigo, señor Burke.

Éste se puso de pie y se apretó la corbata.

—Llamamos a Geza Vamos —anunció Jack.

Su vista tropezó con Mike, que estaba sofocando un bostezo. ¿Le estaba aburriendo al señor toda aquella charla? Al fin y al cabo, era un hombre de acción, no de palabras, aunque nunca había tenido pelos en la lengua cuando se trató de decirles a sus víctimas lo que quería de ellas. Y, si por casualidad lo había olvidado, o todavía no había escuchado suficiente, Geza Vamos estaría encantado de recordarle los buenos y viejos tiempos, cuando Mishka tenía toda la acción que quería.

CAPÍTULO XII

Lo primero que Ann advirtió con respecto a Geza Vamos fue que no podía dejar de parpadear mientras examinaba nerviosamente la sala del tribunal. Lo segundo que observó fue que su mirada lobraba descansar en cualquier persona menos en su padre, el cual miraba inexpresivo al hombre, igual que había hecho con los dos testigos anteriores. Si lo había visto antes en su vida, de cierto no daba señales de ello.

Claro que Vamos no tenía un rostro particularmente memorable. Era un hombre delgado, ligeramente encorvado, de unos sesenta y cinco años de edad, con mejillas hundidas y una nariz con aspecto de habérsela roto una o dos veces. Lo más notable eran sus manos: Tenía unos dedos delgados y largos que paseaba por el cabello o por la frente cuando hablaba.

Jack recordó para sus adentros que debía ir con cuidado con Vamos; el hombre era inquieto como un gato asustado.

—Señor Vamos —empezó en un tono lento y comedido—, ¿dónde estaba usted entre diciembre de 1944 y enero de 1945?

—En *Budapesht*, trabajos forzados —contestó Vamos, en un inglés chapurreado.

—¿Dónde trabajaba usted, señor Vamos? —preguntó Jack, estableciendo rápidamente los hechos.

—En muelle del Duna, río Danubio, en Centro de Interrogatorios de Lanchid.

—¿Cuál era allí su cometido?

—Limpiar —contestó Vamos, y sus dedos se rascaron la barba de tres días.

—¿Qué era el Centro de Interrogatorios de Lanchid?

—Dos edificios, almacén; terreno daba a río.

Jack hizo una pequeña pausa, a fin de que la imagen penetrase en la mente de los oyentes. *Dos edificios, almacén; terreno daba a río.* Un sitio tan modesto y vulgar, situado a orillas del Danubio, bajo el puente de las cadenas uno de los sitios de Budapest más destacados y famosos del siglo XIX.

—¿Para qué se usaba?

—Para que los Nyilas interrogasen a los judíos —contestó Vamos, pasando al húngaro.

—¿Nyilas es la Cruz Flechada? —interrumpió la intérprete.

Vamos asintió con la cabeza.

—Sí. Una Sección Especial.

—¿Conoció usted en la Sección Especial a un hombre conocido allí como Mishka? —prosiguió Jack.

—Claro —dijo Vamos, a la vez que se daba un manotazo en la rodilla—. Todo el mundo conocer Mishka. Todo el mundo asustado. Mishka el peor allí.

—¿Y eso por qué?

—Mishka disfrutar —dijo el hombre, con una mueca.

—¿Qué es lo que vio usted hacer a Mishka en el centro de interrogatorios con lo que usted observó que él disfrutaba? —preguntó Jack, formulando la pregunta con sumo cuidado.

—Mishka gustar matar judíos —dijo Vamos, hablando en un tono monótono—. Pero a Mishka gustar más matar gitanos que judíos. Mishka decir a todo el mundo: «Gitano ven aquí, dame eso.» Tenía..., ¿cómo lo dicen ustedes? —Frustrado por no tener soltura en inglés, Vamos movió la cabeza y volvió al húngaro—. Odiaba muchísimos a los gitanos. Decía, «Eh, gitano», incluso a los judíos.

Ann oyó un agudo silbido de sorpresa procedente de George y sintió, más que vio, a ésta mirar brevemente a Mike, que seguía con un rostro impenetrable. Le dio un brinco el corazón: sabía lo que debía de estar pensando George. *Eh, gitana,* solía decir Mike afectuosamente, rodeando a George con los brazos. *Eh, gitana, ¿eres mi amiguita, verdad?*

¿Y qué? Era sólo una palabra muy usada de cariño, se dijo, como referirse a los músicos húngaros como a bandas gitanas. Una coincidencia. Nada más. Se obligó a prestar de nuevo atención a Vamos, que estaba contestando a la última pregunta de Jack, no escuchada por Ann.

—Mishka gustar juego —estaba diciendo en voz baja—. Dentro, preguntar: «¿Tienen oro, diamantes?» Judíos no decir nada. Mishka llevar fuera, jugar juego.

—¿En qué consistía este «juego»? —preguntó Jack, dibujando comillas en el aire para poner énfasis a la ironía de la palabra.

Vamos aspiró aire y cerró los ojos, mientras recordaba cómo

él y sus compañeros de trabajo solían escabullirse para encontrar algo que limpiar en los más recónditos rincones, lejos de donde Mishka jugaba sus juegos. Siempre los acechaba el mismo temor: ¿Y si Mishka se cansaba de gitanos y judíos y los escogía a ellos para jugar?

—Él poner bayoneta en suelo. Decir a gitano: «Tú ponerte en el suelo, hacer ejercicio.» —explicó Vamos, a la vez que jugaba con su barbilla dándose tirones.

—¿Qué quiere decir?

—Cuerpo sobre bayoneta, brazos y piernas en suelo, arriba y abajo —dijo Vamos, y suspiró profundamente ante el recuerdo.

A Ann le latía tan de prisa el corazón que pensó que iba a desmayarse. Lo que Vamos estaba describiendo... ¡NO! Apartó la imagen y respiró profundamente varias veces, a fin de calmarse. Una coincidencia, eso era todo. Mucha gente hacía...

—¿Flexiones? —dijo Jack, en un tono de incredulidad, haciéndose eco de la palabra que estaba retumbando en la cabeza de Ann.

—Sí, sí —dijo Vamos, a la vez que meneaba la cabeza como una muñeca de trapo—. A Mishka gustar flexiones. Él también hacer flexiones. Sin bayoneta.

El lápiz resbaló de su mano, ahora mojada de sudor. George le lanzó una rápida e interrogadora mirada. Mike, junto a ella, no movió un músculo. Ella se sujetó al canto de la mesa, en busca de algún apoyo. ¡NO! ¡NO! ¡NO! gritaba una voz interior, que deseaba silenciar el maldito y vacilante flujo de palabras de Vamos.

—Así que él les hacía hacer flexiones sobre la bayoneta —resumió Jack, a la vez que percibía en la sala una corriente de conmoción y de sentido de ultraje.

—Sí, sí. Hasta caer. Luego nosotros tirar al Duna. Limpiar. Yo limpiar —intervino Vamos, y las palabras inglesas salían desordenadas en su deseo de que el público comprendiese exactamente cómo había sucedido.

Suspiros y gemidos ahogados recorrieron a los presentes, de entre los cuales, más de uno habían perdido familiares a manos de los nazis o eran supervivientes de los campos de exterminio. Sabían mejor que nadie lo acertada que era la descripción del prosaico relato de Vamos.

Sandy Lehman hundió la cabeza entre las manos. No era un asiduo asistente a la sinagoga y sólo acudía a los servicios en Yom Kippur y Rosh Hashanah, y siempre se agitaba nervioso ante los sermones de los rabinos sobre preservar y mantener sagrado el recuerdo del Holocausto. Luego, no tenía que hacer un gran esfuerzo para alejar de sí aquellas homilías altisonantes. Sin embargo lo que estaba oyendo ahora —lo que había estado oyendo todo el día— lo ponía enfermo de dolor. De repente, experimentó una insólita emoción: Se sintió distinto porque era judío. Era un sentimiento que no le gustaba mucho.

Karchy, hundido en su asiento junto a Mike, eructó discretamente, emitiendo un fuerte olor a ajo. Estaba inquieto y —aunque no lo habría admitido delante de su hermana— estaba harto de escuchar aquellas historias de horror.

Sólo creía a medias a aquellas personas: ¿Cómo podían recordar con tanta claridad las palabras exactas que alguien dijo tanto tiempo atrás? La memoria de su padre era a veces defectuosa últimamente, y tenía un carácter mucho más fuerte que este Vamos o los otros dos anteriores. ¿A quién le importaba que el hombre llamado Mishka hiciese flexiones? Él hacía flexiones. Su padre hacía flexiones. Hasta el pequeño Mikey había empezado a hacer flexiones.

Karchy alargó el brazo por encima de la silla de su padre y tiró de la manga de Ann. Pero ella lo ignoró y él desistió para volver a la historia de Vamos.

—¿Tuvo usted ocasión de hablar con Mishka? —le estaba preguntando Jack.

Vamos sintió repugnancia ante la sola idea.

—No poder hablar —dijo—. Nosotros hablar, Mishka disparar con pistola. No poder mirar, cómo puedo decir... —Buscó las palabras y las encontró en húngaro—. No se nos permitía mirarlo a los ojos. Cuando nos tropezábamos con él, bajábamos la vista.

Jack asintió con la cabeza y avanzó un par de pasos.

—Señor Vamos, ¿hubo escasez de municiones mientras usted estuvo en el centro de interrogatorios?

—Sí.

—¿Qué efecto tuvo esta escasez en el centro?

—Gran problema —dijo Vamos; y luego se puso a chuparse nerviosamente los labios—. Ellos no poder disparar. No tener balas. Jugaban juego con bayoneta —prosiguió, a la vez que acompañaba sus palabras con un gesto de sus largos dedos, en un intento de explicar el juego—. Ellos coger alambre, atar a la gente junta, disparar a una, tirar a todos al Duna.

—¿Vio usted alguna vez hacer esto al hombre conocido como Mishka? —preguntó Jack, mientras se acercaba a la mesa de la defensa, lo suficiente para ver la mirada dolorosa en el rostro de Ann.

—Sí. Muchas veces.

—¿Cuántas veces, señor Vamos?

Vamos, que había estado siguiendo a Jack con la mirada mientras éste se paseaba por la parte frontal de la sala, se encogió de miedo cuando súbitamente descubrió a Mike Laszlo en su campo de visión. Apartó rápidamente la vista y balbuceó su respuesta:

—Ve... Veinte, treinta... Río rojo. Hielo en lado de río rojo. Cuerpos..., ¿cómo dicen ustedes...? Cadáveres en lado río azul, Duna azul. Danubio azul —dijo, estremeciéndose al recordar cómo de vez en cuando los cuerpos eran arrastrados hasta el muelle.

Jack dio unos pasos hacia un lado a fin de no obstruir ni al juez ni al testigo la vista de la pantalla, que ya parecía un objeto fijo en la sala del tribunal.

—Señor Vamos —dijo, haciendo una pausa deliberada para aumentar la ya considerable tensión de la sala—. Señor Vamos, ¿es éste el hombre que conoció usted como Mishka en el Centro de Interrogatorios de Lanchid?

Por cuarta vez, apareció en la pantalla la foto de Mike en el carnet de la Sección Especial.

—Sí —dijo Vamos en voz baja, sin siquiera mirar la pantalla.

—¿Quiere usted mirar la fotografía, señor Vamos? —pidió Jack cortésmente, nada sorprendido por la resistencia del testigo. A juzgar por la forma en que se había comportado el nombre durante su reunión previa, casi había temido que se desmoronase durante el testimonio.

Vamos miraba a todas partes menos a la pantalla, luego repitió:

—Sí.

—Por favor, señor Vamos —volvió a decir Jack, en esta ocasión con mayor insistencia—, ¿puede usted mirar la fotografía?

Vamos sacudió la cabeza, se rascó la mejilla, se tiró del pelo. Finalmente, hizo un esfuerzo para lanzar una rápida mirada a la fotografía, luego apartó inmediatamente la mirada.

—Es él —dijo, temblando a causa del esfuerzo.

Jack le dio las gracias con un gesto de la cabeza y se volvió hacia Ann.

—Su testigo.

Mack Jones, que debía de haber visto a su socia llevar a cabo cientos de contrainterrogatorios, pudo decir inmediatamente que algo no iba bien con Ann. Por regla general se levantaba y se encaminaba hacia la barra de los testigos con tal celeridad que corría el riesgo de tropezar con el abogado contrario. Sin embargo, aquel día, se movió a cámara lenta, por lo que tardó una eternidad en llegar a la parte frontal de la sala. Y en lugar de lanzar inmediatamente la primera pregunta, permaneció en silencio unos segundos, como si estuviese poniendo en orden sus pensamientos.

Mack le dio un codazo a Sandy. ¿Él también lo había advertido? Sandy hizo un gesto afirmativo con la cabeza, confirmando su impresión. No, de hecho, aquello no era en absoluto propio de Ann; la cual, en realidad, estaba debatiéndose en un mar de emociones conflictivas que le habían dejado momentáneamente sin habla.

Por último predominó su experiencia como abogada y le dijo amablemente a Vamos:

—Siento tener que hacerle estas preguntas.

Él sonrió sin gran confianza, dejando al descubierto una hilera de dientes amarillentos y torcidos.

—Señor Vamos, ¿conoce usted a Istvan Boday? —dijo, con más seguridad en sí misma.

Vamos arrugó la frente, lo que hizo que Dinofrio le susurrase a Jack:

—No va por buen camino.

Jack asintió, aún se sentía menos optimista que su colega sobre la dirección que estaba tomando Ann. A pesar suyo, ella se había ganado su respeto: no como ser humano sino como una ágil manipuladora de los procedimientos judiciales.

—Sé que el testigo —le dijo Vamos—. Yo leí en periódico de *Budapesht,* el testigo.

—¿Lo conoció en Hungría?

—No. No conocer.

—¿Nunca habló con él en Hungría? —insistió Ann.

—Ellos decir nosotros no hablar uno con otro, no vernos —explicó Vamos, mientras se preguntaba para sus adentros si Mishka habría fanfarroneado ante su hija sobre los juegos que jugaba durante la guerra.

Ella alejó de sí todas sus dudas y lo presionó.

—¿Cómo es eso, señor Vamos?

—Ellos no querer nosotros hablar uno con otro del caso. Lo que nosotros decir... limpio —explicó, para encogerse seguidamente de hombros. Era obvio.

—¿Así que usted nunca habló con él en Hungría? —dijo ella, odiándose.

—No. No conocer —insistió él.

—¿No habló con él en el avión que los trajo aquí?

Jack le había dicho que tuviese cuidado con la hija de Mishka, pero Vamos no pudo evitar preguntarse si el señor Burke no se habría equivocado. No debía de ser muy inteligente si él tenía que explicarle todo aquello.

—Hacernos venir en diferentes aviones.

—¿En ningún momento ha hablado con él en el hotel? —continuó Ann.

—Hotel diferente —dijo él, golpeándose de nuevo la rodilla.

—Señor Vamos —empezó ella; cruzó los brazos y lo miró con reproche—. ¿Miente usted a menudo?

Apenas hubieron salido estas palabras de su boca, Jack se puso de pie de un salto, para proclamar:

—¡Protesto, Señoría! Está insultando a...

—Se aprueba —dijo el juez Silver.

—No —se defendió Vamos—. ¡Yo no mentir!

Ella reaccionó de prisa.

—¿Entonces por qué no nos cuenta su reunión de ayer noche con el señor Boday en su hotel?

—¡Su Señoría! —declaró Jack, con cierto malestar—. Este testigo acaba de decir que nunca ha conocido al señor Boday.

Ann ignoró la interrupción y siguió presionando al testigo con ahínco.

—Se vieron la pasada noche en la habitación de su hotel, ¿no es así, señor Vamos?

Vamos bajó la vista al suelo y movió débilmente la cabeza. Lo mismo hizo el juez Silver que, preocupado, dijo:

—Señora Talbot...

Ésta ignoró imprudentemente al juez Silver y siguió hostigando.

—¿No es así?

—¡Está atormentando al testigo, Señoría! —gritó Jack, con la cara roja, ultrajado por el hecho de que el juez no hubiese parado a Ann, que estaba pisoteando sin miramientos a su evidentemente confuso testigo.

Pero antes de que el juez Silver tuviese oportunidad de intervenir, Vamos, con la cabeza caída, reconoció:

—Sí. Él venir a mi habitación.

—¡Por los clavos de Cristo! —murmuró Jack, dejándose caer en la silla.

Dinofrio lo miró sorprendido y Jack se encogió de hombros. Como que había un infierno que él no sabía qué era todo aquello. Pero había una cosa que ahora tenía clara como el agua: Ann Talbot no se detendría ante nada para dejar limpio el nombre de su padre.

La sala del tribunal se había convertido en un zumbido de susurros de asombro e incluso el propio juez Silver, normalmente imperturbable, parecía haberse quedado perplejo ante la confesión de Vamos. Pero como la barahúnda aumentaba, recobró rápidamente su aplomo y golpeó el martillo en demanda de silencio. Ann se paseaba arriba y abajo, a la espera de seguir interrogando a Vamos, que, avergonzado, tenía todavía la cabeza agachada, como si esperase ser castigado por su mentira.

Cuando el silencio reinó de nuevo en la sala, Silver indicó a Ann mediante un gesto que continuase. Esto lo hacía por su padre, se recordó ella, mientras se volvía hacia el desventurado Vamos.

—¿Entonces, cuando hace un momento nos decía que jamás había hablado con él, nos estaba mintiendo? —declaró, despiadadamente.

—Sí. Yo mentir —admitió él, sin atreverse a mirarla a los ojos.

—¿Miente usted a menudo, señor Vamos?

Jack cerró los ojos y gruñó débilmente; e incluso Harry movió la cabeza consternado ante su tono mordaz.

Vamos necesitó toda la energía que le quedaba para levantar la cabeza y mirar directamente a Ann. Mientras intentaba que ella comprendiese que a veces uno tenía que decir la verdad como la veía, para proteger a alguien que no merecía daño, sus ojos estaban llenos de temor. Con una voz que rogaba comprensión, dijo:

—Boday venir a mi habitación. Quería saber de su esposa y hermano. Nunca supo lo que sucedió a esposa y hermano. Preguntar si...

—¿Hablaron usted y Boday sobre sus respectivas historias, señor Vamos? ¿Compararon sus notas?

Lo que él pudiese contestar no tenía importancia. Aquello era suficiente para plantar la sospecha en la mente del juez.

—Boday me preguntó si yo recordar —explicó Vamos, con vehemencia—. Enseñarme fotografía esposa.

Ann había realizado el trabajo que se había impuesto.

—No más preguntas, Señoría —dijo, con calma.

Al verla regresar a su lugar junto a Mishka, Vamos sintió gusto de bilis en su boca. No podía soportar la carga de su error.

—Por favor —rogó al juez—. ¿Cómo pueden hacer esto? Yo venir aquí, yo decir la verdad.

—Puede usted bajar —dijo el juez Silver, con firmeza.

Lo sentía por el hombre, pero ya habían tenido bastantes dramas aquel día. No quería más escenas en la sala del tribunal. Vamos le lanzó una mirada suplicante y dio la impresión de estar a punto de protestar. Pero el hábito de la obediencia estaba demasiado arraigado en él. No se discutía con la autoridad, ni en Hungría ni en los Estados Unidos.

Bajó dando traspiés de la tribuna de los testigos y empezó a encaminarse hacia la parte posterior de la sala. De pronto, como si una antigua herida le hubiese dolido de nuevo, se paró junto a la mesa de la defensa para encontrarse cara a cara con el hombre que había identificado como Mishka. Los ojos de ambos se cerraron por un instante. A continuación, Vamos, temblando como un ciervo acorralado, se apresuró a bajar la vista y permaneció inmóvil, demasiado asustado para moverse.

—Siga, señor Vamos —lo animó amablemente el juez Silver—. Nadie va a hacerle daño aquí, señor Vamos.

Durante los pocos momentos que tardó Vamos en sobreponerse, Ann temió por él; cómo temblaba. Una parte de ella quería decir en voz alta: ¿Está usted bien, señor Vamos? Lo siento, señor Vamos, yo sé que en realidad no es usted un mentiroso. Sin embargo estaba todavía más asustada por el hecho de que aquella parálisis temporal era claramente el resultado de estar tan cerca de su padre. Aquello no era una actuación fingida; casi podía percibir la corriente de tensión entre ellos.

Finalmente, ante el gran alivio de ella, Vamos hizo un gesto de asentimiento dirigido al juez y, apartando la mirada, siguió su camino y abandonó la sala. Cuando la puerta se hubo cerrado detrás de él, el juez Silver carraspeó y anunció:

—Dado lo avanzado de la hora, se suspende la sesión hasta mañana por la mañana.

Pero, para su sorpresa y fastidio, Jack levantó una mano en señal de discrepancia.

—Señoría —anunció—, tenemos otro testigo.

Ann se apresuró a examinar la lista de los testigos.

—Yo no veo ningún otro testigo, Señoría —declaró, furiosa por haber sido cogida por sorpresa.

—Acaba de llegar de Hungría y quisiera regresar lo antes posible —explicó Jack, lo que sólo consiguió enfurecerla más.

—Señoría, tengo que protestar —insistió ella—. En mi expediente no se menciona a ningún otro testigo.

—Localizamos a la testigo ayer. Tomó el primer avión que salía de Budapest —explicó Jack, argumentando de forma tan suave que molestó a Ann y convenció al juez.

—Puede usted llamar a su testigo, señor Burke —declaró, a la vez que se arreglaba la toga.

Ann frunció el ceño preocupada cuando Jack dijo:

—Llamamos a Eva Kalman, Su Señoría.

Ann siguió con la vista a Eva Kalman en su avanzar por el pasillo y observó que, si bien aparentaba la misma edad de los testigos anteriores, ella estaba muy segura de sí misma y llevaba un traje liso gris perla que ponía de relieve su buena figura. Su pelo era rubio y de corte elegante, llevaba el rostro cuidadosamente maquillado y las uñas cuidadas y pintadas de un color rosa pálido. Ann se preguntó quién sería aquella testigo sorpresa que la acusación había sacado del sombrero como un mago hacía con el conejo.

Mike se estaba haciendo la misma pregunta.

—¿Quién es, Anna? —susurró, mientras la mujer prestaba juramento y se colocaba los auriculares para la traducción.

—No lo sé —contestó ella, más preocupada de lo que quería admitirle.

Lanzó una mirada interrogadora a George, que contestó, mediante encogimiento de hombros, que estaba tan asombrada como ellos. Pero fuese cual fuese el misterio, Ann tendría que contrainterrogar a Eva Kalman, por lo que, mientras Jack se acercaba a la testigo, Ann se apresuró a coger el lápiz y prepararse para tomar notas.

—Señora Kalman —empezó—, ¿a qué se dedica usted?

—Soy psiquiatra especializada en traumas provocados por violación —dijo ella, que hablaba en un húngaro culto y de clase alta.

—¿Es usted miembro del partido comunista de Hungría? —preguntó, a la vez que miraba brevemente a Ann.

—No —contestó la señora Kalman, con la más ligera de las sonrisas.

—¿Hay alguien en su familia que sea miembro del partido comunista?

—No.

—¿Ha hablado usted con alguno de los otros testigos de este proceso? —continuó; estaba claro que había aprendido la lección.

—Su investigador fue a verme ayer por la mañana —le recordó ella—. He llegado hoy. No he hablado con nadie.

—Señora Kalman, ¿puede usted describirnos los acontecimientos que empezaron el dieciséis de diciembre de 1944? —se apresuró a preguntar Jack.

La señora Kalman cruzó las manos sobre su regazo y se aclaró la garganta. Empezó a hablar en un tono bajo y coloquial que daba todo el crédito al contenido de su historia.

—Yo volvía a casa de la lección de piano. Era por la tarde, a primera hora. Un coche se detuvo en la calle. Dentro había dos hombres. Llevaban uniformes de la Cruz Flechada. Me pidieron que me identificase. Yo me había dejado el bolso en la lección de piano y no llevaba documentos.

Miró al público, como si quisiera estar segura de que le estaban prestando atención. Luego continuó:

—Uno de los hombres, que tenía una larga cicatriz en la parte izquierda de la cara, dijo: «Mira qué guapa es esta cerda, Mishka.» Dijeron que yo era judía. Yo les dije que era católica romana.

Jack hizo un grave gesto de asentimiento con la cabeza y preguntó:

—¿Cuántos años tenía usted cuando le sucedió esto?

—Tenía diecisiete años.

Ann intentó imaginarse a la señora Kalman siendo una muchacha guapa y risueña de diecisiete años, con la cabeza demasiado llena de muchachos, música y baile para acordarse de los documentos. Probablemente hacía frío aquella tarde de diciembre y ella no veía el momento de llegar a casa, donde hacía calor, se estaba cómodo y ardía un fuego en la chimenea. Sus padres debían de esperarla para la cena, servida por una camarera en un comedor iluminado por una araña; sin duda debía de haber una camarera y quizá también una cocinera. Después, habría ido directamente a hacer los deberes o tal vez antes habría estado practicando un poco de piano.

¿Qué debió de pasar por su cabeza cuando el coche se detuvo junto a ella en el crepúsculo y ella vio los uniformes de la Cruz Flechada? ¿Habría comprendido, con diecisiete años, lo que significaba que los hombre la llamasen judía? ¿O habría presumido ingenuamente que estaba protegida por su religión y su inocencia?

—Por favor, continúe, señora Kalman —estaba diciendo Jack.

La señora Kalman estuvo tocándose el pelo de la nuca mientras decía:

—Me dijeron que estaba detenida y me metieron en el coche. Atravesaron el puente, el Lanchid, y giraron a la altura de los edificios del muelle. Durante el recorrido en coche, en realidad, estuvieron bastante amables. Me preguntaron sobre mis clases de piano. Me metieron en el edificio... en una habitación pequeña.

Titubeó, apretó los labios y respiró profundamente. Por un momento, Jack temió que hubiese cambiado de opinión y decidido no prestar declaración. Daba la sensación de estar buscando dentro de sí misma la fuerza para seguir adelante. Una vena de su cuello empezó a latir a gran velocidad, dando fe del esfuerzo que le estaba costando. Finalmente, empezó de nuevo.

—En la habitación sólo había un colchón en el suelo.

Otra larga pausa. En la sala no se oía ni una mosca.

—Me dijeron que me pusiese contra la pared —dijo ella, y su calma se iba desmoronando por momentos—. Me dijeron que me sacase la ropa. Yo empecé a llorar... Les dije que era virgen. Ellos se rieron. Mishka dijo: «Vamos a enseñarte a tocarnos como tocas el piano.»

De su garganta salió un sonido que estaba entre un suspiro y un gemido, y miró a Jack con unos ojos húmedos y afligidos. A continuación, dijo:

—Mishka sacó un revólver y... me lo metió en la boca. El otro me sacó la ropa. Encendió un cigarrillo... Puso el cigarrillo en mi...

La señora Kalman volvió la cabeza y miró por la ventana. Caían unos finos copos de nieve, apenas visibles a la débil luz del crepúsculo. Como si sus cabezas estuviesen conectadas por un hilo, Ann siguió automáticamente su mirada y se preguntó si el mundo parecía diferente después de aquella experiencia.

—Se turnaron —prosiguió la señora Kalma, en voz baja y controlada—. Me desmayé. Otros..., otros hombres entraron en la habitación... se marchaban... y volvían. Perdí la noción del tiempo. Me quemaron. Alguien me hizo una fotografía... El resplandor de la cámara debió de despertarme.

Empezó a llorar, y las lágrimas caían por sus mejillas formando hilillos veteados de máscara de ojos negra. Muchos presentes lloraban con ella, George incluida, que sorbía por la nariz y se frotaba los ojos con un pañuelo de papel, y Ann, que había dejado de tomar notas hacía rato. Karchy movía la cabeza de un lado a otro y se frotaba el puño contra la palma de la otra mano, y Mike tenía lágrimas en los ojos.

—Luego, no sé cuánto tiempo después, de nuevo Mishka: «Cerda —dijo—: has aprendido a actuar muy bien.» Y volvió a empezar. La saliva de todos..., el semen..., la sangre..., me convirtieron en un retrete.

El público hacía esfuerzos para oír las palabras titubeantes; el juez Silver miró a Jack, preguntándole tácitamente si quería hacer una pausa. Jack movió la cabeza, no. Era preferible seguir y dejar que acabase lo antes posible. No comprendía de dónde sacaba ella el valor. Mientras la escuchaba, él sentía náuseas y las rodillas flojas. Era una mujer fuerte. Una mujer ejemplar.

Pronunció las siguientes palabras en un sollozo.

—Mishka dijo: «Estás cansada, cerda. Necesitas ejercicio.» El otro estaba allí. Se reía. Me levantaron. Me llevaron fuera. Hacía frío..., hacía mucho frío. En el suelo, sobre la nieve, había una bayoneta.

Jack introdujo un vaso de agua en las temblorosas manos; ella lo agradeció con un signo de la cabeza, tomó unos sorbos y luchó para recuperar el aliento. Más tranquila, continuó:

—Me dijeron que apoyase las manos y los pies en el suelo, sobre la bayoneta. Me dijeron que me moviese. Los oía reírse. Mishka dijo: «Cuerpo sano, mente sana.» La bayoneta estaba en mi estómago. Conseguí levantarme una vez, luego me caí... sobre la bayoneta. —Después de hacer una pausa para enjugarse las lágrimas, concluyó—: No recuerdo nada más. Me dijeron que me habían encontrado en la orilla del río.

—Señora Kalman, ¿es éste el hombre conocido por usted como Mishka? —preguntó Jack, muy despacio.

—Sí —contestó ella, y su angustiado suspiro penetró en el silencio de la sala—. Éste es el hombre.

Mientras se preguntaba si por fin ella habría desenmascarado a su padre, Jack se volvió hacia Ann, que miraba fijamente al suelo.

—Su testigo —dijo, secamente.

Ann tenía la sensación de que la lengua se le había pegado al paladar. Apenas podía tragar la saliva, mucho menos ponerse de pie y dar comienzo al contrainterrogatorio. Despacio, muy despacio, como si tuviese pesos sujetos a sus miembros, se puso en pie. Sólo era consciente del afligido y húmedo rostro de la señora Kalman, de la fatigosa respiración de su padre, de la sangre que bombardeaba sus oídos. Para ella, no existía nada más en aquellos momentos.

—No hay preguntas —dijo, ahogando las palabras.

La asombrada incredulidad de Jack fue compartida por el juez

Silver y el resto de los presentes. Jack fue el primero en sobreponerse.

—La acusación ha terminado —dijo rápidamente, antes de que ella cambiase de opinión.

En la sala se formó un tremendo alboroto: Los reporteros se apresuraron a correr hacia las puertas; los partidarios de Mike abucheaban y gritaban sus protestas; sus enemigos, conscientes de la fragilidad de la señora Kalman, estallaron en un apagado aplauso. Algunos de los presentes —Harry, Sandy y Mack, entre otros— empezaron a abrirse camino a través del torbellino, ansiosos por reunirse con sus amigos.

Y entonces, por encima del tumulto y de la confusión, una voz angustiada resonó en la sala.

—¡No! —Era Mike quien gritaba—. ¡Yo no lo hice! ¡*No soy yo*!

Blandiendo el puño como un profeta indigno, se puso en pie llorando, hombro con hombro con Ann, que parecía ajena a su dolor.

—¡Yo no hice aquello! —gimoteó, a la vez que se arrastraba como un oso hacia la barra de los testigos.

Al verlo acercarse llorando, la señora Kalman se echó hacia atrás.

—¡Yo no le hice esas cosas! ¡No soy una bestia! ¡Soy padre! ¡Fui marido! ¡Yo quería a mi mujer...! ¡Yo no pude hacer esas cosas!

Se detuvo a aproximadamente un metro de ella y extendió una mano suplicante.

—¡Por favor, dígaselo! —Le rogó en húngaro—. ¡Yo no hice esas cosas!

Los labios de la señora Kalman se curvaron con desprecio, mientras escudriñaba al anciano lloriqueante.

—Sí —le contestó en húngaro—. Usted es aquella bestia.

Con toda la energía que le quedaba, escupió a Mike, y el salivazo fue a parar justo en la mejilla de él. Por un instante él se quedó demasiado conmocionado para reaccionar. Luego se tocó el rostro con la mano y sus dedos se apartaron llenos de saliva. A continuación cayó desplomado al suelo.

La ya ruidosa sala estalló en un clamor cacofónico y ensordecedor, mientras Karchy se abalanzaba para coger a su padre en los brazos. Gritando que alguien fuese a buscar a un médico, aflojó la corbata de Mike y le tanteó el pulso. Se preguntó dónde demonios estaba Annie. Debería estar allí, agarrada a la mano de su padre. Él los necesitaba a ambos.

Hipnotizada por la visión de su padre en los brazos de Karchy, Ann se quedó petrificada, demasiado abrumada para moverse. Alguien le tocó el hombro —Jack Burke, que miraba fijamente a Karchy y Mike.

—Gran momento —se burló—. ¿Qué se apuesta a que no le pasa nada?

Ella lo apartó bruscamente, como si fuese una molesta mosca, y miró por encima de su padre hacia la tribuna de los testigos. La señora Kalman la estaba mirando fijamente a los ojos, y sonreía inexorable.

Mientras se paseaba por la sala de urgencias del hospital, a la espera de que el médico terminase de examinar a su padre, todavía pensaba en la sonrisa de la señora Kalman. Había dejado de fumar hacía cinco años y no había tocado un cigarrillo desde entonces, pero aquella tarde ya había pedido el cuarto y deseó tener un paquete en el bolso. Se alegró de que Karchy hubiese entrado con su padre. No tenía ganas ni de hablar, ni de contestar a sus preguntas.

Sumida en sus pensamientos, ni siquiera advirtió que el médico de su padre había entrado en la habitación hasta que llegó junto a ella.

—Tiene la presión arterial demasiado alta —informó el joven residente—. Tiene una ligera arritmia, que es normal para su edad. No veo nada que suponga un peligro inmediato para su vida. Escuche —hizo una pausa, violento por tener que sacar el tema, pero obligado a explicarse—, sé que ha estado sometido a una gran presión, no sé cuánta más podrá soportar todavía su organismo.

Ann asintió, abatida.

—¿Puedo entrar? —preguntó.

Mike apenas había estado consciente en la ambulancia que lo había conducido al hospital, y ella no había hablado con él desde que había perdido el conocimiento. Necesitaba mirar ahora en los ojos de su padre para ver lo que encontraba allí.

Estaba tumbado medio vestido en una camilla, y su piel todavía era gris y tenía aquella consistencia de cera. Pero por lo menos estaba despierto y escuchaba atentamente a Karchy, que estaba en mitad de una historia sobre uno de los hombres de la fábrica. No queriendo sobresaltarlo, permaneció en la puerta hasta que él la descubrió.

—Quiero hablar con Anni, Karchy —dijo él al instante.

Karchy miró primero a su padre y luego a su hermana, abrió la boca y estuvo a punto de objetar que su sitio estaba allí con ellos. Pero reconoció en el tono de voz de su padre el que utilizaba en su infancia, por lo que murmuró a regañadientes, antes de abandonar la habitación:

—Sí, claro.

Mike tenía un brazo sujeto a un aparato de supervisión y tenía un aspecto tan frágil e indefenso que Ann estuvo a punto de acariciarle la frente, como él solía hacer cuando ella era pequeña. Le habría gustado poderle decir: No te preocupes, papá, todo irá bien. Fue la sonrisa de la señora Kalman lo que la retuvo; esto y su propia incertidumbre.

Él pareció intuir que si debían hacer las paces, le correspondía a él dar el primer paso.

—Sé lo que piensas, Anni —dijo, débilmente—. Dicen cosas..., te puede parecer...

Su voz se desvaneció. Ann todavía guardaba silencio y él supo que tenía que volver a intentarlo, antes de que el abismo entre ellos se hiciese demasiado ancho para atravesarlo.

—Leo en tus ojos, Anni —le dijo—. Vas a contestar a esta pregunta: ¿Mi padre es... aquella bestia?

Finalmente, a ella le dio lástima.

—Papá, yo sé...

—¡No! En tu corazón, Anni —dijo él, pidiendo de ella más de lo que estaba preparada para darle—. Contesta.

Ella intentó sonreír, no lo consiguió y se fue por la tangente.

—Vamos a casa.

—Yo me voy a mi casa. No me importa lo que me pase. Yo tengo mi casa. No me escondo más.

La miró desafiándole a llevarle la contraria.

Ambos sabían que estaba cometiendo un error. Y lo peor era que a Ann no pudo hacer el esfuerzo para discutir con él.

Por las noches, después de dar de cenar y acostar a Mikey, y de haber terminado algún que otro trabajo que se había llevado a casa en el maletín, a Ann le gustaba caminar hasta el muelle que estaba en el extremo del jardín y observar cómo las estrellas se reflejaban en el lago. En verano, antes de que ella y David se separasen, él solía reunirse con ella, por lo menos algunos minutos. Ella colgaba las piernas en el borde y sentía cómo el agua chapoteaba en sus pies desnudos, mientras pensaba en las vueltas de su vida, que la habían llevado a tener una casa frente al lago.

En invierno, a David no le entusiasmaba la idea de mirar las estrellas junto al agua, donde el viento soplaba particularmente fuerte. Ella era igualmente feliz envolviendo las estrellas con la mirada y quedándose un rato sola, hasta que las mejillas empezaban a quemarle a causa del frío y comprendía que era hora de volver a casa.

Imaginaba que había desarrollado aquella afinidad con el agua por haberse criado en una ciudad donde uno nunca estaba muy lejos de una playa. El lago la calmaba; siempre le proporcionaba cosas distintas, a veces era como una turbulenta lona bajo la cual podía protegerse y examinar sus más profundos sentimientos. A menudo se alejaba de allí con una sensación de claridad que no conseguía en otras circunstancias.

Sin embargo, aquella noche su estado de ánimo siguió estando oscuro y nublado, como el cielo sobre ella.

Estaba disponiéndose a volver a casa cuando oyó pasos detrás de ella, luego le llegó la voz de George en la oscuridad.

—Hola, querida.

—¿Qué piensas, George? —dijo Ann, después de que su amiga hubiese quitado un poco de nieve polvorienta para sentarse junto a ella.

—¿Sobre qué? —preguntó George retóricamente, a la vez que se apretaba la bufanda alrededor del cuello. Detestaba el frío. No dejaba de amenazar a sus colegas diciéndoles que cualquier día se mudaba al sur—. Pienso —prosiguió, muy lentamente y sacando una fotografía de un sobre que llevaba consigo—, que no soy quién para aconsejar.

En la oscuridad, Ann apenas podía discernir los rasgos de un hombre medio calvo de unos setenta años.

—Tibor Zoldan —le explicó George—. Aquel trágico accidente de tráfico no fue un simple accidente. Fue atropellado en West Side por un conductor que huyó.

Ann no quería escuchar el resto de la historia, pero no sabía qué decirle a George, y ésta tomó su silencio por interés y siguió hablando:

—Durante nueve meses, desde que Mike le extendió al tipo aquel talón de dos mil dólares hace tres años, estuvo gastando en efectivo mil dólares más de lo habitual. El mes que Zoldan fue atropellado ya no hubo este exceso.

—No me importa —dijo Ann, mirando fijamente el agua salpicada de hielo—. No me importa lo que pueda parecer. No me importa cómo pueda sonar. Él no es un monstruo, George. Yo soy su hija... Lo sé mejor que nadie. —Se puso en pie y miró de soslayo a George, cuyos ojos reflejaban su propio dolor—. Nunca imaginé que *tú* ibas a fallarme —le lanzó a su amiga, a falta de un mejor blanco.

—Nada más lejos de mi intención que fallarte, querida —le aseguró rápidamente George.

Pero Ann, que ya estaba en mitad del muelle, ni siquiera se molestó en decirle buenas noches. Estaba enfadada con George y todavía más enfadada consigo misma. No obstante, en un sentido, George le había hecho un favor yéndole a contar la historia de Tibor Zoldan. Allí, en medio de la noche, no iba a encontrar las respuestas. Hasta el lago, con sus corrientes imprevisibles y sus olas rompientes, podía hacerle creer a uno que las cosas eran distintas de como parecían.

Pero su padre..., su padre era la constante en su vida, y a pesar de las apariencias de los cada vez más numerosos hechos, que le hacían parecer una cosa, ella sabía, *mejor que nadie*, que él era un hombre bueno y adorable. No podría dormir sin decírselo a la cara.

Miró la hora, vio que ya eran más de las diez. Tardaría por lo menos media hora en llegar a Berwyn. Decidió que no importaba, y se precipitó dentro de la casa para coger las llaves y el monedero. Su padre nunca se iba a la cama antes de medianoche.

Una lúgubre cinta de Dylan, el contrapunto perfecto para sus pensamientos melancólicos, la acompañó todo el recorrido hasta West Side. Cuando se detuvo delante de la casa, estaba llorando silenciosamente. Había una luz encendida en la sala de estar, otra arriba en su dormitorio. Mientras aparcaba y corría por la acera, el corazón no dejó de latirle aceleradamente.

Vio a través de los visillos que la televisión estaba encendida. Gracias a Dios, estaba todavía despierto; a menos que se hubiese quedado dormido viendo la televisión, como hacía a menudo. Llamó a la puerta, sin detenerse a pensar que una visita inesperada a aquellas horas podría asustarlo.

Él tardó un par de minutos en dirigirse a la puerta y mirar cautelosamente a través del panel de vidrio. Luego su mirada de sospecha se convirtió en perplejidad y preocupación al reconocer a su hija. Abrió la puerta de un golpe, evidentemente preparado para recibir más malas noticias.

Ann movió la cabeza —no, no te preocupes— y entró rápidamente para protegerse del frío y penetrar en el calor de la casa donde su padre le había enseñado muchas lecciones sobre lo que era importante en la vida. Antes de que él tuviese la oportunidad de hablar, de preguntarle por qué había lágrimas en sus ojos, ella sonrió y lo rodeó con los brazos. Se limitó a decir:

—Te quiero, papá.

¿Cómo podía en ningún momento haber sentido otra cosa?

CAPÍTULO XIII

Dado que Ann se había criado en West Side, la casa de Harry Talbot estaba a años luz de lo que jamás ella había conocido. Para empezar, sería más apropiado describirla como una mansión inglesa de estilo Tudor: tres pisos y veinticinco habitaciones decoradas con antigüedades dignas de museo y pinturas originales. Muchas de las piezas habían pertenecido a los padres de Harry: Hacía tiempo que los Talbot eran acaudalados y la familia creía que el dinero invertido en cuadros y muebles de calidad era dinero bien gastado.

Había un equipo de seis personas para llevar la casa; entre ellos, Teddy, el chófer, una cocinera, un mayordomo y un ama de llaves que había sido contratada para supervisar el resto de los sirvientes después de la muerte de la esposa de Harry, a quien Ann no había llegado a conocer. El ama de llaves era eficiente en extremo, y estaba a la altura del increíblemente alto nivel de vida de Harry. A Harry le gustaba decir que su casa era su castillo, y quería que allí todo fuese sobre ruedas, lisa y llanamente como él llevaba su bufete.

Las primeras visitas de Ann a Kenilworth habían supuesto unas pruebas espantosas. Las comidas en el ceremonioso comedor estaban especialmente llenas de tensión y peligros potenciales; un esfuerzo constante para recordar que debía poner la servilleta de hilo en el regazo y el tenedor que tenía que utilizar con cada plato. Casi había enfermado cuando Mike y Karchy fueron invitados a cenar para celebrar el compromiso de David.

Los había iniciado durante horas en las sutilezas de la etiqueta social, hasta que ellos se rebelaron, acusándola de estarse volviendo demasiado refinada y engreída y diciéndole que ello no le iba a hacer ningún bien. Como era de esperar, Karchy se había presentado sin corbata y Mike había derramado vino tinto sobre el mantel de damasco color marfil. Milagrosamente, Harry y Mike encontraron un interés común en su anticomunismo, Karchy ganó puntos por haber servido en Vietnam, y la velada transcurrió sin mayores desastres.

Desde entonces, Ann había pasado suficiente tiempo en la mansión como para que la opulencia apenas la afectase, y se podía confiar en que su padre y su hermano se defendiesen bien cuando las dos familias se reunían allí. Desde su divorcio, ello sucedía raramente: por regla general, sólo para el cumpleaños de Mikey, que ese año cayó el domingo después del «viernes negro», como Karchy llamada a aquel angustioso y largo día en el tribunal.

Estaban todos reunidos en el comedor —Ann, Mike, Karchy, Harry, David y Mikey, el invitado de honor—, cantaban «Cumpleaños Feliz» y esperaban que Mikey soplase las doce velas (más una de buena suerte) que había sobre el pastel de doble capa de chocolate helado que la cocinera había preparado aquella misma mañana. El ojo de Mikey estaba todavía ligeramente hinchado y rojo; pero ello no impedía que el chico sonriese y pareciese feliz como no había sido hacía días. Ann sabía que todo lo que se hablaba sobre el juicio le estaba afectando más de lo que él jamás habría admitido. Pero el pastel, los regalos y toda la atención que se le prestaba habían vuelto a convertirlo en un muchacho libre de preocupaciones, aunque sólo fuese por aquella tarde.

David le dio a su hijo una cariñosa palmada en el hombro y lo instó:

—Formula un deseo, Mikey.

Mientras Mikey cerraba los ojos, su abuelo Harry bromeó:

—Cuando yo cumplí doce años, mi deseo fue la sirvienta.

Pero nadie en la habitación tenía duda alguna sobre el deseo que Mikey estaba formulando en aquel día a los dioses del pastel de cumpleaños: *Que el juez diga que el abuelo es inocente.*

Después de respirar profundamente, apagó con facilidad todas las velas, para luego sonreír a su familia que reaccionó con un aplauso y risas espontáneas. Tenía ya suficiente edad para comprender que sus padres *nunca* volverían a casarse, pero cuando estaban así todos juntos, mamá, papá y todos los demás, no podía dejar de alimentar una muy ligera esperanza de que las cosas saliesen como él deseaba. Así había ocurrido en una película llamada *The Parent Trap*, que había visto en la televisión. ¿Por qué no sería posible en la vida real?

Una de las camareras (a Mikey siempre le había impresionado que el abuelo Harry tuviese gente esperándolo en casa) se adelantó, retiró las velas del pastel y empezó a cortar generosos trozos.

En opinión de Mikey, Alice —la cocinera— hacía el *mejor* pastel de chocolate y, mientras esperaba su ración, la boca se le hacía agua.

El abuelo Harry tenía otras cosas en la cabeza.

—Bien, jovencito, ¿no querrás perder el tren? —bromeó.

—¿Qué tren, abuelo?

¿Le había preparado el abuelo un viaje sorpresa? ¿Iba a dejar de ir al colegio? ¿Podrían primero comerse el pastel?

—Al demonio con el tren, comamos el pastel —exclamó Karchy, cuyo estómago siempre estaba preparado para ser llenado. Le hizo un guiño a Mikey y éste se lo devolvió agradecido, pues sabía que a veces el abuelo Harry prescindía de lo que querían los demás.

Harry miró a Karchy, a su nieto y luego a los platos que esperaban a ser repartidos; y se descubrió el complot: La camarera había recibido órdenes de llevar una bandeja con el pastel y bebidas a la sala de juego, de forma que Harry no tuviese que retrasar el placer de enseñarle a Mikey su regalo de cumpleaños.

La familia al completo salió al vestíbulo detrás de Harry, que insistió mucho para que Mikey cerrase los ojos y fuese el primero en entrar en la enorme habitación forrada de madera rojiza. A continuación, con un ademán ceremonioso, Harry abrió las puertas y sonrió con orgullo a la vista de su regalo.

Mikey lanzó un grito de alegría al ver el complicado tren eléctrico que había sido montado sobre la mesa de billar en medio de la habitación. Estaban todos los tipos de vagones de ferrocarril, desde locomotoras hasta coches-cama y furgón de cola; vagones que se retorcían sobre puentes y se curvaban bajo túneles; señales luminosas y completas estaciones con andenes donde figuraban nombres de lugares.

—¿De verdad es mío? —preguntó Mikey, respirando sofocadamente y tan pasmado por la belleza de los trenes que olvidó dar las gracias.

La mirada de su rostro era suficiente recompensa para Harry, que junto con el mayordomo se había pasado horas montando laboriosamente aquel decorado antiguo. El resultado final era casi una obra de arte.

—¿Te vas a quedar ahí parado o vas a jugar con él? —preguntó bruscamente Harry, a la vez que sus brazos envolvían a Mikey en un cálido abrazo de cumpleaños.

Mikey se desasió del abrazo y se apoderó del tablero de mandos; el tren cobró vida en medio de un estruendo de silbidos y campanas tintineantes. Mientras los vagones pasaban resoplando y las luces relampagueaban, el resto de los adultos rodeó la mesa lanzando exclamaciones de «ah» y «oh» para mostrar su regocijo.

—Eh, Mishka —gritó Harry por encima del ruido—, ven aquí y ayúdame a enseñar a este nieto nuestro cómo se maneja un tren.

Vosotros tenéis mucha experiencia con trenes, ¿verdad? —bromeó.

Mike sonrió bonachonamente y rodeó la mesa para reunirse con ellos.

Mientras la camarera empezaba a pasar con la bandeja de refrescos, Ann y David contemplaban a su hijo, mimado por sus adorados abuelos y tío.

—Qué grande se está haciendo, ¿verdad? —comentó Ann, casi con pesar.

David asintió, para sacar a continuación el tema que estaba en la mente de todos:

—¿Por qué no lo dejas ir al juicio? No deja de pedírmelo.

—No —dijo ella rotundamente, disgustada por no poder liberarse ni una tarde del proceso.

—Sus amigos le hacen comentarios sobre el juicio —argumentó David—. Lo ve en televisión. Quiere saber la verdad, eso es todo.

—Papá ya le ha dicho la verdad —dijo ella, a la vez que cogía un trozo de pastel de la bandeja que pasaba la camarera.

Pero esto no era suficiente para David, que había meditado detenidamente sobre el asunto.

—Quiere saberlo por *sí mismo*, Ann. No quiere que nadie le *cuente* lo que pasa. A esto se le llama crecer.

Ella lo miró, confundida por la amargura de su voz.

—Todo el mundo tiene que hacerlo, tarde o temprano.

La salida de David la cogió con la boca llena de pastel. Y antes de que ella pudiese replicarle, él abandonó la habitación.

Sin embargo, no iba a ser tiempo perdido, porque unos minutos después Harry se sentó con un vaso de champaña en uno de los grandes sillones de cuero y sacó el mismo tema.

—Deberías dejarlo ir al juicio, ¿sabes? —le indicó por encima del sonido de los alegres gritos de Mikey que se confundían con el ruido de los trenes—. Él quiere ir.

Ann estaba empezando a sentirse víctima de una conspiración.

—Es demasiado pequeño —replicó, irritada por su injustificada interferencia—. Se podía llenar una biblioteca con lo que Harry no sabía sobre la educación de los hijos.

—¡Un cuerno es pequeño! —dijo Harry, con un bufido. Luego, sabiendo que ella respondería mejor a la razón, suavizó el tono de voz—: No sería en absoluto perjudicial tenerlo allí, sobre todo después del testimonio de aquella mujer.

—No voy a utilizarlo —dijo Ann, horrorizada ante la sugerencia.

—Yo diría más bien que sería dejarle hacer algo que él quiere hacer —explicó Harry, empleando el mismo tipo de lógica que había hecho milagros con muchos de sus clientes.

—No soy cínica hasta ese punto —dijo ella, después de haber movido la cabeza enérgicamente.

—Claro que lo eres —replicó él—. Eres abogada, como yo.

Ella pensó: *Espero no ser como tú.*

—¿Es verdad que tomaste copas con Klaus Barbie? —preguntó, atolondrada por el champaña.

—No —dijo Harry, y sonrió al comprender y seguir el hilo de los pensamientos de ella—. Nunca estuve con él. Aunque he tomado copas con muchos otros como él.

La imagen de Harry Talbot bebiendo whisky escocés con conocidos nazis la cogió desprevenida, y el shock se reflejó en su rostro. A Harry, su ingenuidad, más que molestarle, le divirtió.

—¿Qué crees que pasó después de la guerra? —preguntó, para contestar seguidamente su propia pregunta—: Los rusos habían sido nuestros aliados. No estábamos preparados para espiarlos. Los nazis tenían la mejor red de espionaje anticomunista del mundo. Los *necesitábamos.*

Ella estaba más que conmocionada, estaba horrorizada.

—¿Cómo podías frecuentar... monstruos? —dijo, tropezando con la etiqueta que le habían aplicado recientemente a su padre.

Harry tomó tranquilamente un trozo de pastel, que hizo pasar con un sorbo de champaña.

—Ninguno de los hombres que conocí era un monstruo. Eran hombres normales y corrientes como tu padre.

La implicación era clara como el cristal, pero antes de tener la oportunidad de rebatirle, la camarera interrumpió para darle un mensaje.

—La llaman al teléfono, señora Talbot.

Ann le lanzó a Harry una mirada que significaba: Volveré sobre ello más tarde; y fue a coger el teléfono al estudio de Harry. Era la habitación de la casa que menos le gustaba, oscura y aburridamente masculina. Sus recuerdos militares llenaban las estanterías; una vitrina cerrada situada al otro extremo de la estancia contenía su colección de armas; y de la pared que estaba sobre el escritorio colgaban fotografías dedicadas de Harry con algunos de los políticos más conservadores de Washington.

Pero el estudio ofrecía tranquilidad e intimidad y aquella llamada sin duda era importante. Sólo había dado el teléfono privado de Harry a dos personas. Con un poco de suerte, una u otra tendría buenas noticias para ella.

Estaba tan absorta en su conversación que no advirtió la presencia de Harry hasta que dijo:

—Gracias. —Y colgó el auricular.

Era evidente que él había estado escuchando, pero ella estaba tan perturbada que no le importó.

—Mi experto en documentos dice que el carnet es auténtico —le dijo ella, a la vez que se dejaba caer en un sillón.

—Sí, lo sé —dijo él, y se sentó en la silla de respaldo alto situada detrás del escritorio—. Todavía tengo amigos en Washington que tienen mi sistema antiguo de valores —añadió, en contestación a la mirada interrogadora de ella.

Ella tamborileaba con las uñas en el canto de la mesa, mientras decidía si meterlo en el asunto.

—Estamos perdidos. Es el fin del caso; con aquella mujer en la tribuna de los testigos escupiéndolo...

—Escenas teatrales de tribunal —declaró él, con calma—. Tú sabes de estas escenas teatrales. Eres una experta en ellas.

El cumplido le entró a ella por una oreja y le salió por la otra.

—Y ahora este carnet —dijo ella, irritada, a la vez que se frotaba la frente como si un agudo dolor entre los ojos la hubiese asaltado—. No sé cómo refutarlo, Harry.

Harry cogió un abrecartas en forma de espada y tocó con los dedos su punta, que era extremadamente punzante.

—¿Necesitas ayuda, querida? Yo pensaba que tú nunca necesitabas ayuda. Pensaba que eras capaz de llevar solita tus casos.

—Sí, necesito ayuda, Harry —declaró ella, como si estuviese recitando un secreto juramento de iniciación.

Sabía que él estaba saboreando aquel momento, que le estaba tomando el pelo porque estaba seguro de que ella se había pasado a su bando. Bien, si ello significaba que todavía había esperanza para su padre, podía dejar que se llevase aquella pequeña victoria.

—No te preocupes por ello —le dijo él, iluminando su rostro con la misma sonrisa de suficiencia que había esgrimido al presentarle a Mikey los trenes—. Este maldito carnet no significa nada.

Ella se aferró con ansia al salvavidas que él le estaba ofreciendo. Pero su siguiente observación estuvo tan fuera de lugar que pensó que él estaba jugando con ella.

—¿Sabes algo de los arlequines, querida?

El juicio de los *Estados Unidos contra Michael J. Laszlo* empezó el tercer día bajo circunstancias similares, salvo que se habían congregado todavía más periodistas y fotógrafos en la sala del tribunal, y que los años de experiencia judicial de Harry Talbot habían prevalecido. Cuando Ann y Mike bajaron del coche, iban acompañados de Mikey, que miraba asustado y se colgó de sus manos en busca de proximidad familiar cuando los medios de comunicación se acercaron a ellos.

Harry miró por la ventana de la sala del tribunal, y vio cómo los tres sorteaban valientemente a los manifestantes, pro y contra, cuyo fervor parecía haber aumentado a lo largo de la semana. Cuando desaparecieron por la puerta del palacio de justicia, él se dirigió despacio hacia su asiento en la primera fila, sonriendo satisfecho. Gracias a sus buenos enchufes de alto nivel, el día prometía ser a la vez movido y entretenido.

Jack no se alegró tanto de ver al joven hijo de Ann sentado junto a su abuelo en la mesa de la defensa. Habría debido saber que ella caería tan bajo; los principios no eran su fuerte. Probablemente estaba desesperada después del golpe que había recibido el viernes anterior y había decidido que por qué no llevarse al niño al tribunal para mostrarlo como un mono amaestrado. Lo sentía por el chico, que tenía los ojos desorbitados de perplejidad ante toda aquella gente que había ido a ver cómo encarcelaban a su abuelo de por vida.

También lamentaba el desesperado intento de la defensa. Por ello, Jack sonrió afectadamente cuando el juez Silver anunció:

—Puede usted llamar a su primer testigo, señora Talbot.

Ann se puso de pie y se tocó la cruz de su madre que aquel día había decidido ponerse, a pesar de ser un simbolismo. Algo absurdo, quizá, pero no más que llevar a Mikey con ella, y no cuando estaba muy lejos de haber ganado la pelea.

—Llamamos a Vladimir Kostov, Señoría —declaró.

Jack se puso de pie de un salto.

—En mi lista no figura este testigo, Señoría.

—¿Podemos acercarnos al estrado, Señoría? —solicitó Ann, deseosa de recordarle a su adversario que él había hecho lo mismo con ella la semana anterior. Sin embargo, prevaleció el sentido común y, por el contrario, informó cortésmente al juez Silver—: El señor Kostov es un testigo que se mostraba poco dispuesto a declarar. Ayer noche le hicimos llegar una citación en base a una información recibida hace dos días.

—¿Quién demonios es Vladimir Kostov? —espetó Jack.

Sin duda él había pasado un fin de semana harto mejor que ella, pero, ah, la venganza era dulce.

—Es un desertor de la KGB —reveló—. Es asesor de la CIA. Está bajo protección federal.

—¡No me lo creo! —saltó Jack, tan alterado como ella había esperado—. ¿Hacen comparecer a un asesor de la CIA en una causa presentada por el Gobierno? ¿Cómo demonios lo han encontrado? ¿Qué tiene que ver con este proceso?

—Ello se verá durante su testimonio, Señoría —dijo Ann, dirigiéndose al juez, y tuvo el placer de observar cómo Jack levantaba las manos en señal de disgusto.

Después de haber dado su autorización a la acusación el último día, el juez Silver no podía hacer más que aceptarlo.

—Puede usted llamar a su testigo —indicó a la abogada de la defensa.

—Llamamos a Vladimir Kostov —declaró el alguacil.

E hizo subir a la tribuna de los testigos a un hombre de mediana edad, rostro enjuto y ojos fríos y duros. Kostov iba impecablemente vestido con un traje caro de corte francés y, mientras recorría el pasillo, fue dejando detrás de sí un rastro de colonia de primera marca.

—¿Jura usted ante Dios decir la verdad, toda la verdad y nada más que la verdad? —recitó el alguacil.

—Lo juro —declaró Kostov con un inglés con fuerte acento ruso.

—Señor Kostov, ¿cuándo desertó usted a los Estados Unidos? —preguntó Ann, intentando pensar en Kostov como en un aliado, y no como en el enemigo ruso contra quien su padre siempre había despotricado.

—Hace dos años —contestó él, mientras pensaba lo encantadora que era aquella abogada.

—¿Y dónde vivía usted anteriormente?

—En Moscú.

—¿Y a qué se dedicaba usted allí?

—Era teniente coronel, de la sección de contraespionaje de la KGB —dijo él, con orgullo.

Ann advirtió cómo él se jactaba y lo agradeció para sus adentros, consciente de que su arrogancia daría más fuerza a su argumento.

—¿Tuvo usted ocasión de conocer la Operación Arlequín mientras estuvo en la KGB? —preguntó ella, abriendo la primera grieta en el caso del Gobierno.

—Sí —admitió Kostov—. La conocía.

—¿Qué era la Operación Arlequín, señor Kostov?

Durante la época en que estuvo informando a la CIA sobre todas sus actividades le habían hecho la misma pregunta cientos de veces.

—Era un programa destinado a destruir personas que vivían en Occidente y que eran consideradas enemigas del socialismo mediante documentos falsificados —recitó, maquinalmente.

—¡Por los clavos de Cristo! —maldijo Jack entre dientes, dirigiéndose a Dinofrio.

Otras personas de la sala reaccionaron con igual sorpresa.

—¿Cómo se llevaba a efecto? —continuó Ann, ignorando la conmoción provocada.

—Había un departamento especial en Moscú donde trabajaban científicos de la Unión Soviética y de otros países socialistas. Su misión consistía en idear sistemas para falsificar documentos de forma que ningún tipo de análisis pudiese revelar su falsedad.

—¿Cuántos científicos formaban parte de este programa?

—Treinta y seis.

Un selecto grupo de hombres de élite, los mejores con los que había tenido jamás el privilegio de trabajar.

La voz de Ann era fría y sosegada, a pesar de que, desde el mismo momento en que Harry le había descrito la operación clandestina, se había sentido fascinada por la astucia de la misma.

—¿Inventaban formas de falsificar documentos cuya falsedad no pudiese revelar ningún tipo de análisis?

—Sí —dijo Kostov, a la vez que se preguntaba si estaría casada.

—¿Se falsificaban documentos que la KGB utilizaba contra determinadas personas?

—Sí. Según mi conocimiento personal, fueron usados contra un locutor de la televisión de Alemania del Este.

—¿Qué tipo de documento se falsificó en el caso del hombre de Alemania del Este? —preguntó ella, haciendo esfuerzos para reprimir su excitación.

—Un carnet del *Einsatzkommando*. Éste exterminaba judíos y gitanos. Los tribunales alemanes aceptaron al carnet como auténtico —le dijo él—. Y qué gran día había sido para los responsables de Arlequín.

—¿Qué le pasó a aquel hombre, señor Kostov?

—Se suicidó —contestó Kostov; y su respuesta tuvo el mismo nivel de emoción que hubiese podido usar para informar que se iba a la tienda de ultramarinos a la vuelta de la esquina. Un hombre se había dado muerte, pero la operación había sido un éxito. El fin justificaba los medios.

—Señor Kostov, ¿compartía la KGB sus conocimientos técnicos en documentos falsos con las agencias de seguridad de otros países comunistas?

—Sí.

Le gustaban especialmente sus piernas, pero el crucifijo lo desanimaba. Le habían dicho que era la hija de Laszlo. ¿Se había vuelto religiosa a raíz de enterarse de los crímenes de su padre?

—¿Los compartían con los húngaros? —preguntó Ann, disponiéndolo para la respuesta clave.

—Sí —dijo él, a la vez que se quitaba un hilo de la solapa—. Los húngaros mostraban un gran interés por Arlequín.

Ann no pudo menos que aplaudir su actuación.

—No más preguntas. Su testigo —le dijo a Jack.

Estalló tal conmoción en la sala durante unos minutos que Jack ni siquiera hizo el gesto de levantarse. El juez Silver golpeó una, dos, tres veces su martillo, y la sala finalmente se calmó. Recorrió la zona de los espectadores con la mirada, enviándoles el mensaje de que en la sala del tribunal *no* se toleraba ese tipo de comportamiento.

Jack se puso por fin en pie, sosteniendo todavía en la mano

el lápiz con el cual había estado tomando notas de forma frenética durante el testimonio de Kostov.

—A la vista de este nuevo testimonio, Señoría, ¿podemos suspender la sesión hasta mañana por la mañana? —solicitó.

Ann sonrió indulgentemente.

—No tengo objeción, Señoría.

Mikey se sentía desilusionado. Su primer día de juicio y el juez los mandaba a todos a casa temprano. Como mínimo, había esperado perderse todo el día de colegio. Pero no tendría esa suerte. Rogó e hizo carantoñas para ir a casa del abuelo, pero Ann se mostró inexorable. Podía ir a comer con ella, el abuelo y Karchy, pero luego, al colegio. Karchy lo acompañaría... Y nada de hacer novillos, les advirtió a ambos.

Para ella suponía volver al despacho. Entró en las oficinas de «Talbot & Talbot» balanceando su maletín, para ser recibida por un coro de secretarias que blandían puñados de hojas rosas «En su ausencia».

—Ha llamado el *New York Times*. «Sixty Minutes» quiere hablar con usted. Ha llamado George... —leyó la recepcionista de su hoja de llamadas recibidas.

—Ha telefoneado el juez Silver —interrumpió Angela, su secretaria personal—. Quiere verla de inmediato.

—¿Cómo? ¿Ahora? —exclamó Ann, y su júbilo se desvaneció de golpe.

—Ha dicho que de inmediato —le dijo Ángela.

Ann agarró las hojas de mensajes y dio media vuelta para dirigirse a la puerta de nuevo, sintiéndose ansiosa en extremo. Cuanto antes se enterase de lo que el juez tenía en mente, antes podría volver a respirar.

Jack ya estaba en el despacho del juez y parecía tan contento de sí mismo que a Ann le dio mala espina. Se quitó el abrigo y lo saludó con un ligero gesto de la cabeza. Él apenas acusó recibo de su saludo.

—Siéntese, señora Talbot —dijo el juez Silver, a la vez que le indicaba un sofá donde se amontonaban libros y revistas de jurisprudencia.

Ann apartó algunas revistas para hacerse sitio y se sentó cautelosamente. Intentando parecer tranquila, esperó con impaciencia a que el juez explicase aquel requerimiento urgente.

—Parece —empezó el juez—, que el Gobierno ha localizado un testigo que supuestamente sirvió con su cliente en los gendarmes y según afirma puede identificarlo como miembro de la Sección Especial.

Ann fulminó a Jack con la mirada.

—¿Lo han localizado ahora? Muy oportuno para usted —dijo, con sarcasmo, olvidando convenientemente que aquella misma mañana ella había utilizado la mismísima táctica.

El juez Silver frunció el ceño ante su salida de tono y prosiguió:

—Está en Budapest. Está fatalmente enfermo y no puede viajar. Escucharemos su testimonio en Budapest, a expensas del Gobierno. Los gastos de su cliente también serán cubiertos, si él decide venir con nosotros.

Ella tardó unos segundos en asimilar las palabras y luego pensó: ¿*Budapest*? ¿Quieren que vaya a *Hungría*? La idea era a la vez intrigante y perturbadora. La inquina de su padre para con el régimen comunista, especialmente después de 1956, había influido profundamente en sus sentimientos hacia aquel país —hasta el punto de que cuando ella y David estuvieron seis semanas en Europa en verano, ella había rechazado su sugerencia de visitar el lugar donde había nacido Mike.

La Hungría que ella conocía era más un estado de ánimo que una entidad geográfica. Estaba poblada por la gente con la que había crecido en Berwyn, por los hombres que bebían cerveza con su padre después de una jornada en la fábrica y que le pellizcaban sus mejillas en la iglesia los domingos; por rollizas mujeres con aspecto de matronas que parecían vivir dentro de sus delantales y que se comportaban con ella como gallinas cluecas, incluso después de haberse convertido ella misma en madre. Hungría, eran unas cenas deliciosamente sustanciosas en el Rendezvous y bailar hasta quedarse sin aliento en el festival de santa Elisabeth; música cíngara y odiosa discusiones sobre el fracaso de la sublevación de 1956; pósters de los majestuosos puentes que se elevaban sobre el Danubio.

Ahora el juez Silver le estaba pidiendo —no, *diciéndole*— que se enfrentase a la Hungría que existía fuera de los recuerdos de Mike Laszlo y más allá de los límites de West Side. Normalmente, habría saboreado la oportunidad de un viaje con los gastos pagados, aunque hubiese sido por motivos profesionales. Por regla general, se podían tomar las declaraciones, examinar los documentos y tener todavía tiempo libre para explorar interesantes museos y fisgonear en las tiendas. Pero Hungría era un país que uno evitaba..., no era un lugar para andar visitando monumentos como un turista despreocupado que manda a casa postales con el mensaje: Me gustaría que estuvieses aquí.

Sin embargo, no parecía que tuviese elección y, por lo menos, hablaba el idioma. En cuanto a si su padre la acompañaría..., esto era algo que debía decidir él y sólo él. Le dio la noticia aquella misma tarde, unas horas después, mientras tomaban café y galletas de semillas de amapola en la cocina.

—¿Tengo que ir a Hungría? —dijo él, a la vez que la miraba incrédulo, dejando una galleta colgando sobre la taza, a la espera de ser remojada. Podía haber estado hablando de un viaje a la Luna.

—No. Sólo si tú quieres —se apresuró ella a tranquilizarlo—. Yo tengo que ir.

Mike dejó caer con fuerza el puño sobre la mesa, tan fuerte que el café se derramó de la taza.

—No paran las mentiras —dijo él, furiosamente—. Tenemos al tipo de la KGB, que dice que el carnet es falso, y de pronto ellos se sacan un testigo de la manga. —Cruzó los brazos y se puso a mirar hacia la pared del fondo, parecía más asustado que preocupado—. Yo no voy. Me matarían. Es una trampa. Pondrían algo en la comida, o un accidente.

—Esto es paranoia, papá —le dijo ella, mientras se preguntaba si Harry sería de la misma opinión.

—¿*Paranoia*? —tronó él—. ¿No han inventado todo esto? ¡No es paranoia! No voy, Anni. Tú ten cuidado, pequeña. No puedo ganar sin ti. Sé que los comunistas también lo saben —añadió lúgubremente.

Si debía conservar su sano juicio y hacer bien el trabajo, no podía dejarse contagiar por los temores de él. Ella era una ciudadana norteamericana, que hacía un viaje profesional por cuenta del Gobierno. Más protegido no se podía estar. Nadie iba a meterse con ella.

—No te preocupes, papá —dijo, mientras cogía otra galleta.

Pero se daba cuenta de que sus palabras no habían tranquilizado a su padre, que sacudió la cabeza y frunció el ceño preocupado. No hacía falta ser un adivino de pensamientos para saber lo que estaba pensando: Haría bien teniendo cuidado con quién hablaba, qué calles recorría. En Hungría, podía suceder cualquier cosa.

Mikey estaba acurrucado en la cama de Ann y contemplaba cómo ella hacía la maleta con la desconsolada expresión del niño que considera que le están abandonando justo cuando él más necesita a su madre.

—¿Cuánto tiempo estarás fuera? —preguntó por tercera vez desde que ella le había dicho que tenía que marcharse a Hungría al día siguiente.

Ann sacó dos vestidos de lana del armario y los envolvió en un plástico para evitar que se arrugasen.

—No lo sé —dijo ella sonriendo al repetir lo que ya había dicho la última vez que él había hecho la misma pregunta—. Procuraré que no sean muchos días.

Si Mikey actuaba como de costumbre, la echaría desesperadamente de menos hasta que ella hubiese traspasado la puerta, pero luego estaría bien durante todo el tiempo que ella estuviese fuera. Para su hijo, al igual que para ella, la etapa previa era la peor de cualquier situación difícil.

—¿Cómo es que tienes que ir? —quiso saber él; y al sacar el labio inferior y fruncir el ceño, a Ann le recordó a su tío Karchy.

—Forma parte del juicio —explicó ella de nuevo, a la vez que cogía ropa interior y un camisón de franela. ¿Había calefacción central en los hoteles? Sacó un par de calcetines de lana, por si hacía frío en la habitación por la noche—. Debo ir allí para descubrir lo que pasó.

Mikey levantó un puño hasta la altura de su propio rostro y luego golpeó furioso la almohada.

—¡No me importa lo que pasó! —dijo en un bramido—. ¿A quién le importa? Sucedió hace mucho tiempo.

—Lo importante no es cuánto tiempo hace que pasó —dijo ella amablemente, para luego apartar la maleta y sentarse junto a él. Le pasó un brazo por los hombros y lo estrechó contra sí—. Lo importante es *que* pasó.

—¡No, no tiene importancia!

—Sí, sí tiene importancia —insistió ella con tranquilidad, mientras acariciaba su frente. Fuese lo que fuese lo que sacase él de aquella terrible experiencia, debía comprender que había algunas cosas que uno no podía dejar caer en el olvido.

Con una fuerza sorprendente, él se desasió de su abrazo.

—De todas formas, yo sé que el abuelo no hizo nada. No me importa lo que digan. ¡Lo que pasó... *pasado* está! —le espetó a la cara, intentando poner orden en su confusión—. ¿Cómo sabemos lo que pasó? —preguntó, y sus ojos imploraban una respuesta a la que pudiese aferrarse—. *Nosotros* no lo vimos. La gente sólo lo *dice*. La gente miente.

—La gente también dice la verdad —le recordó ella.

—No quiero que vayas —gimoteó, rodando hasta el otro lado de la cama, tan lejos de ella como le fue posible.

Ella alargó los brazos y lo abrazó tan fuertemente que podía sentir los latidos del corazón del muchacho.

—Volveré tan pronto como me sea posible —le prometió.

En opinión de Harry, el testigo enfermo tal vez era legítimo, pero era más probable que no lo fuera; no había forma de saberlo hasta que ella estuviese allí. Y ni hablar de que Mishka fuese con ella, había dicho a gritos antes de colgar violentamente el teléfono. ¡Silver debía de haber perdido la razón! Sin duda informó a David sobre el asunto, porque éste llamó a Ann para disculparse por haberse peleado con ella el domingo. Dijo sumisamente que era un hábito demasiado arraigado, que a veces le costaba mucho superar.

Para compensar su comportamiento grosero, se ofreció a acompañarla al aeropuerto por la mañana. Ella le dijo que ya se había puesto de acuerdo con Karchy, ¿pero podía ocuparse de Mikey, para que no se sintiese completamente abandonado por sus padres? David prometió que sería el padre modelo mientras ella estuviese fuera y le deseó un buen viaje.

A medianoche, una vez el pasaporte, el visado y el billete debidamente guardados en el bolso, Ann se metió en la cama pensando qué significaba ser un «pade modelo». ¿Estaba Harry cualificado para este título? A juzgar por lo que había oído de boca de David y lo que ella misma había visto, creía que no. ¿Y su padre? Se quedó dormida antes de tener ocasión de contestar a su propia pregunta.

O'Hare, considerado desde siempre el aeropuerto de mayor movimiento del mundo, estaba a la altura de su reputación cuando Karchy y Ann llegaron a la zona de salidas. Una constante corriente de coches se detenía y se marchaba, descargando pasajeros y equipaje, mientras los transeúntes sorteaban a los autobuses y taxis que pasaban por el carril de servicio. La Policía del aeropuerto lanzaba miradas penetrantes a los conductores que se atrevían a estar aparcados demasiado rato junto al bordillo. En cuanto a aparcar, había que olvidarlo. Un rápido beso de despedida, y no aparque aquí, señor, muévase.

Karchy detestaba las lágrimas y las escenas de despedida sensibleras, por ello se alegró de pasar rápidamente por el ritual de dejar a su hermana en el aeropuerto. Sacó la maleta de Ann del coche y metió un paquete de chicles en el bolsillo del abrigo de ésta, para el despegue y el aterrizaje.

—Escucha, no te preocupes por nada, ¿de acuerdo? —le dijo con una sonrisa maliciosa—. Cuidaré de papá. Tal vez vayamos al bar de abajo, a tomar unas copas. Ya he hablado con Mikey. Iremos al centro, a dar una vuelta, a ver un par de espectáculos —añadió; a continuación su rostro se iluminó como si hubiese tenido una inspiración—. Igual me lo llevo a follar, quizá también me llevo a papá a follar. Eh, tal vez hasta yo vaya a follar.

Ann le dio un rápido beso en la mejilla y sonrió mientras cogía su equipaje. Una idea pasó por su cabeza: *Ven conmigo, Karchy.* ¿Cómo se le había ocurrido una cosa así? ¿Un salto atrás, cuando ella era una niña y siempre podía contar con su hermano mayor Karchy para protegerla y librar sus batallas?

Le dio otro beso, en esta ocasión, uno de verdad y dio media vuelta.

—Annie, ¿te has llevado el cuchillo? —preguntó él detrás de ella.

—¿De qué estás hablando, Karchy? —dijo ella, lanzándole una mirada sorprendida por encima del hombro.

El rostro de él se iluminó con una amplia sonrisa y señaló con la mano a su entrepierna, para recordarle: *Si él me necesitase, yo cortaría algunos cojones.*

Violenta por su vulgaridad (*Te convendría ser realmente vulgar, Annie*), ella se sonrojó y lo saludó con la mano por encima del hombro.

Pero Karchy tenía que decir la última palabra.

—¡Eh, Annie! —gritó—. ¡Te quiero!

Ella sonrió para sí misma mientras las puertas automáticas se abrían y se apresuraba a meterse en la terminal. Como de costumbre, era una casa de locos. La gente corría frenéticamente para coger sus vuelos, las largas colas para facturar el equipaje parecían hacerse cada vez más largas, unos letreros dirigían a los viajeros por unos interminables pasillos en perpetuo estado de renovación. Siendo una nativa de Chicago acostumbrada a salir y llegar a O'Hare, Ann sabía que todo lo que se podía hacer era estar tranquilo, mantener la calma y confiar en que el avión de uno no despegase a la hora prevista.

Sin embargo, aquel día alguien debía de estar velando por ella, pues facturó el equipaje y obtuvo la tarjeta de embarque en un tiempo récord. En su camino hacia la puerta de embarque, se paró en un quiosco y compró el *Trib* y el *Sun Times*, un montón de ¡revistas y una novela inglesa de misterio y crímenes, para distraerse durante las catorce o quince horas de vuelo hasta Budapest. Así preparada, se dirigió hacia la máquina de rayos X situada al otro extremo del vestíbulo.

Había alguien allí para despedirse de ella, George, que llevaba un gran sobre que aparentemente tenía intención de darle a Ann como regalo de despedida. Sin aminorar la marcha, Ann le dijo adiós con un gesto de la mano. Estaba harta de los sobres manila de George y de las presumibles bombas de relojería que hacían tictac en su interior.

Pero George se negó a ser ignorado.

—Cógelo. Léelo —le instó, a la vez que se ponía al paso de su amiga.

Ann movió la cabeza y levantó las revistas. Ya tenía suficiente para leer, muchas gracias. A menos que el misterioso testigo de Budapest aportase alguna prueba extraordinaria, el caso de su padre estaba cerrado. George podía dejar de perder el tiempo investigando sobre su pasado.

—Annie —rogó George—, hace mucho tiempo que nos conocemos. Cógelo. Léelo. Por favor.

Segura de que iba a lamentarlo, Ann tomó el sobre de la mano de George. De acuerdo, ¿estaba contenta? A decir verdad, no había nada peor que ser *demasiado* concienzudo, como George estaba demostrando ser ahora, persistiendo en seguir con sus teoría sobre la conspiración contra Tibor Zoldan.

—La hermana de Tibor Zoldan vive en Budapest —le dijo a Ann—. Ve a verla.

La mirada de los ojos de George decía: Me duele más a mí que a ti.

—Lee esto, Annie. Debes hacerlo. —Mientras Ann introducía el bolso y la bolsa de mano en la cinta transportadora de rayos X, sus palabras salieron con un ímpetu desordenado—: Annie, Mike alquiló un coche el día antes de que Zoldan fuese atropellado.

Ann pasó por la barrera y siguió caminando. Tenía que coger un avión... Tenía que acudir a una cita en Budapest.

CAPÍTULO XIV

El sol estaba saliendo cuando el avión de Ann inició el descenso hacia el aeropuerto internacional de Ferinegy. Aturdida a causa de haber estado tanto tiempo encogida, miró por la ventanilla a fin de echar la primera ojeada a Hungría. A su derecha, lejos en la distancia, pudo vislumbrar el Danubio serpenteando en medio de Budapest. Más allá, el contorno de unas montañas: los cerros de Buda, según el folleto «Bienvenido a Hungría» que había encontrado en el bolsillo del asiento delantero. Aparte de esto, el paisaje que se extendía bajo ella en la pálida luz del alba, podía haber pasado por las afueras de muchas ciudades del Oeste Medio norteamericano a las que se había acercado desde el aire. Tendría que esperar hasta llegar a tierra para obtener una vista real de Budapest.

Mientras esperaba cerca de la puerta del avión a que saliese la gente que había delante de ella, respiró profunda y ávidamente el aire fresco. Su rostro agradeció aquel viento fuerte y refrescante. Según su reloj, todavía con el horario de Chicago, era casi mediocre. Allí estaban a punto de dar las seis de la mañana del miércoles. No era de extrañar que se sintiese cansada y extraña.

Haciendo esfuerzos para no bostezar, bajó la estrecha escalerilla y pensó en un baño, un sueñecito, café caliente y un paseo vigorizante. El juez Silver y Jack llegarían en vuelos posteriores. Se había olvidado de preguntar si se hospedarían en el mismo hotel que ella. Alguien se pondría en contacto con ella para ponerla al corriente de los planes. Entretanto, estaba sola y era anónima.

—¿Ann Talbot? —la llamó un joven de unos treinta años, que estaba al pie de la escalerilla.

Ella miró a su alrededor, asombrada ante el hecho de que uno de los extraños que descendían del avión la hubiese reconocido.

—¿Sí? —preguntó con cautela.

—Venga con nosotros, por favor —dijo el hombre, que hablaba un inglés claro pero con acento. Mientras le cogía la bolsa de mano, se presentó—. Andras Nagy, de la agencia «Magyar Turista». Ofrecemos servicios especiales. Bienvenida a Hungría.

Recordando las calamitosas advertencias de su padre, titubeó. ¿Servicios especiales? ¿Era esto un eufemismo por ser secuestrado por los comunistas? Tal vez iban a utilizarla para hacer algún tipo de chantaje, o estaban planeando drogarla para negociarla por su padre. *¡Basta ya!*, se riñó para sus adentros. ¡Y era ella la que hablaba de paranoia! No tardaría en ver espías y agentes secretos acechándola en cada esquina.

Probablemente se trataba de algo intergubernamental. El Departamento de Justicia debía de haberse dirigido a la agencia apropiada, para que el guía tuviese una descripción de ella. No debía de haber sido difícil reconocerla. ¿Cuántas otras mujeres bien vestidas de treinta y pico de años habían bajado del avión con aspecto de turistas atolondradas?

Confiando más en sus instintos que en el eco de las amenazadoras admoniciones de Mike, sonrió tímidamente a Andras Nagy y lo siguió, bastante contenta de tener a alguien que la ayudase a pasar por la aduana y por los inspectores de inmigración. Con su ayuda, todo el proceso, incluida la recogida de su equipaje, fue sobre ruedas y en menos de media hora estaba instalada en el asiento posterior de una limusina (no tan lujosa como la de Harry, pero igualmente cómoda), camino de Budapest.

—¿Había estado usted antes en Hungría —preguntó Andras, que estaba sentado delante, junto al conductor.

—No.

Miró por la ventanilla el paisaje que pasaba ante ella. La ciudad, que estaba empezando a despertarse, la sorprendió por ser limpia, moderna y cosmopolita, todo lo contrario de lo que ella había imaginado.

—Un hermoso país —presumió Andras, volviéndose para mirarla. Tenía una sonrisa dulce y el rostro abierto y cordial del hombre que disfruta ganándose la vida mostrando su país—. Le gustará. Tiene una gran *suite* en el hotel. Hemos comprobado que todo estuviese en orden —le aseguró.

—¿Trabaja usted para el Gobierno?

Él se rió y le dio un codazo al conductor, que compartió con él el chiste.

—No, se lo he dicho antes, agencia «Magyar Turista». A nadie le gusta trabajar para el Gobierno. No tiene dinero. Mañana, a las ocho, iremos a Fokorhas, el hospital —dijo, cambiando bruscamente de tema.

Una gran y abigarrada valla publicitaria llamó su atención: un cartel que ocupaba toda una pared anunciaba el Ballet Nacional Húngaro. En Chicago era la una de la madrugada. ¿Qué estaría haciendo su padre? ¿Habría ya cenado? Quizás él y la señora Kish se estaban dando calor el uno al otro.

—¿Habla usted húngaro? —quiso saber Andras.

—No muy bien —contestó ella, encubriendo la verdad a fin de que él siguiese dirigiéndose a ella en inglés.

—Aquí lo mejorará —dijo él con malicia.

El hotel «Gellert», en la parte Buda, al oeste del Danubio, resultó ser un antiguo, lujoso y saludable balneario que ofrecía baños medicinales de aguas naturales de fuentes termales. Como Andras había prometido, le habían reservado una gran *suite* de dos habitaciones. Estaba limpia, era cómoda y estaba elegantemente decorada con finos muebles Art Nouveau de finales de siglo.

Lo mejor de todo era que tenía una vista espléndida de la ciudad: Las ventanas de la salita daban al Danubio, cruzado por el puente Libertad, uno de los muchos construidos en el siglo pasado para unir Buda con su hermana Pest, al otro lado del río. A través de las ventanas del dormitorio, podía ver la cumbre del monte Gellert, coronado por el monumento, de imponente altura, erigido en honor de los esfuerzos del ejército ruso por liberar a Hungría de los nazis.

Revivida por una ducha, tomó el sobre de George y estudió la fotografía de Tibor Zoldan, un tipo bien afeitado de aspecto afable que parecía todo menos un sospechoso en un caso de chantaje. George había escrito la dirección de la hermana de Zoldan en Budapest en grandes y negras letras, destinadas obviamente a llamar la atención de Ann. Miró la nota, tras lo cual la arrojó sobre la mesa como si fuese algo demasiado caliente para ser cogido.

A pesar del desfase horario, se sentía completamente despejada. Habría sido una lástima perder las pocas horas libres que tenía durmiendo. Andras le había dicho que llamase a su oficina cuando quisiera dar una vuelta por la ciudad, a pie o en coche. De pronto se sintió animada y deseosa de caminar, tal vez río abajo, o tal vez daría un paseo por el Norte, hacia el castillo Hill.

Estaba estudiando el mapa de la ciudad cuando fue sorprendida por una llamada a la puerta. ¿Volvía Andras para repetirle si le permitía llevarla a dar una vuelta? Sin embargo, no fue Andras quien la saludó con una cálida y simpática sonrisa, sino un hombre de edad avanzada y pelo blanco vestido con traje y corbata, que llevaba un paquete primorosamente envuelto.

—¿*Madame* Laszlo? —dijo, inclinándose ligeramente desde la cintura.

—Sí, soy Ann Talbot.

—¿Le gustan los *choklats, madame* Laszlo? —preguntó, dando a la palabra su pronunciación húngara. Y le entregó el paquete.

—Gracias —dijo ella, aceptando cautelosa el regalo. A la vez que se odiaba por ser suspicaz, dijo—: ¿Es usted del hotel?

El hombre sonrió.

—No, *madame*. Sólo soy un hombre, un hombre húngaro. Muchos aquí en Budapest, hombres, mujeres húngaros, no quieren que su padre sea juzgado. Hombre inocente..., ¿para qué? Juicio es malo para los húngaros. Viejas heridas, a los húngaros no les gusta esto, no son... *bárbaros*. El mundo lo verá. ¿Para qué? El Gobierno aquí no comprende esto.

Ella lo miró más atentamente, en un intento de recordar su rostro.

—¿Cómo se llama? —preguntó.

—Eso no tiene importancia, *madame*. Pruebe los *choklats, madame*. Los encontrará... muy *dulces* —le dijo, poniendo un énfasis peculiar en la última palabra—. Páselo bien, *madame*.

Se inclinó de nuevo, la viva imagen de la cortesía y el encanto del Viejo Mundo, y se alejó.

—¡Espere! ¿Quién es usted? —lo llamó, queriendo saber más sobre aquellos hombres y mujeres húngaros que creían que su padre era inocente. ¿Y cómo la habían localizado en el «Gellert»?

Pero el anciano ya había desaparecido por la esquina al final del pasillo.

Volvió a entrar en la habitación y se apresuró a desenvolver lo que resultó ser una lata con bisagras y tapadera de vivos colores, con la imagen llamativa y viva de una pareja de cíngaros que se cogían de la mano. Abrió la caja y encontró dos hojas de papel, dobladas por la mitad. En una de las hojas, alguien había escrito su nombre: Anna Laszlo. Una vez las hubo puesto en orden, vio al instante que se trataba de unas fotocopias de documentos legales.

La visita de la ciudad debería esperar.

Todos los pasillos de los hospitales, fuese en América o en Hungría, tenían el mismo olor opresivo a medicina mezclada con enfermedad y muerte. Mientras seguía a Andras a través de las salas brillantemente iluminadas de Fokorhas, Ann dio gracias a Dios de que su padre estuviese todavía sano y decidió vigilar más su dieta. El médico de la sala de urgencias le había dicho que su presión sanguínea estaba alta y que el juicio estaba produciendo tensión en su organismo. Tan pronto llegase a casa, insistiría para que se hiciese un chequeo completo, para que no acabase gravemente enfermo en la cama de un hospital, como Pal Horwath, el nuevo testigo del Gobierno.

Era evidente que ya nada se podía hacer para salvar a Horvath, un hombre de rostro afligido, ojos hundidos y una boca marcada por el dolor. Ni siquiera levantó la vista cuando ella entró en la sala, donde la esperaban el juez Silver y Jack, junto con un intérprete y un operador de vídeo.

—Buenos días —le dijo al juez, e intercambió con Jack un saludo silencioso.

—Buenos días —contestó el juez Silver, a la vez que le indicaba que acercase la silla metálica—. ¿Tuvo usted un buen vuelo?

—Sí, gracias.

Habiendo acabado con las formalidades, el juez sólo quería empezar lo antes posible. Estaba claro que su presencia en la sala estaba provocando una gran tensión en el testigo.

—¿Están preparados? —dijo, e indicó al técnico que empezase a grabar.

Después de aclararse la garganta, el juez Silver declaró para el acta:

—Los Estados Unidos de América contra Michael J. Laszlo, caso número 260-224. Estamos en el hospital «Fokorhas» de Budapest, Hungría, con el testigo del Gobierno Pal Howath. Señor Howath, ¿está usted preparado para empezar?

Pero antes de que Jack pudiese hacer otra cosa que abrir la boca, Ann dijo:

—Señoría, solicito que no se lleva a cabo el testimonio de este testigo. No es un testigo digno de confianza.

Jack la miró incrédulo y el juez Silver la contempló por encima de sus lentes bifocales.

—¿En base a qué pone usted en duda su credibilidad? —preguntó, y estaba claro como el cristal que era preferible para ella que el motivo fuese irrefutable.

Sin embargo, Ann sabía que estaba pisando terreno firme, y dijo:

—¿Puedo dirigirme al testigo, Señoría?

—Protesto, Señoría —declaró Jack, furioso—. Es *mi* testigo.

El juez Silver levantó una mano indicándole que guardase silencio.

—Puede usted dirigirse al testigo en cuanto a su credibilidad, no con referencia a los hechos de su testimonio —permitió a Ann.

Horvath, que no entendía una sola palabra de inglés, apenas parecía seguir el intercambio entre sus visitantes. Ahora, mientras

Ann pronunciaba su nombre y empezaba a interrogarlo en inglés, ella la miraba sin comprender.

—Señor Horvath, ¿hizo usted, el 15 de abril de 1952, una declaración jurada para la Policía de Seguridad húngara afirmando que un hombre llamado Michael Szanidi era el hombre conocido como Mishka, que supuestamente cometió crímenes de guerra en el Centro de Interrogatorios de Lanchid?

El intérprete tradujo la pregunta para Horvath, que tosió secamente y dijo unas pocas palabras en húngaro.

—No, no hice esta declaración —dijo el intérprete.

—Señor Horvath —continuó Ann, con el rostro desprovisto de expresión—, ¿hizo usted, el 18 de noviembre de 1973, otra declaración jurada para la Policía de Seguridad húngara, afirmando que un hombre llamado Michael Bato era el hombre conocido como Mishka que supuestamente cometió crímenes de guerra en el Centro de Interrogatorios de Lanchid?

De nuevo esperaron tensamente que el intérprete terminase. En esta ocasión, Pal hizo un esfuerzo para incorporarse, gimió de dolor y seguidamente contestó con voz áspera.

—¡No sé de qué está usted hablando! —declaró el intérprete, haciéndose eco de la angustiada denegación de Horvath.

Ann sintió piedad por el pobre hombre. Había establecido el punto; no era necesario presionarlo más.

—Señoría, tengo aquí copias de ambos afidávits del señor Horvath identificando a aquellos dos hombres comno Mishka —dijo, para luego entregarle al juez las hojas que había encontrado dentro de la caja de bombones y añadir—: ¿Puede el intérprete traducir y leer estas declaraciones para el acta, Señoría?

—¿Puedo verlas, Señoría? —intervino Jack.

Miró ceñudo los dos documentos. Las palabras húngaras no significaban nada para él, pero los sellos de aspecto oficial parecían lo suficientemente auténticos como para sumirle en la desesperación.

—¿Señor Burke?

Jack devolvió los papeles al juez y presintió que su veredicto de culpabilidad se le estaba escapando de las manos.

—¿Puede el intérprete traducir y leer los afidávits para el acta, Señoría? —se apresuró a repetir Ann, ansiosa de terminar con Pal Horvath y marcharse.

El juez Silver tenía tantas ganas como ella de acabar con aquel asunto y pasarse algunas horas visitando la ciudad antes de regresar a Chicago. Pasó los documentos al intérprete y se reclinó contra la silla, mientras aquél los empezaba a leer ante la cámara de vídeo.

Mientras se oía la voz monótona del hombre, Ann miró a Horvath, que había cerrado los ojos y vuelto la cabeza, como si todas aquellas diligencias le aburriesen.

—...No albergo la menor duda sobre que el hombre que vi implicado en aquellas actividades era Michael Bato. Firmado, 18 de noviembre de 1973, Pal Horvath —concluyó el intérprete.

Hubo un momento de silencio, sólo roto por la ronca tos de Horvath. A continuación, el juez Silver preguntó, también para el acta:

—Señor Burke, ¿tenía usted conocimiento de estos afidávits?

—¡No, Señoría! —exclamó Jack, indignado y molesto ante la suposición implícita de que si hubiese estado enterado los habría suprimido.

—¿Cómo encontró usted a este testigo? —dijo el juez.

—Se dirigió a las autoridades húngaras hace una semana. Las autoridades húngaras nos lo notificaron. Identificó a Michael Laszlo entre una serie de fotografías.

Entonces Ann expresó la pregunta que estaba turbando al juez Silver:

—Si yo he podido encontrar las copias de estas declaraciones, Señoría, ¿por qué no ha podido hacerlo el Gobierno?

—¡No tenemos acceso a los archivos de seguridad húngaros! —le lanzó Jack.

—¿Quiere decir que yo he podido conseguirlos y ustedes no? Están cooperando con ustedes, no conmigo —le recordó, con júbilo. Seguidamente se volvió al juez Silver, y dijo—: Señoría, las autoridades húngaras *debían de* haber tenido conocimiento de estos afidávits anteriores. Estaban en sus archivos.

Luego, recordando la saliva deslizándose por la mejilla de su padre, no pudo resistir la tentación de hundir más profundamente el cuchillo en la herida de Jack.

—Ellos *sabían* que le estaban proporcionando un testigo que no es digno de crédito. Le han utilizado.

—¡Esto es absurdo, Señoría! —dijo Jack, furioso—. Las autoridades húngaras no han investigado a este hombre. Él acudió a ellas. Ellas se han limitado a ofrecérnoslo. Aquí no hay conspiración alguna. En este país, la mayoría de los informes ni siquiera está informatizada.

Horvath se agitó ante su furia y los apuntó con un dedo tembloroso, mientras balbuceaba algunas palabras en húngaro.

—¿Qué dice? —preguntó el juez Silver al intérprete, que tradujo sin pérdida de tiempo—: No albergo la menor duda de que es Laszlo.

El juez ya se había encontrado anteriormente con este tipo de testigos: almas atormentadas que identificaban de forma inequívoca a múltiples supuestos responsables del mismo crimen. Los psicólogos forenses habían conjeturado que se trataba de una necesidad de llamar la atención testimoniando públicamente contra hombres y mujeres inocentes. El hecho de que su momento de gloria pudiese desembocar en condenas injustas no parecía turbar sus conciencias.

—Su moción de excluir el testimonio del señor Horvath es aceptada —informó a Ann—. En cuanto a usted, señor Burke, nos ha traído hasta aquí en busca de la gallina de los huevos de oro a costa de grandes gastos para el Gobierno. No puedo aprobar su conducta, ni como juez ni como contribuyente.

—Señoría, por favor...

—Por favor, déjeme terminar, señor Burke —lo amonestó severamente el juez Silver—. Hasta el momento no he visto pruebas concluyentes de que el señor Laszlo cometiese aquellos atroces crímenes.

Jack hizo un último y desesperado intento.

—Mintió en el formulario de inmigración, Señoría. Lo ha admitido. Lo estamos acusando de *esto*.

—Por favor. No siga insultando la capacidad de los demás. Usted sabe que tiene que demostrar algo más que el hecho de que él mintió al decir que no había estado con los gendarmes —dijo el juez con desdén.

Ann vio una oportunidad y la cogió hábilmente al vuelo.

—Señoría —instó—, solicito la absolución de mi padre.

—Señoría —protestó Jack, débilmente—, la credibilidad de este testigo no justifica la absolución de los cargos.

—Seré yo quien decida esto, señor Burke —declaró el juez Silver, en un tono que no daba lugar a otro argumento. Habiéndosele agotado la paciencia para con el fiscal del Gobierno, cogió el abrigo y le dijo a Ann—: Su moción será estudiada, señora Talbot. Le deseo un buen viaje de regreso.

Y se marchó. Ann lanzó un rápido y silencioso suspiro de alivio y se levantó para irse. Junto a ella, Jack estaba todavía hundido en la silla, sumido en su derrota. Ella notó cómo él la estaba observando y, cuando se volvió para marcharse, se permitió esbozar una ligerísima sonrisa. A continuación salió de la sala apresuradamente a fin de alejarse lo antes posible de Pal Horvath.

Había recorrido la mitad del pasillo cuando Jack la alcanzó.

—Jamás podrá volverlo a mirar de la misma forma. Lo sabe, ¿verdad?

La mirada de su rostro le dijo a él que había dado en el blanco y esto le proporcionó algún consuelo.

—¡Maldito sea! —le espetó ella.

—Siempre pensará en aquella muchacha —le provocó él—. La pistola en su boca, los cigarrillos...

—¡No! —gritó ella, rompiendo el silencio del hospital.

Una enfermera asomó la cabeza por la puerta de una habitación y le impuso silencio severamente.

Jack bajó el tono de voz, pero continuó con sus pullas.

—Sí, pensará en ella. Sé que así será.

—No se detiene ante nada, ¿verdad? ¿Quiere perseguirlo, quiere castigarlo. *¡Él no hizo nada!* —dijo ella, furiosa, arremetiendo contra él como había estado deseando hacer a lo largo de todo el juicio.

—¿Cree que me preocupa castigar a su anciano padre? No es así. ¿Sabe lo que realmente me importa, Ann? Me importa recordar, me preocupa la memoria. Es demasiado tarde para cambiar lo que sucedió, pero no es tarde para recordarlo. No es demasiado tarde para salvar el recuerdo, para que jamás vuelva a suceder.

Esta idea le dio fuerzas durante su búsqueda de Michael Laszlo. Cuando sentía que no podía seguir adelante, que no podía leer una sola página más de los testimonios, que no podía entrevistar a otro posible testigo, pensaba en su trabajo como en un monumento viviente a las víctimas de Hitler: las víctimas de Mishka.

Sus apasionadas palabras debieron de haber hecho mella en ella. Advirtió por su expresión que por fin lo oía..., mejor aún, lo *escuchaba.*

—¿Y qué me dice de su hijo? —preguntó.

—¿Qué tiene que ver mi hijo con esto? —replicó ella, a la vez que se preguntaba por qué le estaba prestando atención.

—¡Todo! ¿En qué clase de país quiere que viva su hijo? ¿Quiere que viva en un país que acepta a las personas más horribles del mundo sólo porque a ellas no les gustan nuestros enemigos? ¿Quiere que viva una mentira? ¿Es esto lo que quiere de él?

La gente que pasaba junto a ellos en el vestíbulo, los miraba con curiosidad. Algunas personas los tomaban por unos enamorados y esperaban que su riña acabase bien. Parecían demasiado enamorados y era una pareja demasiado guapa como para perder el tiempo en peleas.

Fue oír lo de Mikey lo que finalmente la sacó de sus casillas. Enfadada consigo misma por escucharlo, dijo, furiosa:

—*Creo* que ha perdido el caso, usted *sabe* que ha perdido el caso. Está enfadado y desesperado por salvar algo de orgullo de todo esto. Su desesperación es tal que está incluso dispuesto a utilizar a mi hijo como argumento. El proceso se ha acabado, Jack. Ya no necesita seguir con sus argumentos.

—No está convencida de lo que dice. ¿Pretende decirme que no alberga ninguna duda con respecto a su padre?

—No, ninguna —dijo ella, sin un momento de vacilación.

Él no podía aceptarlo. Si así pensaba, se estaba mintiendo a sí misma.

—Dígame sólo una cosa, Ann —instó—. ¿Cómo va a poder vivir con él? ¿Será capaz de dejar que su hijo viva con él?

A ella le recordó un perro rabioso que había visto en una ocasión, con los ojos desorbitados y sacando espuma por la boca, impulsado por algún impulso enfermizo a atacar a toda costa.

—No tengo tiempo ni ganas de discutir estas cosas con usted —dijo fríamente, y se dirigió a grandes pasos hacia la salida.

Jack la siguió, manteniendo su paso.

—Éste es el viejo país del que ha estado oyendo hablar toda su vida, ¿verdad? Debe de sentirse como en casa.

—Yo me siento en casa en Chicago —dijo ella, sin mirarlo.

—¡Hábleme de eso, Ann! —exclamó, con furia—. La guerra se había *terminado*. Nosotros estábamos en Alemania. Los rusos estaban cruzando las fronteras húngaras. *Todo se había terminado*. Pero los húngaros seguían matando a sus judíos, dándole a su jodido y romántico Danubio con tono especial de azul.

¿Por qué? ¿Por qué está haciendo esto?, quería ella preguntarle. ¿Por qué no nos puede dejar en paz a mí y a mi padre?

—¡No todos los húngaros! —exclamó ella—. Algunos húngaros. Mi padre no.

Frustrado por su rechazo a dar crédito a las evidentes pruebas contra Mishka, él agarró su brazo y dijo en voz muy baja:

—¿Por qué no baja a la orilla del río? Verifíquelo usted misma. Mírese en el agua. Tal vez pueda ver su propio reflejo.

Enfrente del hospital estaba aparcada la limusina, con Andras, a la espera de llevar a *madame* allí donde quisiera. Agotada por la confrontación con Jack, Ann se hundió en el asiento posterior y se puso a mirar por la ventana, a ciegas, sin ver nada del paisaje de la ciudad que pasaba ante ella.

—¿Volvemos al hotel? —preguntó Andras, mientras el conductor conducía la limusina a través del cuello de botella que se había formado en las proximidades de uno de los puentes.

—Sí —dijo ella, mientras miraba cómo el Danubio fluía velozmente bajo ellos, con el brillante sol invernal centelleando sobre el agua. Suspiró tan ruidosamente que el conductor la oyó y miró a través del espejo para asegurarse de que *madame* estaba bien.

—¿Le gusta el *choklat, madame* Laszlo? —preguntó el conductor, pronunciando la palabra con el mismo acento que el hombre canoso que le había llevado los afidávits. Con la mirada puesta en la calzada delante de él, alargó una mano sobre su hombro y le entregó una caja similar a la que le había dado el hombre del pelo blanco. Sus ojos se encontraron en el espejo y el conductor sonrió.

¿Más documentos extraviados largo tiempo atrás?, se preguntó

Ann cínicamente. Abrió la tapa y fue sorprendida por el alegre tilín de una *czarda*. Una caja de música. Ella contempló las hileras de bombones de aspecto delicioso, que anidaban en unas barquitas de papel de aluminio dorado.

—¿Le gustan los *choklats*, verdad, *madame* Laszlo? —dijo el conductor.

—Sí —repuso petrificada por el significado de aquel regalo. ¿Pura coincidencia? Su lógica le dijo que era imposible—. ¿Qué puente es éste? —preguntó de pronto.

—Lanchid —le dijo Andras mientras la limusina bajaba por el puente para introducirse en la parte Buda del río—. En su idioma, el puente de las Cadenas.

—¿Puede usted parar, por favor? Me gustaría caminar un poco.

—Naturalmente —dijo Andras, contento de complacerle.

Ella le dijo que prefería pasear sola. Por consiguiente, mientras él y el conductor esperaban en el coche, ella atravesó el pequeño prado para dirigirse a la orilla del río, a unos doscientos metros de distancia. El prado estaba cubierto por una nieve ligera y polvorienta, bajo la cual intentaba abrirse camino la oscura hierba invernal. Aquí y allí había finos trozos de hielo, que se fundían en el cálido sol y llenaban de barro sus zapatos.

El muelle estaba embarrado y, cuando ella llegó a su altura, deseó haber pensado en ponerse las botas. Delante de ella, fluía el Danubio, en su camino desde Alemania para desembocar en el mar Negro. Recordó haber aprendido en clase de Geografía que el Danubio era el río más importante del centro de Europa, lo bastante poderoso para dividir a los habitantes de Budapest, le había contado su profesor en broma.

La orilla del río estaba ocupada por varios edificios grisáceos, todos de considerables proporciones. Ella los observó e intentó imaginar un almacén..., un centro de interrogatorios. En las proximidades, bajo el sol, había niños jugando y parejas paseando.

Observó cómo un niño pequeño, no tendría más de siete años, corría atropelladamente hacia el agua, agitando los brazos y gritando a las gaviotas que pasaban volando. Un hombre y una mujer, Ann supuso que serían sus padres, corrieron tras él, disfrutando de su regocijo. Él no quería que lo cogiesen, pero ellos lo alcanzaron y lo abrazaron entre ambos. Él se desasió y se puso a reír, los tres se rieron, de pie junto al muelle del Danubio, a la sombra del Lanchid.

El niño la ayudó a tomar una decisión. Ann se volvió y se alejó rápidamente del río. Se alejó todo lo que pudo de la limusina antes de volver a cruzar el prado, llegando a la calle a tiempo de ver un taxi en busca de pasajeros. Después de lanzar una rápida mirada hacia la limusina, hizo señas al taxista y subió al vehículo. George había ganado. Le haría una visita a la hermana de Tibor Zoldan.

Veinte minutos después el taxi la dejó frente a un edificio de apartamentos de aspecto pobre, que era uno de los muchos edificios en mal estado de aquel barrio de clase obrera. Miró a los buzones en el vestíbulo tenuemente iluminadas hasta que encontró el nombre que estaba buscando, Zoldan. El apartamento estaba en el tercer piso, al que se ascendía mediante una escalera embaldosada impregnada de olores a comida que hicieron que Ann sintiese nostalgia de Chicago. Al llegar al rellano del segundo piso, casi cambió de opinión, pero se impuso subir el último tramo. Había llegado demasiado lejos para volver atrás.

Su tímida llamada a la puerta fue contestada casi inmediatamente por una mujer de edad avanzada y rostro afable.

—¿Magda Zoldan?

—¿Sí? —contestó la mujer, en húngaro.

—Vengo de los Estados Unidos —le dijo Ann, también en húngaro—. ¿Habla usted inglés?

La mujer sonrió y se pasó una mano por la falda. Su ropa estaba gastada pero era limpia, y llevaba el pelo cuidadosamente sujeto en la nuca con un lazo.

—Hola. Adiós. ¿Cómo está usted? —contestó ella, mostrando su dominio del idioma.

—Hola —dijo Ann, a la vez que estrechaba la mano de la mujer. A continuación pasó al húngaro—. Yo era amiga de su hermano en los Estados Unidos.

El rostro de Magda se iluminó de entusiasmo.

—¡Oh! ¡Era usted amiga de Tibor! Pase, por favor, pase.

El piso estaba muy necesitado de pintura y la tapicería del sofá estaba raída y manchada. Pero Ann observó que era una mujer que tenía gusto y apreciaba los pequeños detalles decorativos; como un floreado chal de lana que había colocado sobre el respaldo del sofá y el jarrón pintado a mano sobre un tapete de encaje en el centro de la mesa.

—Siéntese, siéntese —insistió hospitalariamente, encantada de estar con alguien que había conocido a Tibor.

—Gracias. No hablo muy bien en húngaro —se disculpó Ann.

—No se preocupe. La entiendo. ¿Quiere usted una taza de té. Puedo hacerle un poco de té —le ofreció Magda con entusiasmo.

Ann movió negativamente la cabeza.

—No, gracias.

Mientras se dirigía allí, había estado pensando en lo que le diría a Magda Zoldan. Ahora dijo:

—Sólo quería conocerla. Tibor me habló mucho de usted.

—Tibor. Tenía tantos deseos de irse a América —dijo la mujer, cuya voz estaba llena de tristeza por su hermano muerto y sus sueños perdidos—. América debe de ser maravilloso, un país estupendo. Él tenía un amigo allí. Vio una fotografía de este amigo en un periódico de aquí. Dijo que su amigo era rico.

—¿Quién era este amigo? —preguntó Ann, con el corazón encogido—. Tal vez lo conozca.

Magda se encogió de hombros. Su hermano era tan reservado.

—No lo sé.

—¿Tenía un amigo que se llamaba Mike Laszlo?

La dama reflexionó un momento para luego decir:

—Nunca he oído este nombre. ¿Y usted cómo se llama?

—Ann Talbot.

Magda la observaba con curiosidad. Una mujer norteamericana que hablaba húngaro y no tenía un nombre húngaro.

—Nunca me habló de usted. Tampoco mencionó a este otro amigo suyo. No le gustaba escribir ni cartas ni postales. A mí me encantan las postales. Siempre las he coleccionado.

Intercambiaron sonrisas. A Magda le gustaba aquella joven, le habría gustado que se quedase un rato, tomase té y charlase de Tibor con ella.

—¿Qué hacía Tibor allí... en América?

—No gran cosa. —Ann buscó algo, luego decidió ponerlo en la fábrica con su padre—. Él...

Pero Magda ya estaba en otra cosa.

—Después de su muerte, sólo me enviaron sus cámaras y su billetero. En su billetero sólo había un resguardo.

—¿Qué tipo de resguardo?

—Se lo enseñaré —ofreció Magda. Se dirigió a la cómoda y sacó el billetero de Tibor que había salvado junto a otros recuerdos. Le entregó el resguardo a Ann y preguntó—: ¿Qué es esto?

—Es una papeleta de empeño —explicó Ann—. Él les dio algo de valor y le prestaron dinero a cambio.

—¿Qué les dio? —quiso saber Magda, cuyos ojos se iluminaron.

—No lo sé.

Una idea estaba tomando forma en la cabeza de Ann.

—¿Quiere que me lo lleve y le envíe lo que hubiese empeñado?

—Sí —aceptó Magda encantada—. No tengo muchos recuerdos suyos.

—*Okay*, se lo mandaré —dijo Ann mientras daba vueltas al resguardo en sus manos.

—Oh-kay —dijo Magda sonriendo e imitando el acento de su nueva amiga americana. Qué amigas tan encantadoras tenía Tibor. Ella nunca había sabido si él había sido feliz en América, o si su amigo rico le había prestado dinero. Probablemente no, o no hubiese tenido que canjear aquel objeto precioso, fuese lo que fuese, por la papeleta de empeño—. ¿Me enviará usted una postal de América? —le pidió a Ann melancólicamente.

Ann tenía la sensación de que debía decirle algo más a Magda, por ejemplo algún mensaje de América, pero no se le ocurrió nada. Por ello, sonrió y se levantó para marcharse.

—Le mandaré un montón de postales de América.

Magda se puso en pie despacio, sintiendo un dolor agudo a causa de la artritis. Probablemente mañana volvería a nevar. Cuando la mujer se hubiese marchado prepararía un poco de sopa.

—Gracias —dijo, para luego acompañar a su visita hasta la puerta con gran pesar.

Justo a la derecha de la puerta había una mesita baja decorada con algunas fotografías enmarcadas y otro jarrón de flores. En una de las fotografías aparecía Magda, muy bonita y adolescente, cogida de la mano con un hombre de unos veinte años. Una larga y profunda cicatriz surcaba la mejilla izquierda de este último. Ann miró la cicatriz y fue transportada de pronto a la sala del tribunal.

Magda afirmó con la cabeza, como si comprendiese.

—No reconoce a Tibor, ¿verdad? Se hizo la cirugía estética, tres veces. Injertos de piel. Se gastó en ello todos los *forint* que tenía.

—¿Qué hizo durante la guerra? —preguntó Ann, haciendo un esfuerzo para que no le temblase la voz.

—Estuvo en el ejército, como todos —contestó Magda, que apartó la mirada, incapaz de encontrarse con los ojos de Ann. A continuación se sobrepuso y dijo—: No se olvide de las postales.

Todo estaba empezando a parecer demasiado extraño. Se estaba desorientando allí en Budapest, en aquella ciudad dividida por el Danubio y sus recuerdos de la guerra. No, no olvidaría las postales. Se las mandaría pronto, tan pronto llegase sana y salva a América, donde ella pertenecía.

Sin embargo, al día siguiente, mientras obsevaba desde la ventanilla del avión cómo Budapest disminuía de tamaño en la distancia, había lágrimas en sus ojos. Podía vislumbrar la gruesa serpiente marrón verdosa que era el Danubio, pero los puentes eran como pequeñas manchas plateadas, tan diminutos que podía muy bien estar imaginándolos.

—¿Quiere usted un *Herald Tribune*?

Sobresaltada, Ann se volvió y vio a una azafata que le sonreía.

—¿Quiere usted un *Herald Tribune*? —repitió la azafata que sostenía una pila de periódicos internacionales publicados en París.

Ann aceptó. Desde hacía dos días, no había leído un periódico. Un enorme titular le saltó a la vista: EL JUEZ EN EL CASO LASZLO: NO HAY EVIDENCIA DE CULPABILIDAD.

CAPÍTULO XV

La lógica le decía que sería preferible dejar la visita a la casa de empeños para el día siguiente. Pero Ann no podía esperar. Tenía que saber lo que Tibor Zoldan le había dado al prestamista sin duda a cambio de mucho menos dinero de lo que valía el objeto. Desde Budapest no había llamado a nadie para comunicar que volvía a casa. Por consiguiente, cuando el avión aterrizó en Chicago, nadie la esperaba y a nadie tuvo que dar explicaciones.

Cuando por fin consiguió sacar el equipaje y salir ella misma del caos de la terminal internacional de llegadas, eran las cinco y media. ¡Qué lástima no tener a un Andras esperándola para facilitarle las cosas en esta parte del mundo! Como no sabía a qué hora cerraban las casas de empeños, confió en que ésta estuviese abierta hasta tarde. La suerte estaba de su parte, y no tuvo que esperar mucho para conseguir un taxi. El recorrido hasta West Side en medio del tráfico de la hora punta, fue un rato de puro nerviosismo.

Pero cuando el taxi se detuvo en la dirección que ella le había dado, lanzó un suspiro de alivio. Las luces estaban encendidas dentro de la tienda, enfrente de la cual colgaban tres grandes esferas metálicas, el símbolo medieval de los prestamistas. Por diez dólares de más, convenció al taxista para que la esperase; y ella bajó rápidamente del taxi, ansiosa por resolver el misterio.

Al entrar en la tienda, se vio a sí misma en el espejo de cuerpo entero que había en una de las paredes. Estaba ojerosa y pálida a causa del agotamiento. Parecía como si no hubiese dormido desde hacía días, lo cual no estaba muy lejos de la verdad.

En otras circunstancias, habría sentido curiosidad por los tesoros escondidos que podían encontrarse allí entre toda aquella suciedad y desorden. Pero aquella noche su curiosidad era exclusivamente para lo que podría obtener con el resguardo de Zoldan.

El propietario la oyó entrar y salió arrastrando los pies de la trastienda, para ver quién iba a perturbar su cena consistente en una pizza regada con un trago de whisky. No se molestó en ocultar su sorpresa. Las mujeres blancas y guapas no solían frecuentar su lugar. Además, ésta tenía dinero. Lo podía decir por las joyas que llevaba. Pero cuando ella le entregó el resguardo, lo miró dubitativamente.

—Cielo santo, señora. Ha tardado usted mucho en volver —gruñó, mientras se rascaba el pecho.

Ann sonrió forzadamente e intentó sofocar su impaciencia mientras el hombre desaparecía en la trastienda durante un tiempo que le pareció eterno. Cuando volvió a aparecer, iba moviendo la cabeza.

—188,90 dólares —anunció, con un gesto de disgusto, como si temiese que ella considerase que el precio era demasiado elevado.

Colocó sobre el mostrador una caja de madera vistosamente labrada. En su tapa había dos figuras de cerámica, un hombre y una mujer, ambos vestidos con los trajes típicos húngaros, listos para bailar. La caja parecía muy antigua y mucho más valiosa de lo que el prestamista le había dado a Zoldan por ella.

Ann sacó rápidamente el billetero en busca del dinero y pagó al hombre antes de que él leyese su mente y decidiese aumentar el precio. Ella cogió la caja y ya estaba a medio camino de la puerta cuando el prestamista súbitamente se dio cuenta de que tenía un cliente rentable.

—Eh, oiga —la llamó—. Tengo unos anillos de diamantes preciosos.

—¿Dónde vamos ahora, señora? —quiso saber el taxista.

Ella le dio la dirección de Wilmette y esperó con gran impaciencia hasta que hubieron entrado en la autopista Eisenhower. Allí tenía por fin luz suficiente para mirar convenientemente la caja de Zoldan.

En su cara inferior, descubrió un pequeño botón metálico, que cuando se apretaba dejaba libres las figuritas, que empezaban a bailar sobre la superficie de la caja al ritmo de una alegre *czarda*. *¡Era una caja de música!* Los bailarines continuaron su *pas de deux* incluso después de haber abierto la tapa, que dejó al descubierto un compartimento vacío, forrado de terciopelo púrpura. Después de su afanosa búsqueda del objeto de Tibor Zoldan, la pista se acababa allí. Podía mandar la caja de música a su hermana y no volver a pensar en ello nunca más.

Pero entonces sus dedos encontraron otro diminuto botón que dejó al descubierto un cajoncito poco profundo ingeniosamente escondido. Metió los dedos y sacó una fotografía rota en los cantos a causa del tiempo, pero en la oscuridad no podía distinguir a ninguna de las personas de la fotografía.

—¿Podría usted encender la luz? —le pidió al conductor.

—Oh, señora —gruñó él—, ya es bastante difícil conducir...

Pero por otros diez dólares estuvo encantado de hacerle aquel favor.

Ella necesitó unos instantes para que sus ojos se adaptasen... para reconocer a su padre, sonriendo y vestido con el uniforme de la Sección Especial. Tenía un rifle en una mano, con él apuntaba a la cabeza de otro hombre. Este otro hombre rodeaba con sus brazos a una mujer y a un niño pequeño; y los tres estaban atados juntos con varios metros de alambre.

En el cajoncito había otras fotografías, todas de su padre, sonriendo y apuntando con su rifle a distintas personas en varias posturas macabras. En la última fotografía de la serie, rodeaba con su brazo el hombro de una muchacha presa de pánico. Estaba desnuda y miraba con ojos vidriosos a la cámara.

El taxista, que llevaba en la profesión veinticinco años, había visto muchas cosas extrañas en el asiento posterior de su vehículo. Pero jamás había escuchado nada como aquel débil y penetrante gemido procedente de la boca de su pasajera. Cuando la observó a través del espejo retrovisor, ella estaba desplomada hacia delante, con los brazos alrededor del pecho, balanceándose hacia atrás y hacia delante como si estuviese enferma.

—¿Está usted bien, señora? —preguntó él, alarmado por los sonidos que emitía.

Pero, gracias a Dios ya habían llegado a casa.

Tenía que verlo. Tenía que oír de su boca la respuesta a la pregunta que martilleaba su cerebro: *¿Por qué?* Tenía las llaves del coche en el bolso. Ni siquiera se tomó la molestia de entrar en casa para dejar la maleta; se metió en el coche y se dirigió a Berwyn, sin pensar, intentando no sentir nada. Cuando se detuvo ante la puerta de la casa de su padre, sólo había una luz encendida, la del dormitorio. Ann apagó el motor e hizo un esfuerzo para reunir el valor suficiente para bajar del coche.

De pronto, como si Mike hubiese intuido su presencia, éste miró por la ventana y le hizo un gesto con la mano a guisa de saludo. Luego desapareció tan de prisa como había aparecido. Ella no estaba preparada para enfrentarse a él..., todavía no. Primero tenía que poner en orden las ideas, pensar en lo que iba a hacer. Temblando a causa del pánico y el agotamiento, puso el coche en marcha y se alejó a toda prisa de la entrada. Ya estaba a media manzana cuando Mike abrió la puerta para ver cómo las luces traseras del vehículo desaparecían de su vista.

Su propia casa estaba oscura y silenciosa, salvo por el teléfono que sonaba y que ella había oído incluso antes de poner un pie dentro. Sonaba de forma insistente, exigiendo ser contestado, pero ella tomó el auricular y lo dejó descolgado.

Más tarde, mucho más tarde, se despertó de su trance para encontrarse en la sala de estar, sentada en medio de la oscuridad. Se dirigió medio atontada a la cocina, cogió el teléfono y marcó torpemente el número de David. Contestó su hijo después de la primera señal.

—¿Mikey? —balbuceó, haciendo un esfuerzo terrible para que sus labios formasen la palabra—. Te quiero. Acabo de llegar. Nos veremos mañana. —Fue todo lo que consiguió decir—. Te quiero —volvió a decir. Y colgó.

El teléfono volvió a sonar inmediatamente. Ann dio un respingo como si acabase de oír el silbido de una serpiente de cascabel. ¿Papá? Tendría que hablar con él un día u otro; al día siguiente, o ahora. ¿Acaso no le había él dicho siempre que no dejase para mañana lo que podía hacer hoy?

—¿Diga? —dijo, con una voz que le salió desafinada y ronca.

Él le dijo que estaba preocupado. Había llamado y llamado sin recibir contestación, luego había estado comunicando largo rato, y él había pensado que...

—Debe de haberse quedado descolgado, papá.

Se sentía como un autómata, desprovista de sensibilidad, una muerta viviente.

Él le dijo que daba la sensación de que no se encontraba muy bien. ¿Estaba enferma? ¿Y por qué se había marchado sin entrar?

Ella logró esbozar una débil excusa.

—Es que estoy muy cansada..., y pensaba que estabas durmiendo. No, no te he visto.

Pero él estaba excitado. Tenía que celebrarlo. ¿No se había enterado allí en Budapest? El juez Silver...

—Sí, lo he leído en el periódico, papá —dijo ella—. Pero ya te lo he dicho, estoy agotada.

Sí, duerme, le dijo él. Se había ganado un sueño largo y reparador. Además, mañana había una fiesta en casa de Harry y podrían celebrarlo juntos.

—Te veré allí —murmuró ella, apenas consciente de lo que estaba diciendo—. Sí, papá, yo..., yo también te quiero.

Se quedó dormida al instante, hecha un ovillo contra el respaldo del sofá, como un feto en el útero de su madre.

Eran más de las doce del mediodía cuando Ann se despertó, entumecida y con dolor en más músculos de los que pensaba que tenía. Le dolía el cuerpo, le dolían los ojos, le dolía el corazón, y se suponía que debía estar en casa de Harry a la una. Reaccionó sin saber muy bien cómo —¿por qué tenía la impresión de estarse vistiendo para un funeral?—, y prácticamente se empujó para salir de casa. Iba únicamente porque Mikey estaría allí. Deseaba verlo, a él y a nadie más.

A la distancia mínima de la mansión que les había permitido Harry, se habían agrupado unos reporteros. Harry y su padre estaban en medio de ellos, sin lugar a dudas hablando largo y tendido sobre su tremenda victoria. Al verlos, Ann sintió náuseas. No había comido desde el avión, a excepción de una taza de café que le quemaba el estómago como un cráter.

—¡Eh? ¡Lo has conseguido! ¡Los has jodido! —exclamó Karchy, que había aparecido detrás de ella. La rodeó con los brazos y no se le ocurrió otra cosa que auparla en el aire como un saco de patatas—. ¡Jesús, Annie, les has cortado los cojones! ¡Te quiero! ¡Te quiero! ¡Mierda, te quiero!

Ella fingió una sonrisa y preguntó:

—¿Dónde está Mikey?

—¿Dónde está Mikey? —bramó él, con fingida indignación—. ¿Es todo lo que se te ocurre decir? Está dentro, saldrá en seguida. ¡Ven, papá te está esperando! —añadió, a la vez que la cogía del brazo y la arrastraba hacia el grupo congregado en el jardín. Pero ella se desasió y se encaminó hacia la casa.

—¡Mikey está bien! —exclamó Karchy, perplejo ante la falta de entusiasmo de su hermana.

De hecho, justo cuando ella llegaba al porche, salía Mikey, saltando y gritando:

—¡Mamá! ¡Mamá!

Y cayó inmediatamente en sus brazos.

—Te he echado de menos. Te he echado de menos —dijo ella, con vehemencia.

Mikey estaba rebosante de alegría.

—¿No es genial lo del abuelo? ¡Te lo había dicho! Él no hizo nada; ¡la gente mentía! ¿Y sabes una cosa, mamá? —exclamó, cambiando bruscamente de tema—. ¡El abuelo Talbot me ha regalado un poney! Tienes que verlo. ¡Ven, voy a enseñártelo!

Ella lo abrazó de nuevo y prometió:

—Iré dentro de un momento.

—Date prisa, mamá —le instó Mikey, a la vez que se dirigía corriendo hacia la parte posterior del jardín—. ¡Es tan bonito!

¿Había sido ella jamás tan feliz como lo era Mikey aquel día? Su abuelo exculpado y, además, un poney. Se dirigió a la ventana del despacho de Harry y contempló a su hijo, que daba saltos entre sus dos abuelos, los cuales estaban alimentando con manzanas al nuevo amigo de Mikey, un hermoso animal negro. Seguía sin poder comprender lo de su padre. ¿Cómo demonios iba su adorado nieto a digerirlo jamás? Ella era su madre, se suponía que debía ser capaz de ayudarlo en las crisis. Pero, para ésta, se sentía vergonzosamente mal equipada.

—¿Anni? —Llegó la voz de Mike procedente de la parte posterior de la casa—. ¿Dónde estás? —Como ella no contestaba, volvió a llamar—: ¿Anni?

No podía seguir escondiéndose de él.

—Estoy aquí, papá —respondió, al tiempo que, por primera vez en su vida, sentía miedo de él.

Oyó sus pesados pasos fuera de la habitación.

—¡Pequeña mía! —exclamó, a la vez que extendía los brazos para abrazarla, pero de repente vio la mirada de su rostro y dijo—: ¿Qué ocurre, Anni?

—Lo sé, papá —le dijo, dándole la espalda.

—¿Qué es lo que sabes, Anni? —preguntó él, atónito ante su comportamiento—. Hemos ganado. El juicio se ha terminado. El juez me ha absuelto.

—Lo sé todo, papá.

Impaciente ante todo aquel teatro, indicó:

—El juicio se ha acabado, Anni. ¿Qué es todo? Hemos ganado. Harry dice que vamos a presentar una demanda.

A ella le asombró y asustó su audaz sangre fría. Se dio la vuelta y se limitó a decir:

—Tibor.

—¿Qué Tibor?

—Tibor Zoldan. Lo mataron —le recordó. ¿Acaso podría él olvidarlo jamás?

—Sí. Un accidente de tráfico. Te lo dije.

—Lo atropelló otro coche cuyo conductor se dio a la fuga.

Ella estaba llevando aquel caso con una atención que jamás había prestado a ningún otro proceso.

Él se encogió de hombros.

—¿Y qué?

Ella fue citando los hechos.

—Alquilaste un coche, papá. La víspera de su muerte. A ciento cincuenta kilómetros. George tiene el comprobante del alquiler.

—Habíamos quedado en el «Círculo Arpad» —se defendió Mike.

A continuación alzó agitando la voz—: El «Chevrolet» se había roto. Estaba en el taller. Alquilé un coche que devolví cuando el «Chevrolet» estuvo reparado.

Pero ella no lo creía, ni una palabra. Había escuchado tantas mentiras de su boca que se preguntó cómo podía todavía inventárselas.

—Te estaba haciendo chantaje —dijo ella.

—¿*Chantaje*? Era un amigo del campo...

—He visto la cicatriz, papá.

—¿La cicatriz? ¿Qué cicatriz? Él no tenía ninguna cicatriz —protestó Mike, genuinamente asombrado.

—Sí, tenía una cicatriz, que le atravesaba verticalmente la mejilla izquierda, exactamente como dijeron los testigos —declaró ella, sintiéndose hecha pedazos. Las pocas energías que le quedaban se habían agotado con su inexorable determinación de llevar su mentira hasta el final.

Con el rostro enrojecido por la ira, él apretó los puños.

—¡Tú crees que yo...! ¡No, no, no, Anni! Tú piensas que yo...

—Sí —dijo ella entre dientes—. Tú los mataste a todos.

Cuando él se acercó a ella implorando, el rostro de Ann era como de piedra.

—¡No, no, Anni! Tú eres mi niña, Annie, por favor...

—¡No me toques! —exclamó ella.

A la vez dio un paso hacia atrás.

—No quiero que me toques, papá —dijo ella, y su voz era como el hielo.

Un minuto más y se pondría a llorar. Notaba ya cómo las lágrimas empezaban a surgir. Le dolía la garganta a causa del esfuerzo de mantener el control, y se giró de nuevo para mirar por la ventana. En el jardín de la parte de atrás, Mikey estaba intentando montar el poney, mientras Harry lo observaba.

—¿Cómo pudiste haber hecho... estas cosas, papá, y educarme de la forma que me has educado?

Él permaneció en silencio e inmóvil como una roca.

—Contéstame, papá —imploró ella—. Necesito que me contestes. ¡Contéstame, papá, por favor! ¡Contéstame!

—¿Qué te pasa, Annie? ¿Qué te han hecho allí, Annie? ¿Qué te han hecho los comunistas, Annie? —dijo él con una voz inundada de pena.

Ella lo miró fijamente, perpleja ante lo que él estaba diciendo. Finalmente, después de que el silencio entre ellos hubiese empezado a cobrar vida, murmuró:

—Te quiero, papá, pero no quiero volver a verte nunca más. No quiero que Mikey vuelva a verte.

—¡No! —exclamó él, aterrorizado ante la idea de perder lo que más le importaba en el mundo—. ¡No!

—Para mí estás muerto, papá —dijo ella muy despacio.

Él comprendió que ella hablaba completamente en serio. Con habilidad, con la destreza del hombre que tiene años de experiencia en fingir, empezó a protegerse.

—No puedes hacerme esto —le advirtió.

—Para mí no existes —dijo ella, y necesitó todas sus fuerzas para seguir respirando.

—¡No puedes hacerle esto a tu padre! —gritó él.

—Adiós, papá —dijo ella en un susurro.

—¡No puedes hacerme esto! ¡Es mi nieto! ¡Él es mi chico!

Una rabia furiosa hervía dentro de él y amenazaba con desbordarse, como la ardiente lava fundida de un volcán.

—Tú no tienes nieto —dijo ella, en la esperanza de que él entendiese exactamente cómo iba ella a actuar—. No tienes hija.

Él levantó un poco la mano, como si fuese a pegarla, luego contuvo su furia.

—¿Vas a contarle a Mikey toda esa inmundicia? ¿Vas a envenenarle la mente como te han envenendado a ti? —despotricó él.

—No, mientras tú no me obligues a ello —le contestó ella, dando la sensación de estar más tranquila de lo que en realidad estaba.

Por un momento ella pensó que él iba a ponerse a llorar y esperó que no fuera así, pues sabía que sus lágrimas la harían flaquear. Pero cuando él levantó la mirada hacia ella, estaba sonriendo..., la sonrisa del joven Mishka que había visto en las fotografías.

—¿Crees que te voy a permitir que le digas estas cosas, Ann? Si le dices estas cosas ya no serás mi hija. Si le dices estas cosas serás una extraña. Serás una extraña que intenta hundirme. Voy a defenderme, Ann. Haré todo lo que tenga que hacer para defenderme.

—¿Me estás amenazando, papá? —preguntó ella, libre del temor que había experimentado antes, ahora que había visto su debilidad.

—No, no te estoy amenazando... Annie, mi pequeña. —El rostro de Mike era una mezcla desgarradora de dolor y furia—. Puedes decirle lo que quieras. Puedes contarle lo que quieras. Mikey no te creerá. Todos dirán que estás loca.

Se volvió para marcharse, pero todavía tenía algo que decirle:

—Algo te ha ocurrido. Escucha a tu padre, Ann. Estás cansada. Necesitas descansar, Ann.

Fuera, justo debajo de la ventana donde ella se hallaba, Harry estaba todavía alternando con los medios de difusión que comían de su mano como cachorros con su amo.

—Escuchad, muchachos, Mishka es uno de los tipos más decentes que jamás he conocido —estaba pontificando, y su voz sonaba como si estuviese presentándose para la candidatura de una oficina pública—. Mirad lo que le han hecho. Le han hecho pasar por una prueba de tortura. Dejemos de atacar al caballo nazi muerto. No dejemos que una generación de peces gordos ambiciosos persiga a un hombre inocente como Mike Laszlo. ¡Estamos en una democracia! No estamos en la Inquisición. Concentrémonos en el futuro, no en el pasado. Preocupémonos por nuestros nietos, no por los abuelos.

Ella sí estaba preocuapada por el nieto, el cual se reía mientras hacía esfuerzos para subir al poney con la ayuda de la mano de su abuelo Mike. Era una escena distorsionada de un agradable cuadro familiar: Karchy, Mikey, Mike... y agrupadas detrás de Mike las almas colectivas de sus víctimas muertas. Y observándolos desde la lejanía estaba Ann, con lágrimas corriendo por sus mejillas.

Era agradable ser acaparada por la rutina familiar: ayudar a Mikey con sus deberes, hacerle la cena, meterlo en la cama. Le deseó «Buenas noches, que duermas bien», y lo abrazó fuertemente, luego le dio un gran beso en la frente. Mikey se acurrucó bajo las sábanas casi medio dormido. Entre la celebración del abuelo y el poney estaba totalmente agotado.

Pero no demasiado cansado para, mientras ella salía de puntillas, decir inesperadamente:

—¿Qué te parece si lo llamamos *Gitano*? Me refiero al poney —le explicó en respuesta a la perplejidad de ella—. ¿Qué te parece si lo llamamos *Gitano*?

Como ella no supo qué contestarle, se limitó a mover la cabeza, no. Él pareció comprender, porque añadió rápidamente:

—Tal vez debamos pensar en ello un poco más.

—Te quiero —le dijo ella, y se volvió para marcharse.

—¡Mamá! —la llamó él con un último brote de energía—. ¡Puedo ir y montarlo siempre que quiera! ¿No es estupendo?

Ella asintió con la cabeza y salió al pasillo. Pero él la detuvo por tercera vez, para decir:

—Te he echado de menos, mamá —que era lo que había querido decirle desde el primer momento.

Había recorrido ya la mitad del tramo de escalera, cuando oyó un ruido procedente de la habitación de Mikey y se volvió para comprobar de qué se trataba. A través de la puerta abierta, lo vio en el suelo haciendo flexiones. Su sombra cayó sobre él y éste levantó la mirada, sonriendo maliciosamente.

—Cuerpo sano, mente sana. ¿Verdad, mamá?

Ann se preparó una taza de té y se dirigió a su despacho para escribir la carta más difícil de su vida. Estuvo sentada frente a la máquina de escribir largo rato, pensando la mejor forma de decírselo. Finalmente, las palabras empezaron a fluir de forma tan natural y veloz como las aguas del Danubio.

«Querido Jack Burke —escribió—: Bajé a la orilla del río...»

Sin duda Jack había informado a los periódicos de la historia tan pronto como recibió su carta. Cuatro días más tarde cuando el repartidor de periódicos entregó la edición vespertina, Ann pudo leer lo que decían los titulares de la portada sobre su padre: Michael Laszlo, criminal de guerra. Debajo: El Departamento de Justicia da a conocer fotos atroces. La foto de Mike apuntando con su pistola a aquella familia también aparecía en portada; en el interior, donde continuaba la historia, había más fotos.

Mikey estaba fuera encestando cuando llegó el periódico. Parecía estar pasándolo muy bien; había estado practicando mucho todo el invierno y su puntería estaba mejorando. Ann terminó de leer el artículo, frunció los labios y suspiró preparándose para lo que iba a hacer a continuación.

—¿Mikey? —llamó a su hijo desde la puerta de atrás.

—¿Sí, mamá? —contestó él, a la vez que fallaba el tiro.

—Ven aquí —dijo ella, y se preparó para desgarrarle el corazón.

Este libro se imprimió
en Litografía Rosés, S.A.,
en Gavà (Barcelona).